# 金陵全書

甲編·方志類·專志

## 鍾山書院志

（清）湯椿年 輯　金增 編

## 學山尊經兩書院志

（清）李前泮 修

## 金陵旌德會館志

（民國）任治沅 輯

## 南京氣候志

（民國）盧鋈　歐陽海 編

南京出版傳媒集團
南京出版社

圖書在版編目（CIP）數據

鍾山書院志 /（清）湯椿年輯；（清）金增編. 學山尊經兩書院志 /（清）李前泮修. 金陵旌德會館志 / 任治沅輯. -- 南京：南京出版社，2015.11
（金陵全書）
本書與“南京氣候志”合訂
ISBN 978-7-5533-1091-6

Ⅰ. ①鍾… ②學… ③金… Ⅱ. ①湯… ②李… ③任… ④金… Ⅲ. ①書院—教育史—南京市 ②會館公所—史料—南京市 ③氣候志—南京市 Ⅳ. ①G649.299.531 ②K928.71 ③P468.25.31

中國版本圖書館CIP數據核字（2015）第253786號

書　名　【金陵全書】（甲編・方志類・專志）
　　　　鍾山書院志・學山尊經兩書院志・金陵旌德會館志・南京氣候志
編著者　（清）湯椿年　輯　金　增　編　（清）李前泮　修
　　　　（民國）任治沅　輯　（民國）盧　鋈　歐陽海　編
出版發行　南京出版傳媒集團
　　　　南　京　出　版　社
　　　　社址：南京市太平門街53號　郵編：210016
　　　　網址：http://www.njcbs.cn　淘寶網店：http://njpress.taobao.com
　　　　電子信箱：njcbs1988@163.com
　　　　聯系電話：025-83283871、83283864（營銷）　025-83112257（編務）

出版人　朱同芳
責任編輯　謝　微
裝幀設計　楊曉崗
責任印制　楊福彬

製　版　南京新華豐製版有限公司
印　刷　南京凱德印刷有限公司
開　本　889毫米×1194毫米　1/16
印　張　52.25
版　次　2015年11月第1版
印　次　2015年11月第1次印刷
書　號　ISBN 978-7-5533-1091-6
定　價　1300.00元

# 總序

南京，俗稱金陵，中國著名的四大古都之一，是國務院首批公佈的國家歷史文化名城。

南京有着六十萬年的人類活動史，近二千五百年的建城史，約四百五十年的建都史，享有『六朝古都』『十朝都會』的美譽。南京歷史的興衰起伏在某種程度上可以説是中國歷史的一個縮影。在中華民族光輝燦爛的歷史長河中，古聖先賢在南京創造了舉世矚目、富有特色的六朝文化、南唐文化、明文化和民國文化，爲中華民族文化的傳承和發展作出了不朽貢獻。然而，由於時代的遞遷、戰争的破壞以及自然的損毀等原因，歷史上南京的輝煌成就以物質文化形態留存下來的相對較少，見諸文獻典籍的則相對較多。南京文獻内涵廣博，卷帙浩繁，版本複雜。截至一九四九年中華人民共和國成立，南京文獻留存下來的有近萬種，在全國歷史文化名城中名列前茅。以六朝《世説新語》《文心雕龍》《昭明文選》，唐朝《建康實録》，宋朝《景定建康志》《六朝事迹編類》，元朝《至正金陵新志》，明朝《洪武京城圖志》《金陵古今圖考》《客座贅語》，清朝《康熙江寧府志》《白下瑣言》，民國《首都計劃》《首都志》《金陵古蹟圖考》等爲代表的南京地方文獻，不僅是南京文化的集中體現，也是中華民族優秀傳統文化的重要組成部分。這些南京文獻，積澱貯存了歷代南京人民的經驗和智慧，翔實地反映了南京地區的社會變遷，是研究南京乃至全國政治、經濟、軍事、文化、外交和民風民俗的重要資料。

歷史上的南京文化輝煌燦爛，各類圖書典籍琳琅滿目。迄今爲止，南京文獻曾經有過三次不同程度的整理。

第一次是距今六百多年前的明朝永樂年間，明朝中央政府在南京組織整理出版了《永樂大典》。《永樂大典》正文二萬二千八百七十七卷，凡例和目録六十卷，分裝成一萬一千零九十五册，總字數約三億七千萬字。書中保存了中國上自先秦、下迄明初的各種典籍資料達七八千種，是中國古代最大的類書。

第二次是民國年間，南京通志館編印了一套《南京文獻》。《南京文獻》每月一期，從一九四七年元月至一九四九年二月共刊行了二十六期，收入南京地方文獻六十七種，包括元明清到民國各個時期的著作，其中收録的部分民國文獻今天已經成爲絶版。

第三次是二〇〇六年以來，南京出版社選取部分南京珍貴文獻，整理出版了一套《南京稀見文獻叢刊》點校本，到二〇一三年初，已經出版了三十六册七十一種，時代上起六朝，下迄民國，在學術普及方面作出了一定的貢獻。

新中國成立六十年來，尤其是改革開放三十年來，南京的政治、經濟、文化建設飛速發展，但南京文獻的全面系統整理出版工作一直没有得到應有的重視，這與南京這座國家歷史文化名城的地位頗不相稱。據調查，目前有關南京的各類文獻主要保存在南京圖書館、南京市檔案館，以及全國各地的高等院校、科研院所、圖書館、檔案館、博物館，少數流散於民間和國外。一方面，廣大讀者要查閲這些收藏在全國各地的南京文獻殊爲不便；另一方面，許多珍貴的南京文獻隨着歲月的流逝而瀕臨損毁和失傳。南京文獻的存史、資治、教化、育人功能没有得到應有的發揮。

盛世修史（志）。在中華民族和平崛起和大力弘揚民族傳統文化、全力發展民族文化事業的大背景下，在建設『文化南京』的發展思路下，中共南京市委、南京市人民政府於二〇〇九年十二月作出决定，將南京有史以來的地方文獻進行全面系統的匯集、整理和影印出版，輯爲《金陵全書》（以下簡稱《全書》），以更好地搶救和保護鄉邦文獻，傳承民族文化，推動學術研究，促進南京文化建設；同時，也更爲有効地增加南京文獻存世途徑，提昇南京文獻地位，凸顯南京文獻價值。

爲編纂出能够代表當代最高學術水平和科技成就，又經得起時間檢驗的《全書》，我們將編纂工作分成三個階段進行。第一個階段爲調研階段，主要對南京現存文獻的種類、數量、保存現狀以及收藏地點等進行深入細緻的調研，召集專家學者多次進行學術論證和可操作性論證，撰寫出可行性調查報告，爲科學決策提供依據，此項工作主要由中共南京市委宣傳部和南京出版社組織完成。第二個階段爲啓動階段，以二〇〇九年十二月二十四日召開的『《金陵全書》編纂啓動工作會』爲標志，市委主要領導親自到會動員講話，市委宣傳部對《全書》的編纂出版工作作了明確部署。在廣泛徵求專家學者意見的基礎上，確定了《全書》的總體框架設計，確定了將《全書》列爲市委宣傳部每年要實施的重大文化工程，確定了主要參編責任單位和責任人，並分解了任務。第三個階段爲編纂出版階段，主要在全國範圍内進行資料的徵集、遴選和圖書的版式設計、複製、排版及印製工作。

爲了確保《全書》編纂出版工作的順利進行，中共南京市委、南京市人民政府成立了專門的編纂出版組織機構。其中編輯工作領導小組，由中共南京市委、市政府領導以及相關成員單位主要負責人組成；《全書》的編纂出版工作由市委宣傳部總牽頭；學術指導委員會，由蔣贊初、茅家琦、梁白泉等一批全國著名的專家學者組成，負責《全書》的學術審核和把關。

《全書》分爲方志、史料和檔案三大類。自二〇一〇年起，計劃每年出版四十册左右。鑒於《全書》的整理出版工作難度較大，周期較長，在具體操作中，我們採取了分工協作的方式。市委宣傳部和南京出版社負責《全書》的總體策劃，其中方志部分，主要由南京市地方志編纂委員會辦公室和南京出版傳媒集團·南京出版社共同承擔；史料部分，主要由南京圖書館承擔；檔案部分，主要由南京市檔案局（館）承擔。《全書》的編輯出版，得到了江蘇省文化廳、江蘇省新聞出版局、江蘇省檔案局（館）、南京大學、南京圖書館、南京市文廣新局、南京市社科聯（社科院）、南京市文聯、金陵圖書館以及各區委宣傳部和地方志辦公室等單位及社會各界的熱情鼓勵和大力支持，尤其是得到了中國國家圖書館和全國各地（包括港臺地區）高等院校、科研院所、圖書館、檔案館、博物館等藏書單位的鼎力相助，在此表示深深的謝意！

我們相信，在中共南京市委、南京市人民政府的長期不懈支持下，在各部門、各單位的積極配合和衆多專家學者的共同努力下，這項功在當代、利在千秋的傳世工程一定能够圓滿完成。

《金陵全書》編輯出版委員會

# 凡例

一、《金陵全書》（以下簡稱《全書》）收録的南京文獻，依内容分爲方志、史料和檔案三大類。

二、《全書》按上述三大類分爲甲、乙、丙三編，以不同的封面顔色加以區分；每編酌分細類，原則上以成書時代爲序分爲若幹册，依次編列序號。

三、《全書》收録南京文獻的範圍，以二〇一三年南京市所轄十一區，即玄武、秦淮、建鄴、鼓樓、浦口、六合、棲霞、雨花臺、江寧、溧水和高淳爲限。

四、《全書》收録的南京文獻，其成書年代的下限爲一九四九年。

五、《全書》收録方志和史料，盡量選用善本爲底本。《全書》收録的檔案以學術價值和實用價值較高爲原則，一般選用延續時間較長、相對比較完整的檔案全宗。

六、《全書》收録的南京文獻底本如有殘缺、漫漶不清等情況，必要時予以配補、抽換或修描，以保證全書完整清晰；稿本、鈔本、批校本的修改、批注文字等均保留原貌。

七、《全書》收録的南京文獻，每種均撰寫提要，置於該文獻前，以便讀者了解其作者生平、主要内容、學術文化價值、編纂過程、版本源流、底本採用等情況。

八、《全書》所收文獻篇幅較大時，分爲序號相連的若幹册；篇幅較小的文獻，則將數種合編爲一册。

九、《全書》統一版式設計，大部分文獻原大影印；對於少數原版面過大或過小的文獻，適當進行縮小或放大處理，並加以説明。

十、《全書》各册除保留文獻原有頁碼外，均新編頁碼，每册頁碼自爲起訖。

# 總目録

# 金陵全書

甲編·方志類·專志

# 鍾山書院志

（清）湯椿年 輯
金增 編

南京出版社
南京出版傳媒集團

# 提要

《鍾山書院志》十六卷，清湯椿年輯，清金增編。

湯椿年（一六八五—一七六四），字祚培，號扶元、思勈，江西建昌府南豐縣人。書香門第，教育世家。雍正二年（一七二四），以廩生選入鍾山書院，肄業次年，在兩江總督查弼納的授意與允准下，纂輯《鍾山書院志》。其父湯永寬（一六五四—一七二九），字碩人，文章詩詞，稟賦异常，曾講學白鹿洞書院。雍正四年（一七二六），爲文字獄株連，先囚北京，後配滄州。湯椿年聞聽父親被執，立馬告假，徒步北上，奔走京都，照應營救。雍正七年（一七二九），其父卒于滄州牢營，湯椿年扶棺歸葬故里。乾隆二年（一七三七），湯椿年獲選舉歲貢，乾隆聞其事迹，諭旨旌表『孝子坊』，授江西分宜縣訓導。到任伊始，捐俸修啓聖、節孝二祠，繼而贊助赤貧學子，縣中教育大興。乾隆八年（一七四三），調任江西萍鄉縣訓導，士民皆稱其善。致仕後，耕讀講學，曠達怡然，享年八十歲。

金增（一六九九—一七四八），原名王增金，字師李，號眉庵，蘇州府長洲縣洞庭東山朱巷人。諸生，少失怙依，喜讀嗜文。雍正元年（一七二三），鄉闈不舉，查弼納奇其文，翌年，選入鍾山書院。肄業之暇，與湯椿年編校《鍾山書院志》，又校訂《昌黎全集》《楊誠齋錦綉策》等。鍾情詩賦，不喜仕進。後歸里，購朱氏廢園，修葺改築，名之『壑舟』。輕財重義，多襄鄉梓善事。著有《壑舟園詩集》。

《鍾山書院志》卷首爲創建鍾山書院者爵秩姓氏和本志凡例。卷一匾額，雍正帝手書『敦崇實學』，兩江總督查弼納撰頌一章，另附大堂長聯。卷二圖象，將書院環境景色納於尺幅之中，生動而顯見。卷三形勢，概述書院地理位置，以及四至情況。卷四創建，備述書院興建的緣由和建立落成之經過。卷五颺言，集『嘉謀嘉猷、培植人才』之言，以及有關奏議，皆以颺言目之。卷六文告，將創建鍾山書院的檄行榜諭，擇其要而録之，集中《飭議建立書院檄》若干篇。卷七延師，鍾山書院設掌教（院長）一位，采訪『有名望、品望，年高而精明强固，足以誨人者爲之。不拘爵秩，不拘本省外省』；另派副掌教兩位，一管書院東偏號房諸生，一管書院西偏號房諸生，主要選調在職教諭擔任。卷八養士，介紹諸生房間、膳食待遇、日用器物，以及諸生學優賞格等。卷九經籍，記録院藏典籍，有《名臣奏議》《朱子大全》《小學》《性理四書》《性理大全》等，共二十三種。卷十教條，對肄業生徒道德訓練和經史學習，進行有效的規範。卷十一講義，選録掌教宋衡講義兩篇：《孝弟講義》和《忠恕講義》。卷十二至十五藝文，内容包括啓、記、頌、賦、詩、詞等多種類别，除掌教外，大部分爲時賢文士和書院肄業諸生所作，湯椿年及其父湯永寬和金增等，均有作品入選，是研究書院必不可少的資料。卷十六肄業諸生姓名，鍾山書院生源來自江蘇、安徽兩省各府、州、縣學，以及江西、山東、直隸等省的部分官學監生。本書作者湯椿年就是江西建昌府學廩生，金增則是蘇州府長洲縣學附生，都是保送的文行兼優的官學生員。清甘熙在《白下瑣言》中多次引用《鍾山書院志》，與其同時的南京方志學者金鰲在《金陵待徵録》中記載：『《鍾山書院志》，湯椿年輯，金增編。分十二類，規畫之勤、訓課之肅，具在焉。其後有規條、學約之刻，則分課升降，而争競之風宜戢矣。錢竹汀山長云：「無昌理學虚名，丞修仁讓實事。」旨哉斯言。』

《鍾山書院志》刊刻後，即藏於書院，社會流布不廣，亦未見再印之版。一九九五年，江蘇教育出版社影印出版由趙所生、薛正興主編的《中國歷代書院志》（全十六册），其中第七册收録有雍正三年刻印的《鍾山書院志》。南京圖書館收藏有雍正三年《鍾山書院志》院藏刻本。該書扉頁鈐有三枚印戳，印文分别爲『坰齋』『江蘇省立第一圖書館藏書』和『南京圖書館』。『坰齋』爲誰？尚待專家考證。《金陵全書》收録的《鍾山書院志》以南京圖書館藏雍正三年院藏刻本爲底本原大影印出版。

濮小南

雍正三年新編

總督兩江部院查公　鑒定

# 鍾山書院志

本院藏板

# 鍾山書院志序

治天下以得人才正風俗爲先務風俗之淳漓根乎人才之盛衰人才盛則風俗淳矣風俗之所以能淳由其中有人才輩出倡導觀摩故士有文焉而稠人

每相趨於文士有行焉而稠人每相率于行民之表也豈不信哉大江左右素推才藪荷
國朝裁植有年惟重士而士氣乃振惟造士而士習乃端自古人才之盛行先於文若有文無行其

心陷溺踰閑蕩檢閭里效尤而淪胥則淳者日漓烏足以稱士哉我

皇上嗣統以來一以堯舜之道治天下

躬脩仁孝

序二

宵旰憂勤視天下猶一家視萬物猶一體聲教所及莫不尊親加以設科廣額詔舉孝廉方正頒行萬言諭

聖天子先德行而後文章已握移風

易俗之要矣臣奉
聖訓持節兩江兢兢然惟恐隕越伏
思書院以教養俊髦蒙
恩賜敦崇實學匾額臣跪讀後三復
宣揚掌教之師爲之細繹講論
懸之目者警於心必念念篤於

彝倫而不忍乖也必時時察于過失而不憚改也必字字揆於經史而不徒以占畢度日也處爲良士出爲良臣當以不虛所生者不虛所學即以不負吾學者不負吾

君此臣以勉士而竊以之自勉也抑
諸士於披卷操觚之暇以所學
傳語於宗族鄉黨俾咸知
九重之策勵家喻户曉將風俗盡淳
人才之仰承
治化有以也哉喜南豐諸生湯椿

年纂輯成志又有長洲諸生金增編校請梓因序諸簡端以存書院之本末資學校之羽翼俾東南之士長仰

天章而戴涵育之有自云

雍正三年乙巳夏五月穀旦

總督江南江西等處地方軍務
兼理糧餉操江兵部尚書兼都
察院右都御史世襲三等阿達
哈哈番臣查弼納謹序

鍾山書院志

# 鍾山書院志卷之首

## 爵秩姓氏

創建　協贊　奉行

會同　綜理　辦事

總督江南江西等處地方軍務兼理糧餉操江兵部尚書兼都察院右都御史世襲三等阿達哈哈番臣查弼納　滿州正黃旗人

掛鎮海將軍印駐防江南京口沿江沿海等處地方世襲頭等阿達哈哈番軍功加一級署江寧巡撫事臣何天培　正白旗人

總理糧餉提督軍務巡撫江寧等處地方都察院右副都御史加一級紀錄一次臣張楷　正藍旗人壬午舉人

巡撫安徽寧池太廬鳳滁和廣等處地方提督軍務都察院右副都御史今陞臣李成龍　奉天正藍旗人

巡撫安徽寧池太廬鳳滁和廣等處地方兼督軍務兵部右侍郎都察院右副都御史加二級臣魏廷珍　直隸景州人癸巳

提督江南等處學政仍帶巡撫都察院右僉都御史今陞臣法海　滿州鑲黃旗人甲戌

提督江南江寧蘇松常鎮淮揚徐州等處學政日講官起居注翰林院侍讀今調臣俞兆晟　浙江海鹽人丙戌

鍾山書院志

提督江南江寧蘇松常鎮淮揚徐州等處學政翰林院修撰加一級臣鄧鍾岳　山東東昌人　辛丑

提督江南安徽寧池太廬鳳滁和廣等處學政國子監司業加一級臣孫嘉淦　山西興縣人　癸巳

江南江寧蘇松常鎮淮揚徐州等處承宣布政使司布政使加三級今陞雲貴總督臣鄂爾泰　滿州鑲藍旗人　己卯舉人

江南江寧蘇松常鎮淮揚徐州等處承宣布政使司布政使加　級臣漆紹文　江西新昌人　壬辰

江南安徽寧池太廬鳳滁和廣等處承宣布政使司今調東管按察使事加三級又軍功加一級臣董永艾　奉天正黃旗人　歲貢

江南安徽寧池太廬鳳滁和廣等處承宣布政使司布政使今陞通政司臣博爾多
布政使司布政使加　級臣石麟　滿州　旗人　辛丑

江南江寧蘇松常鎮淮揚徐州等處提刑按察使司按察使加五級今陞鴻臚寺少卿臣葛繼孔　浙江山陰人　歲貢

江南江寧蘇松常鎮淮揚徐州等處提刑按察使司按察使加三級臣徐琳　鑲白旗人　丙戌

江南安徽寧池太廬鳳滁和廣等處提刑按察使司按察使加一級今陞　臣朱作鼎　鑲白旗人　監生

江南安徽寧池太廬鳳滁和廣等處提刑按察使司按察使今陞布政使臣段如蕙　人

江南安徽寧池太廬鳳滁和廣等處提刑按察使司按察使臣祖秉圭　人

督漕務督理江安徽寧池太廬鳳淮揚十府糧道兼巡池太等處按察使司副使加六級臣馬世珩　正黃旗人　監生

督漕務督理蘇松常鎮四府糧道兼巡視河漕布政使參政加　級臣楊本植　奉天正藍旗人　貢生

整飭江南通省驛傳鹽法道布政使司參議加　級臣楊紹　湖廣武陵人　己丑

復設蘇松太等處地方巡道按察使司副使今陞河東鹽運使加　級臣朱一鳳　順天涿州人　己丑

復設蘇松太等處地方巡道按察使司副使加　級臣蔡永清　正白旗人　廕生

分守江常鎮道布政使司參議加一級臣王璣　浙江錢塘人　歲貢

整飭淮揚道駐劄淮安府按察使司僉事加一級臣傅澤洪　奉天鑲黃旗人　貢生

分巡淮徐道兼管河庫轄邳州加二級臣張其仁　陝西韓城人貢生

分巡廬鳳道轄潁亳泗六安等處按察使司副使加三級紀錄五次臣吳應鳳　福建晉江人壬午

布政使司參政仍管兩淮都轉鹽運使今陞貴州巡撫加級臣何世璂　山東新城人己丑

兩淮都轉鹽運使加　級臣　　人

江寧府知府加四級臣郭汝楨　奉天正白旗人丙子

蘇州府知府加　級臣溫而遜　直隸宣化人歲貢

松江府知府加二級臣　　人

常州府知府加二級臣葉前　湖廣人舉人

鎮江府知府加二級臣魏觀　直隸獲鹿人進士

淮安府知府加級臣王國相 鑲黃旗人 歲貢

揚州府知府加三級臣孔毓璞 山東曲阜人 歲貢

安慶府知府加級臣章曾郊 浙江會稽人 貢生

徽州府知府加三級臣常弘祖 奉天正白旗人 歲貢

寧國府知府加級臣黃叔琪 順天大興人 乙酉

池州府知府加級臣王書 奉天鑲黃旗人 歲貢

太平府知府加三級臣王克正 順天宛平人 歲貢

廬州府知府加級臣孔興詔 山東曲阜人 歲貢

鳳陽府知府加五級臣朱鴻緒 河南陳州人 歲貢

太倉州知州 臣

同知管海州州知州事 臣李震 順天宛平人 歲貢

同知管邳州州知州事 臣陳學良 浙江山陰人 戊子

通州知州加二級 臣白映棠 鑲白旗人 副榜

徐州知州加級 臣孫詔 陝西涼州人 壬辰

六安州知州加二級 臣楊恢基 山西平陽人 歲貢

泗州知州加級 臣張文炳 順天大興人 監生

潁州知州加級 臣李月槎 奉天正白旗人 監生

亳州知州今陞 臣蘇灝 順天大興人 例監

亳州知州加級臣鮑學灝 山東濟寧人 例監

和州知州加一級臣李振德 正黄旗人 歲貢

滁州知州加級臣朱爾融 山東單縣人 教習

廣德州知州加一級臣丁右曾 山東日照人 戊戌

上元縣前任知縣臣唐開陶 四川遂寧人 監生

上元縣知縣加級臣何承祖 直隸邢州人 乙未

江寧縣知縣加一級臣蕭光夏 江西德化人 丙子

監造匾額都司經歷臣陸廷樞 浙江錢塘人 廪貢

監造書院督工江寧府經歷加一級臣史誼 順天興人 恩拔

鍾山書院志

凡例

一誌書乃紀地紀人紀事故不特州邑有誌郡省有誌即誌名勝者其道皆同五岳及四大書院其爲誌也尤重焉今鍾山書院創自我

督憲查公較古今之稱四大者倍加弘敞周密若非專誌何以昭

治化而垂永久此鍾山書院志之所以亟成也

一凡大誌首列當代銜名省志則遐邇備列與鄉試

錄之並書無異閱江南省誌有總裁監修提調督修協理編纂評論采輯訂正纂輯十名目而采輯一條則止於十四郡伯四州守而縣未載焉想以爲統於其州郡之中也今鍾山書院誌雖重而實簡約難如通誌之例竊思

督憲會

兩撫臺

學臺合　疏具

題誠爲異數

司道諸公皆樂觀厥成鼓舞區畫江寧郡伯則專綜其始末巨細顧盼士林各郡州又領袖所屬籲俊同聲上江兩邑尤奉行孔邇以至督工勞貟俱載誌前幅是倣例得並書之義云爾如後有大夫君子仰體

督憲之創建奉

朝廷興學育才續爲經理贊襄當一一添載以昭其盛

一此誌首匾額尊

御賜也

聖訓先德行而後文章從此師生體認凜遵繩矩不能出
敦崇實學四大字大哉
其範圍明體達用當有所本矣次圖象次形勢次
創建次颺言次文告録文移與告示也次延師則
聘儀附之館俸與節儀附之庖廩之費亦附之次
養士則器用附之力役附之等第之賞格亦附之
次經籍次教條次講義次藝文藝文有啓記頌賦
及各體之詩共分爲四卷而書院之本末備之矣
何以有圖象形勢之異曰圖象所以傳形勢之神

斂延袤於寸紙不惟樓閣堂室門垣瞭然在目也形勢所以發圖象之跡審向背於陽基是以師生誦讀起居確然得所也繼之而編創建矣何以颺言文告不編入藝文曰有創建而即有颺言

大臣之奉

天子也有創建而即有文告爲此事而檄羣公也諭多士也故宜編在創建之後延師養士之前何以經籍之重而反後於延師養士耶曰有師弟然後覽經籍經籍之所包者廣經焉史焉古今之文字焉教

鍾山書院志

之具也學之具也故宜繼延師養士而編次之何以教條講義不編入藝文蓋教條倡導常規策勵士子講義發揮經史警惕身心故宜在經籍之後先藝文而編次之卷帙之敘列如此

一鍾山書院之誌此其始耳

督憲仰承

主德造士非常不惟教養一時誠可儀型弈世後之修誌者宜極力闡揚固非今日之所能殫述也至於將來體裁於賢師則立師範傳於賢士則立實行傳

鄉會有中式者則立題名記凡皆有光書院庶不
負
大人之樂育而益見食德諸生之能振作矣
一藝文必有關於書院乃得入誌其餘縱有佳篇難
概登也諸詩則收入多矣三百篇中往往載壽考
作人垂爲典則今在書院者得以瞻
御匾之光頌
督憲者實以感
朝廷之賜君子萬年德音是茂斯亦風雅之意焉選詩頌

彦或節取之

一誌書與史傳體裁彷彿先進賢者貴者例皆書名而文内凡述某公皆直寫不擡椿年亦習見之矣但此係謄録書院之本末故椿年此中稱呼尚未敢比於誌例務從恭敬所謂出則事公卿弟子之義何敢遽云倣古以似僭越乎尺牘宜照古文乃令録啓仍照原式蓋以見在位之君子禮賢尊師燦然可則也俟數十年後續編更當有宗匠鑒定矣

一誌書每開局纂修或聘一二人爲總裁或聘數人爲分纂此大誌也然大誌亦有一人獨撰者反較勝於多人之共撰即近如江右匡廬彷彿五岳嘉靖間揚州桑先生喬所專修實爲善本至今修者因焉由其博採至公心靈手敏一如自己著書更免紛紜參錯耳今鍾山書院裔裔煌煌森森肅肅不可無誌以載其事事雖繁而書仍簡也正月初十日椿年進謁

督憲閣下蒙 面諭云爾試爲之椿年聞 命之下欣

然悚然竊恐書生搦管難登著作之林章椿年有七十二齡之老父來訪江南良友商資刻集素好作詩古文四六留心修誌曾撰鍾山書院賦一篇擬往泰山關里椿年乃禀父代撰不過用三句之精神而描寫

督憲尊

主作人之盛德編成誌書椿年二千里孤踪執經門牆沐浴教誨深幸得附青雲於卷帙之中垂弈世也雖然此非僅椿年之幸蓋公諸書院師友較閱之公

諸遐邇士林傳習之是襲德者在書院之肆業而取則者在四方之聞風異日載續載脩書院直與長江之文瀾流行不息矣　時

雍正三年乙巳春吉旦建昌府學廩生湯椿年謹識

鍾山書院志

乙巳春增肄業鍾山書院與南豐湯子祚培共數晨夕證疑析義相得甚懽已而湯子奉
督憲編輯此志增謬同校讐謂是編恭紀
聖主賢臣樂育人才之雅化願輸誠鋟梓式近垂遠永昭書院宏敞規模會增以省親歸每促湯子請稿來吳迨至臘月增始捧稿重訂登梨越月告成竊幸師友遭遇勝蹟流傳得慶
盛典於不朽也敢贅數語於凡例之末　丙午春三月
長洲縣學附生金增謹識

鍾山書院志

總督江南江西部院查　鑒定

書院前掌教原任侍讀學士宋　論定

書院掌教原任翰林檢討夏

張榮源　郭嗣齡

輪值副掌教教授　李音　蔣文元　校訂

陳以剛　儲郁文

陸翼

闔院肄業諸生仝閲

江西建昌府學廪生湯椿年纂輯
江南蘇州府長洲縣學附生金　增編校

頭門匾聯式

盛世作人伊多士升堂入室

雍正二年歲次甲辰孟秋中浣日立

# 鍾山書院

總督江南江西等處地方軍務兼理糧餉操江兵部尚書兼都察院右都御史世襲三等阿達哈哈番查弼納題

芸窗修己此數間敬業樂羣

綸音萬載文光煥

堂聯附載

御賜鍾山書院

敦崇

雍正二年四月初十日

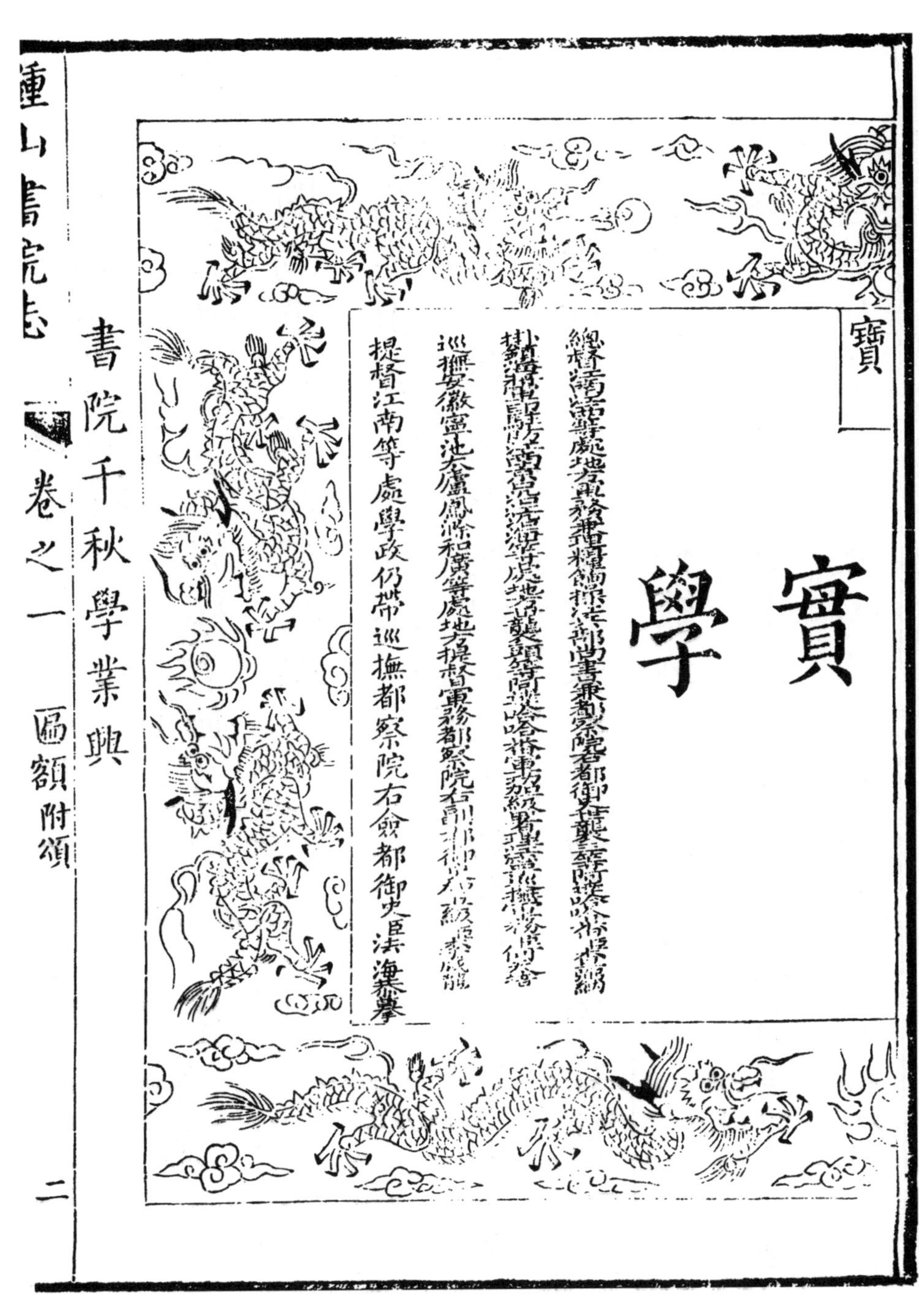



書院千秋學業典

寶

實學

[illegible]

[illegible]

巡撫安徽寧池太廬鳳滁和廣等處地方提督軍務都察院右副都御史[illegible]

提督江南等處學政仍帶巡撫都察院右僉都御史臣法海恭摹

鍾山書院志

臣弼納等　恭讀

御書敦崇實學四字謹稽首頓首撰頌一章有序

玉燭調來光燦五雲應瑞

金門捧出喜逢二月添長我

哲后之作人裁成不靳伊諸生之向學鼓舞非常羣考

汗青四字直齊十六較踰飛白一言洵貫萬千由

心正以畫銀鈎共相瞻仰使意誠而因

寶翰爭自濯磨如日中天豈僅大江左右望風起地

還兼薄海見聞敢竭微誠恭陳颺頌頌曰惟

聖天子生知先覺道統治統
宸衷素熟乃眷斯文待士優渥從古所無載培載勗破
格旁求掄才巖谷鄉會觀光
殊恩沐浴鼓舞藏修作興誦讀稔悉寒窓預儲喬木勵
世磨鈍移風易俗五教之宗八荒之福臣等幸際
昌期備員南服視此大江人文醲郁盈耳元歌嘔心塲
屋僉謂我
朝治化最篤臣體
鈞仁書院新築士選青鸞規同白鹿

頒匾自

天光增地軸遐邇懽呼如金如玉四字匪彝精微藴蓄

努力敦崇爲仕爲學學者操存身心濯濯處必賢

良出當卓犖

君師至言聖賢芳躅敢不實踐以遵繩束顧名思義毋

負

教育跪奉高懸永賡棫樸在在欽承朝朝頂祝百世

瞻依萬年戬穀

敦崇實學頌多篇俱載第十二卷藝文内

附大堂長聯

倚鍾山而闢賢關奉

御書四字昭哉重寶學薄虛聲砥礪無虧庶幾世號名

才身持名教

興書院以培道岸遵

廣訓萬言必也後文章先德行陶鎔勿怠由是處爲良

士出作良臣

鍾山書院志卷之二

圖象

圖先於畫故其道爲最古而誌必用之取其括萬有於尺幅之中生動而易見也此書院之佳境儼然如畫重以

賜額增輝

龍光照耀芸窻環擁棫樸向榮天作人工具見之矣誌

圖象

# 鍾山書院

# 基址總圖

鍾山書院志 卷之二 圖象 一
獅子山
雞鳴山
虎賁倉
鼓樓
清涼寺
古城隍廟
朝天宮
漢西門
江寧府
關帝廟
江寧縣
雨花臺
報恩塔

# 東邊讀書屋圖

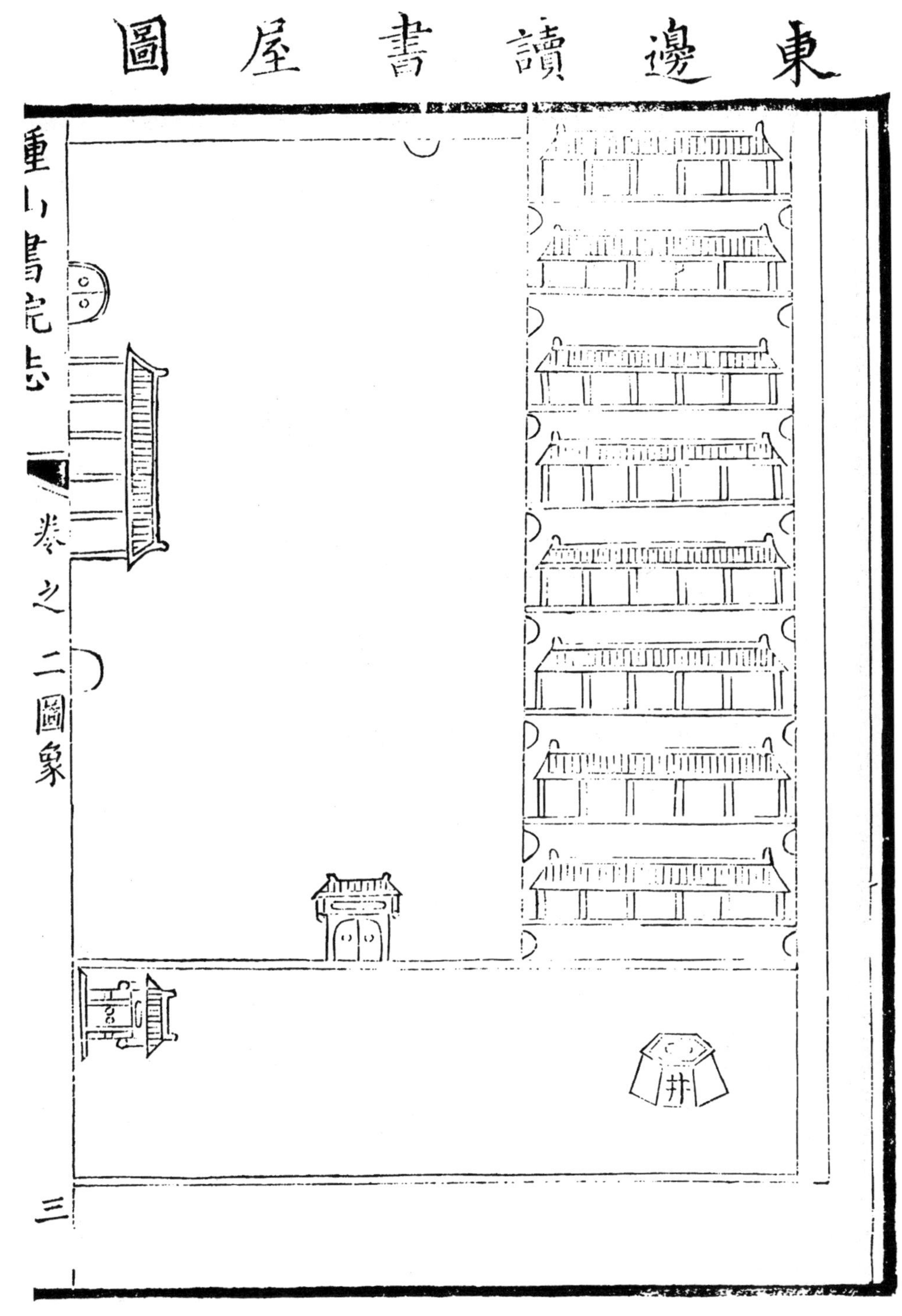

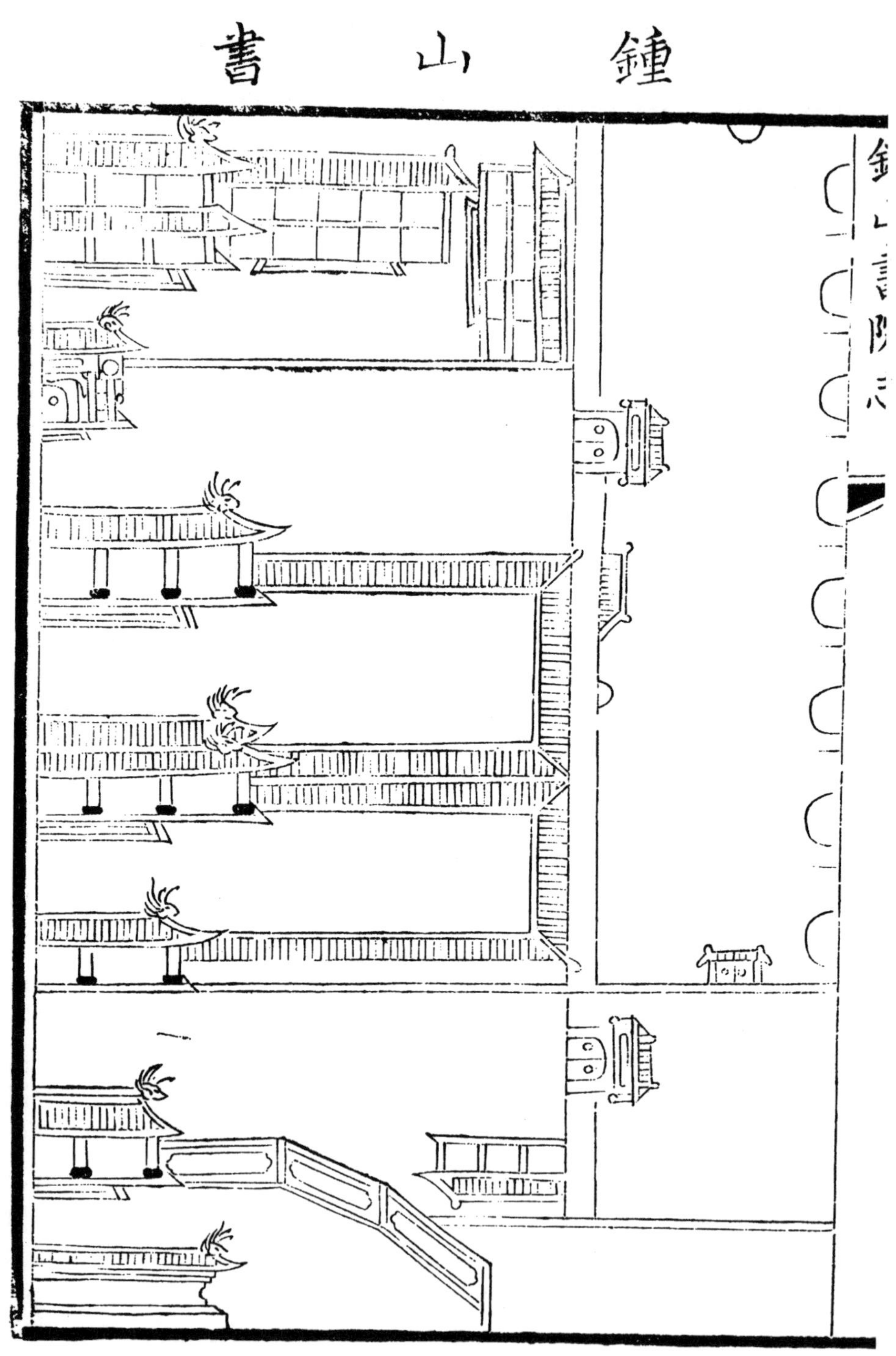
鍾　山　書
鍾山書院志

## 院總圖

# 西邊讀書屋圖

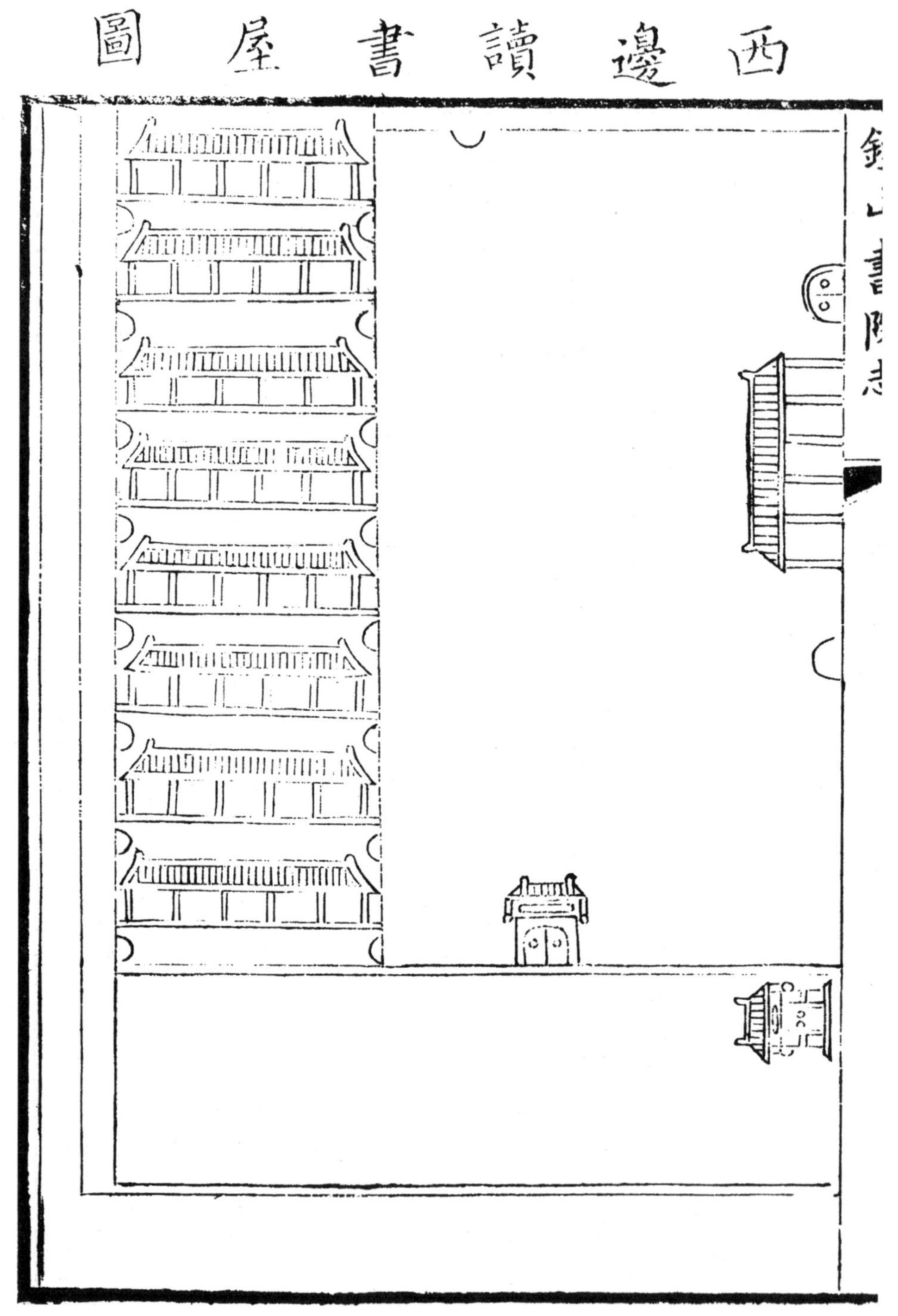

# 鍾山書院志卷之三

## 形勢

易言品物流形朱子之詮形也則謂積於中而發於外蓋山川之形亦然矣有形斯有氣有氣斯有勢勢之所趨由於氣之所聚故形家者必以形勢論陽基則貴於鋪陽金陵城中在在多勝槩然東西南北原有衰旺之殊審其基址先辯其龍脉氣固聚焉而左右得宜前後協吉庶可卜居況書院乎然世俗之涉仕途者或視服官如傳舍覺課

士爲具文彼綢繆教養而能作永遠之規者百不

獲一矣惟我

督憲肫與深仁一以民事爲家事克體

朝廷愛士之厚德獨有鍾山書院之舉謂人傑仍藉地

靈餐秀乃以育英

國家元氣屬斯文芸窗須擇善地期於可大可久而非

僅旦夕以塞人望也書所稱其難其愼詩所稱相

其陰陽觀其流泉識者跡書院之勝而喜

大人之用心得地利矣濟濟多士占地靈矣誌形勢

山　遥枕鍾山　頂雞鳴山

艮龍發脉由北極閣鋪陽過府學一路氣勢聚結

於此

水　名潮溝護龍河自北極樓下聚至此地基後花牌

樓街分東西二溝夾抱環繞滙合於前流入東南

角入秦淮河以達於大江

堂屋取癸山丁兼丑未向

布置屋宇有九宫卦位之意

面黙對聚寶門鳳凰臺

左　潮溝之外統名錢廠街　有橋名錢廠橋

右　有池水名方塘亦錢廠舊地今立有義學

前　潮溝之内皆書院空濶餘地

新照牆之外名新路

後　係花牌樓大街官路本屋牆外仍有潮溝爲界

東邊頭門内東角有井一口係贍院中汲用而設

頭門外右手畧前有空地插古鐵錨二大枝乃大船所

用以鎮壓波浪者不知何爲存此土人俱稱爲飛

来錨今整露於外有根在土凡過者可以摩挲錨

多人亦不能拔移姑附誌以備古蹟之數云

鍾山書院志卷之四

創建

書院爲學宫羽翼多士藏修類聚比於居肆自唐以至宋明俱有之

盛世崇儒右文人才蔚起

聖祖賜白鹿鰲湖諸書院匾并　頒書籍海内人士風動濯磨多歷年所矣金陵爲天下省會之最人物冠於東南舊時書院率皆傾廢存者亦狹隘而難用于是士林俊彦鮮以文會友之區敬業樂羣之地

鍾山書院志

矣我督憲查公揆奮興除尤以作養人才爲汲汲實仰體朝廷造士之至意雖清儉自持獨捐資立鍾山書院諸當事同聲相應不費公帑不費民財標星羅棋布之奇搆鳥革翬飛之盛經之營之不日成之信矣哉超前軼後長爲千百世士林所時習者也誌

創建

鍾山書院基址原係舊錢廠官地既無礙於民房

並無民間産業相連因其基地平衍開濶陽宅吉利可以興創名教之場

督憲檄行司府及上江兩縣閲妥又親閲其間乃定卜吉於雍正元年八月十八日起工九月十八日竪柱十月初六日上樑十二月廿四日落成

一頭門

濶三丈六尺　前簷至後簷深二丈六尺

簷口高一丈一尺　中柱高一丈八尺

東到坐三間
西到坐三間 俱各濶三丈三尺深二丈

大門至二門院子　濶三丈六尺　深三丈

一二門

濶三丈六尺　前簷至後簷深二丈六尺

簷口高一丈一尺　中柱高一丈六尺

東正房三間西正旁三間　俱各濶三丈三尺深二丈

二門至大廳院子　濶八丈四尺　深五丈

一大廳

捲篷　濶六丈四尺　捲篷入大廳共深五丈

簷口高一丈四尺　中柱高二丈三尺

御匾恭奉此大廳

大廳至講堂院子　濶八丈四尺　深四丈

一講堂

濶六丈四尺　深四丈　簷口高一丈三尺

中柱高二丈一尺

東到坐二間

西到坐二間

東走廊 西走廊 每邊各十四丈五尺長

講堂至内門樓院子　濶六丈八尺　深三丈

鍾山書院志

一內門樓

即掌教公署　濶二丈　深一丈二尺

門樓至後樓院子　濶十丈　深三丈

一後樓（兩邊用階梯上去）

樓下大廳　濶六丈四尺　深三丈二尺

東旁廂房

西旁廂房

先師牌位恭奉中間高閣

一東西兩邊正屋牆外空地各設大廚房五間（通共十間）

一東西兩邊各建讀書廳房八進通共十六進

每進有一廳四房　濶三丈三尺　深二丈

每進腰窓窓外另有院子　每進各有牆門進

一書院東西兩邊及後邊俱有高大磚牆牆外總是

潮溝

一頭門前空地横直俱濶建高大照牆一𢳆照牆之

外亦潮溝也

一書院右手有水池名方塘亦錢廠之内餘地立有

義學

# 鍾山書院志卷之五

## 颺言

虞書載颺言之盛喜起垂萬世之榮後代得君而事者未嘗不思媲美焉故奏章皆得以颺言目之其間嘉謀嘉猷之入告可法可傳往往照耀青史然培植人才之言尤堪不朽如范文正公奏建蘇州府學是桑梓之人才受其奕世培植矣朱子奏修南康之白鹿書院請頒經書至今流芳振響是天下後世之人才受其一言培植矣夫以疏薦一

二賢尚謂之以人事君況興學造士其功尤大其
道尤廣乎我
督憲節制兩江政教備舉仰體
宸衷特創鍾山書院會同
撫學各臺拜疏入
告請
御匾可謂以范文正之心而行朱子之事且鹿洞爲國
而此則爲創因易而創難行其難於此日宣
主德而篤芸窻宜多士奉仁人之言於勿諼也誌颺言

總督江南江西等處地方軍務兼理糧餉操江兵
部尚書兼都察院右都御史世襲三等阿達哈哈
番臣查弼納爲
奏
聞事欽惟我
皇上加意右文於
御極之元年
特恩開科以廣求賢之路此誠曠古未有之
盛典多士難遇之

隆恩臣於

陛辭之日

聖訓振興文教作養人材最爲緊要臣仰體

天心於士子倍加軫恤兹以撫臣卸事臣代任監臨尤得以細悉士子考試艱苦拘束號舍三場共六晝夜全賴號舍寬展可以從容作文盡其所長今科士子共有一萬五千六百餘人而號舍僅有一萬四千九百餘間内多續添之號窄狹低矮人多號少至搭蓬席編號應用今科仰仗

皇上洪恩三試俱值晴明士子得以從容終場倘將來

時值風雨則蓆蓬各號并窄狹之號舍士子坐立

尚且不寧心思安能寬裕必致能文之士以號舍

逼窄局促之故不能終場三年功苦一旦棄捐深

爲可憫伏遇我

皇上闢門籲俊應試者日益加多若不預爲料理臨期

難免草率雖科場監臨非臣職任然臣必不敢以

暫時代理不思經久之計况明歲二月鄉試轉瞬

屆期因於三場試畢之日率同提調監試各官親

歷號舍周遭驗看其應改應添之處逐一查明窄矮改令高敞不足另行添補闈中基地窄狹酌買闈外房地擴充務令號舍添足一萬八千間之數并將號舍碎雜之處改造整齊不特士子受益實與

大典有光再江南文風極盛而貧寒之士居多膏火不敷何能專心學業臣今於省城設立書院令士子誦習其中月給膏火資其養贍江寧舊無寬大書院現擇寬敞處所另行蓋造選取能文之士送

入肄業一面延請品行端方老成宿學以爲師長
朝夕督教　臣　再稽其勤惰厚其廩膳逐月考課分
別奬賞以示勸懲號舍添則士子永遠受益書院
設則孤寒悉賴栽成我
皇上洞悉士子艱苦
特諭軫恤　臣　恪遵勿懈茲任監臨目擊情狀益見我
皇上明並日月無微不照　臣　於凡有裨益士子之處立
速舉行并宣揚
聖意俾知作養栽培皆出

聖訓指示士子懽忻感奮益倍尋常爭自濯磨上爲
國家効力
聖德之宏深
聖化之廣被益永永無旣矣所有添蓋號舍建造書院
士子膏火之費臣率屬公捐俸工料理並無絲毫
累民爲此據實奏
聞
雍正元年　月　日

總督江南江西等處地方軍務兼理糧餉操江兵
部尚書兼都察院右都御史世襲三等阿達哈哈
番臣查弼納
題爲恭謝
天恩籲請代
題事據江蘇布政司布政使鄂爾泰安徽布政司布政
使董永艾詳稱據江安等屬府州縣學生員毛一
鳴周渭甘嶧方鏊張紳何長源謝元會劉子茂梁
金鋙王國士徐元肅王瀛仙汪逢源張之英吳雲

挑萬人塈蕭繼菁郭寅亮朱千苓劉國鑑劉時舒
顧允文柏善同孫煒文朱越任璜蕭雲鵬姚浩連
茹張聯徐載純王嘉會孫希曾盧璿汪陳復龔鏡
譚聖道文震熊斌齡戴濬王純張道凝陳天秩呂
從律周恭良芮克敏朱沂芮嶼許啓昆梅兆頤王
一槐鄭相如管天郊劉式璿田實發王雲鶴陳以
明周振采卞泓沈德璿王鑄史崧錢于邁毛一飛
等呈稱竊惟化成
盛世久欽典禮之光運際

昌期大啓文明之兆惟棘闈以選造而設迭遇賓興乃

書院與學校相維益崇儒術制度一遵乎古昔規

模大備於今兹欽惟我

皇上

才由天縱

學乃日新適當交泰之時上下一德共仰大觀之象

遠近同風惟敷教之在寬自宜民而不倦三朝禮

樂重瞻

舜日之華萬國車書咸佩

堯章之煥吐珠璣于
綈八豹文時現一斑垂金石于
綸音
鳳詔常銜五色每尊聖以立教爰稽古而右文遡一脉
於尼山
錫爵聿崇五代
駕六龍於泮水
臨雍足式千秋敦風化之原
頒孝經以教孝重賢良之選闢言路以求言既開薦辟

之科復廣鄉會之額載賡鳴鹿桂花早占春風博採遺珠杏苑重開蕊榜固已一經追琢士成金玉之章屢被搜羅人誦薪櫄之句猶念三吴舊多文士固宜重其振興兩江不乏秀民須更加之磨礪惟

聖主心殷文教斯純臣首重儒風增修試院因其舊以更新別構書堂期自今而復古購市廛而廣增號舍廓試院之成規崇實學而滿貯牙籤闢講堂以造士龍門崇峻鱗次者萬八千間經席毗連雲集

者三十一郡不惜捐俸以集事端期養士以興賢
從此搦管矮簷試席無嫌陬隘談經高座講闈未
墜鏗鏘徵六德六行於六藝之中早卜無慚科目
遵四術四教於四時之内終期不愧師門將等拔
士於拔茅羣荷
皇恩之浩蕩且譬樹人於樹木胥蒙
帝德之涵濡生等才慚獻賦志切觀光幸值補科業已
彈冠而慶欣看就學方且負笈而前赴鎖院以揮
毫竊喜瞻

天有路登講堂而肄業何憂立雪無門試於春而如試於秋恍挹天香於二月江之右以達江之左均沾化雨於一堂凡兹培植之材盡屬鈞陶之力雖執竊天之管莫量高深而傾向日之葵彌增瞻仰恭懇

彙題以章布之懽騰上陳丹陛舉草茅之申祝遥達彤墀心戀洪恩敢謂文章可報躬逢

盛治庶幾歌頌是陳等情具呈到司據此該兩本司會

看得恭惟我

皇上

德沛山川

化數宇宙

重掄才之典率土咸沾

隆拔萃之科普天胥仰固已歌騰棫樸慶洽膠庠更

兼院臺體

九重之至意特隆文教於兩江建萬載之弘模重設宮

牆於千仞興茲未墜
題請鳩工刻日告成招徠肄業千椽繡錯文心同此
雕鏤萬民鱗差學海于焉並富成一時之盛舉垂
百世之偉功無論三千多士共戴帡幪即此兩屬
羣僚並興觀感是應俯順輿情轉邀
睿鑒幸為
題達曷任懽騰等情到臣據此欽惟我
皇上
德邁羲軒

鍾山書院志

道隆堯舜
乘乾御世首施
恩於鄉會之科
履泰膺圖大沛
澤於膠庠之士
曠典聿昭于曩昔
鴻恩永播于來兹臣仰荷
天恩節制兩江時凛
聖訓以作養人才爲要務不敢懈忽上年代任監臨因

見士子多而號舍少且號舍率多窄矮坐立尚且
不寧心思安能寬裕三年功苦深爲可憫
奏請增添號舍改造高敞又江南省城久無書院爲
貧士藏修之所
奏請擇地蓋造教育多士俱蒙
天恩准行今號舍現已擴充鄉試士子甚覺寬舒書院
已經告成現在遴選才品兼優之士入院肄業延
師督課厚資膏火省試懲勸以廣
聖朝雅化今據闔省士子毛一鳴等環籲代

鍾山書院志

題叩謝
天恩據江蘇布政使鄂爾泰安徽布政使董永芠會詳
前來相應
題達抑臣更有請者臣恪遵
聖訓創建書院兩江實人文之藪書院聚俊乂之才期
多士之奮興無忘斆學必
天章之光被用示訓行仰懇
特賜書院額名
恩賜

御書匾額

頒發到院俾士子朝夕瞻仰伏惟

聖主命名斯光昭於四表

宸章寵賁彌輝耀於兩間將説禮敦詩凛

帝天於咫尺升堂入室見

堯舜於羹牆榮幸懽騰曷其有極臣謹會同

署江寧巡撫事鎮海將軍臣何

安徽撫臣李

江南督學臣法　合詞具

題伏乞

皇上睿鑒施行

雍正二年二月三十日

總督江南江西等處地方軍務兼理糧餉操江兵部尚書兼都察院右都御史世襲三等阿達哈哈番臣查弼納

奏爲恭謝

天恩事雍正二年閏四月十二日禮部筆帖式齊勒恭

捧

御書敦崇實學四字匾額一副至寧臣隨會同將軍臣岳吉納副都統臣吳納哈臣申保及在省文武各官出郊跪迎至書院恭設香案叩頭謝

恩祗受訖欽惟我

皇上

統承洙泗

治軼唐虞

四海同文冠百王而首出

八紘在宥集千聖之大成

作述兼隆

勳華普被臣以江南省城書院告成

奏請

恩賜
御書匾額俾士子朝夕瞻仰今蒙
恩允 臣請
天章賁處日麗雲輝
宸翰捧來龍飛鳳舞恭繹
天心之訓諭首崇實學於宫牆此雖羲圖堯典禹鼎湯
盤猶遜
王言之廣大即夫由勇賜智曾孝顔仁咸歸
聖教所裁成維書院萃川岳雋英而江南尤人才淵藪

從此升堂入室本諸實踐躬行學聖希賢首重盡
心知性陶融於禮樂誦習於詩書竭力致身無忘
忠孝守先待後不尚詞章明德在格致誠正之經
師承崇濂洛關閩之教則幼學壯行盡黜浮華之
僞學而家修
廷獻無非經濟之醇儒登降而仰
奎文均沾
天地生成之化操存而凜
聖訓盡沐

君師啓牖之功學術日進於粹精文教彌隆於往古臣

不勝踴躍忭舞之至謹會同

署江寧巡撫印務鎮海將軍臣何

安徽撫臣李

江南學臣法　合詞具疏恭謝

天恩伏乞

皇上睿鑒施行

雍正二年閏四月十四日

禮部爲恭謝

天恩籲請代

題事儀制清吏司案呈禮科抄出本部題前事内開

該臣等議得江南江西總督查　疏稱江南省城

久無書院

奏請擇地蓋造教育多士俱蒙

天恩准行今已告成闔省士子毛一鳴等環籲代

題叩謝

天恩臣更有請者兩江實人文之藪書院聚俊乂之才

期多士之奮興無忘敎學必

天章之光被用示訓行仰懇

特賜書院額名

恩賜

御書匾額

頒發到院俾士子朝夕瞻仰等因具題前來查歷来各

省書院

賜給

御書匾額皆出

特恩令該督疏稱省城創建書院恭請
特賜書院額名并請
御書匾額
賜給之處出自
聖恩等因於雍正二年四月初七日題本月初十日奉
旨候頒發欽此又初十日内閣交出批本郎中常壽等
將匾額捧出奉
旨交與禮部賫送江南江西總督查　欽此相應將
御書匾額差本部筆帖式齊勒恭送可也爲此合咨前

去查照施行

雍正二年四月二十二日

# 鍾山書院志卷之六

## 文告

從來政教之有關係者其檄行榜諭皆當摘其要而存之況

督憲奉

朝廷之造士倡率諸公特創鍾山書院盛典也異數也則凡所檄行榜諭之類可備觀而永紀之矣誌文告

### 文檄

飭議建立書院檄

總督江南江西部院查　爲飭議書院以弘作養

以廣

聖化事照得江南爲人文淵藪文風甲於海内本部院

仰遵

聖訓每思弘獎英才以昭棫樸菁莪之化近任監司目

擊三塲士子寒畯居多念其膏火不敷安能專心

學業所宜亟設書院延師訓課月給養贍培植成

材以仰副我

皇上作人盛典所有應建書院合行查議爲此牌仰該司官吏提調監試會同該提調監試監試提調弁安藩司立卽查明省城内外曾否舊有寬敞書院可以聚集多人抑或選擇名勝之所剏建或别有空閒官房可以改造以及書院應行事宜各展良籌共襄盛舉逐一妥議具詳核行以便檄選多士就學事繫儲育人材幸勿濡遲愼速愼速

行江安藩司 江臬司 江驛道 江都司

雍正元年四月 二十八 日

通行創建書院稿

總督江南江西部院查　爲奏

聞事欽惟我

皇上加意右文於

御極之元年

特恩開科本部院代任監臨得悉士子赴考號舍不敷

建議公捐擴充再於省城内擇寛敞處所蓋造書

院令士子誦習其中延師教督稽其勤惰厚其廩

膳分别獎賞以示勸懲等因具摺

奏

聞奉

旨准行欽此欽遵除行江安藩司遵照移行公同會議

外相應粘抄移會爲此合咨

貴院煩爲查照施行

計粘抄摺一紙

咨 江安撫院

欽此欽遵除前摺粘抄外合就檄行爲此仰司官

吏遵照奉

旨事理即便會同上江下江文武兩闈監試提調立將一切
應行事宜逐一確行估計妥議分晰造具清册
併擇吉於何日興工及耑委何員董理一併通
詳核奪均毋泛視以致遲悞慎速慎速
計粘抄摺一紙
行江安藩司
雍正元年六月初四日

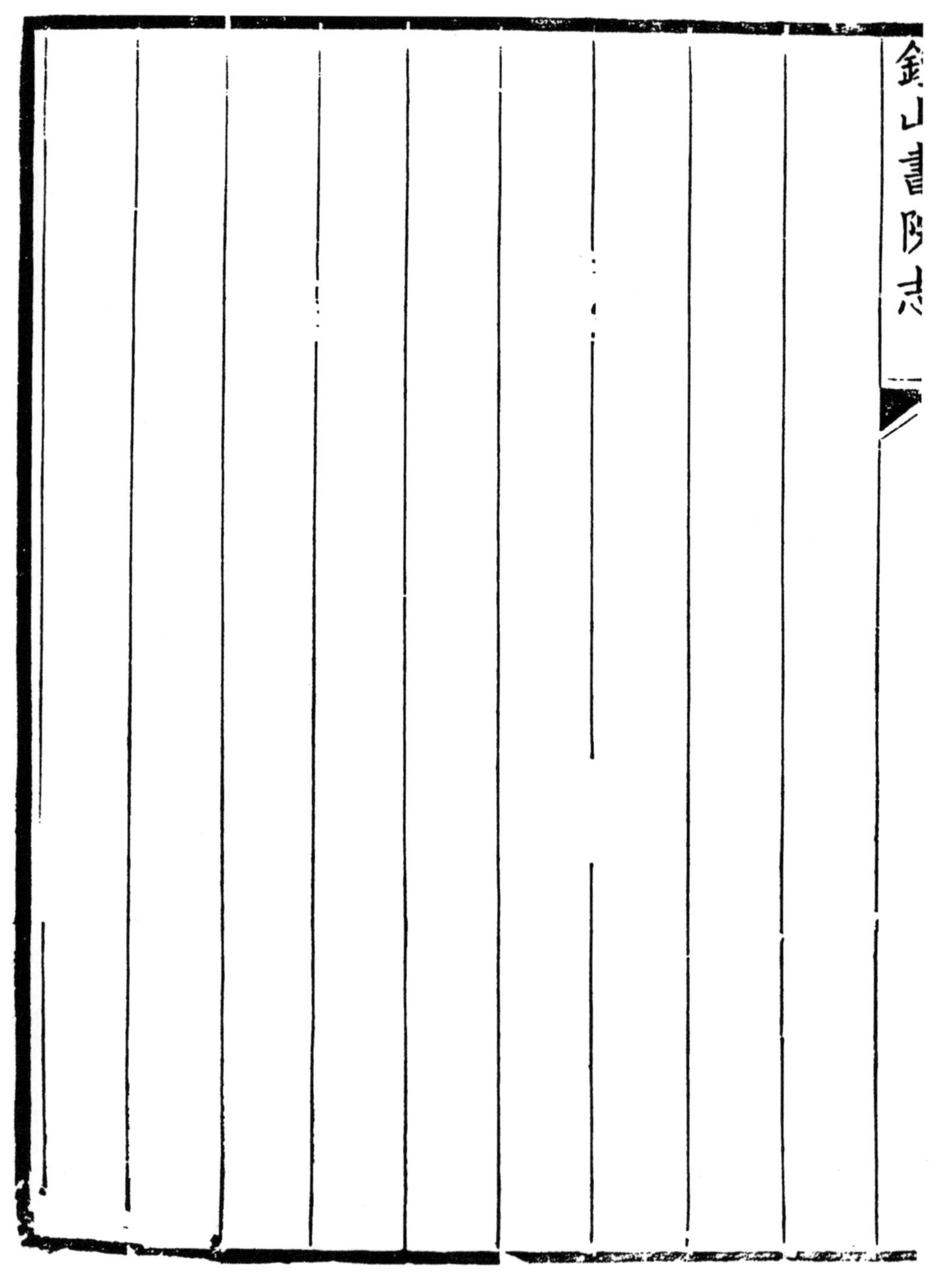

行司造區檄

總督江南江西部院查　爲恭謝

天恩籲請代　題事雍正二年閏四月十二日准　禮部咨開儀制清吏司案呈　禮科抄出本部題前事内開該　臣等議得江南江西總督查　疏稱江南省城久無書院　奏請擇地蓋造教育多士俱

蒙

天恩准行今已告成闔省士子毛一鳴等環籲代　題叩謝

鍾山書院志

天恩臣更有請者兩江實人文之藪書院聚俊乂之才

期多士之奮興毋忘斆學必

天章之光被用示訓行仰懇

特賜書院額名

恩賜

御書匾額　頒發到院俾士子朝夕瞻仰等因具　題

前來查歷來各省書院

賜給匾額皆出

特恩令該督疏稱省城創建書院恭請

特賜書院額名并請

御書匾額

賜給之處出自

聖恩等因于雍正二年四月初十日奉

旨候頒發欽此又初十日内閣交出批本郎中常壽等

將匾額捧出奉

旨交與禮部送江南江西總督查弼納欽此相應將

御書匾額差本部筆帖式齊勤恭送可也併送

御書敦崇實學四字匾額到部院欽此擬合就行爲此

仰司官吏卽將

御書匾額立速選覓良工照式臨摹加謹製造竣工之

日擇吉具報聽候本部院親詣懸掛毋得疎畧慎

切慎切須至牌者

雍正二年閏四月十六日行　藩司

飭議書院各項應行事宜檄

總督江南江西部院查 爲作養人材以廣

聖化事照得江南爲人文淵藪禮樂名區本部院仰遵

聖訓樂育英才是以會同

江安撫院

奏請創建書院遴選多士捐俸養贍延師訓誨

掌教不日臨館所有應行事宜合行查議爲此仰

司官吏星卽會同江藩司查照粘單事理逐細條

悉妥議通詳核奪事關作養人才諒有同心愼毋

率畧切速切速須至牌者

計粘單一紙

一掌教每年館金三百兩每節節儀應送若干每月薪水之費應送若干應否撥給厨役水火夫伺候

一肄業諸生既多官厨給飯供膳殊多不便且徒滋厨役買辦侵蝕不若給薪水銀米令其自爨爲妥每月應給米若干每月應給薪水銀若干再每月應月課兩次壹等生員奬賞銀若干二

等生員獎賞銀若干

一　江安兩撫院到省時應請赴院考課本部院亦隨時考課江安藩臬各道每年應各考課一次以示興崇文教之意所有應給獎賞銀兩各聽酌給不定多寡

一　肄業諸生若干人卽應撥水火夫一名伺候炊汲人多酌增水火夫每月應月給工食銀若干

一　書院號舍每一間應令兩生員同居每人應給竹床一張桌一張椅兩張餘用家伙或酌行置

鍾山書院志

備或令諸生自備幷議具覆其床桌椅子等項應作何備辦

一掌教厨竈應設何處　諸生厨竈應設立何處須預先酌定收拾

一掌教所用一切家伙什物應作何酌量備辦

一掌教講學閱文而外須添副掌教二員一管書院東偏號舍諸生一管書院西偏號舍諸生稽查出入課其勤惰方爲有益應否檄調學優行潔之教官抑另延在籍之縉紳耑司其事一幷

詳議覆奪其副掌教之脩脯薪水節儀等項亦
即酌定厨役水火夫亦即酌撥

一書院頭門應派衙役二名看守應否於上江兩
縣内輪月派撥以均勞逸大堂儀門應否派役
常司啓閉伺候灑掃

一每月月課掌教閲定分别等第開單同卷送本
部院查閲閲過發江寧府按照名次給與獎賞
并發還原卷其獎賞銀兩該府須各封包好上
寫某生名數或該府親往書院或委上江兩縣

前往書院分給務須前一日曉諭諸生届期當堂散給不得轉手他人以滋弊竇其每月食米同薪水銀兩定期於每月之初二散給不得少遲致諸生守候有誤潛修散給時亦須在書院或該府或委縣親身當堂散過復具摺開報本部院每季終該府將分給過食米若干薪水銀若干獎賞銀若干造册送本部院及江安兩撫院核銷

一開館日期酌定何日以便預行曉諭諸生并檄

府遵照

雍正二年五月　廿三　日行　藩司

兩藩司議覆書院應行事宜詳文

江南安徽江蘇布政使司董永芠鄂爾泰　爲作養人才以廣
聖化事雍正二年五月二十三日奉
總督部院查　憲牌内開照得江南爲人文淵數
禮樂名區本部院仰遵
聖訓樂育英才是以會同
江安撫院
奏請剏建書院遴選多士捐俸養贍延師訓誨令
掌教不日臨館所有應行事宜合行查議爲此仰

司官吏星即會同江藩司查照粘單事理逐細條

悉妥議通詳核奪事關作養人才諒有同心愼毋

率畧切速計粘單一紙等因到司奉此當經遵照

憲行事理移會江藩司并轉飭江寧府查議去後

今據江寧府詳稱遵經查照粘單各欵逐細查議

開具條議欵册詳送前來據此該兩本司會查得

此案乃係

憲臺興崇文教奬勵斯文至意

題奉

俞允荷蒙我
皇上御題匾額俾兩江多士有所遵崇且資嚴師益友之規模朝饔夕飧之供給從此單寒多士不致有簞食之嘆索居之感此皆
憲臺開來繼往造就人才之盛舉也兩本司欣逢
盛際謬蒙委議事理敢不詳慎所有書院一切應行事宜行據該府查議前來該兩本司復加逐細條悉叅酌妥確造具清册現在擬合呈送
憲臺鑒奪裁示遵行再查副掌教今議以上江池

州府教授陳以剛下江句容縣教諭汪鈞俱係學
行兼優之員堪以董理協督可否檄調輪班值季
兩本司未敢擅便相應一幷詳請
憲臺批示以便星夜調委爲此備由併具書冊呈乞
照詳施行　計呈送事宜冊壹本
雍正二年六月十一日通詳　奉
總督部院查　批　均如詳行仍候
安江撫都院並候
學院批示繳冊存

安撫都院李　批　仰候
督部院核奪批示仍候
江撫都院
學　都院　批示繳
署江撫都院何　批　仰候
督部院核奪批示仍候
安撫都院
學　都院　批示繳
學都院法　批　仰候

督撫二院批示繳冊存

司詳議定事宜

一議得正掌教館俸三百兩每節節儀陸兩每月供膳銀拾兩廚役一名水火夫一名每名月給米三斗工銀叁錢

一議得肄業諸生令其自爨每名日給米一升蔬菜薪水燈燭等項銀叁分每月月課兩次一等應給獎賞銀五錢二等獎賞銀叁錢

一議得江寧府於江安兩撫院到省時應呈請　臨書院考課至江

安藩臬各道每年各考課一次所有考取一二等生員各聽主試者酌給奬賞

一議得肄業諸生每十名撥水火夫二名伺候炊汲每名月給米三斗工銀叁錢

一議得每號舍一間應令兩生員同居每人各給床一張桌一張椅一張竹書架一張其餘什物俱令諸生自備

一議得東西兩角門外置有大厨竈各五間似不必另設其掌教鍋竈等物應令江寧府備辦報

銷

一議得正掌教所用一切家伙什物酌量置備仍令該府備辦其副掌教家伙只取足用

一議得副掌教應調上江教職一員下江教職一員輪班值季四月一换每月每員酌給修脯供膳銀拾兩遇節給食物肆色厨役一名水火夫一名每名給米三斗工銀叁錢

一議得書院頭門并大堂儀門伺候啟閉灑掃令江寧府僱覔老成勤慎之人二名每月給工銀

叁錢米三斗

一議得每月月課掌教閲定分別等第開單同卷

送

督院校閲發還原卷令江寧府按照名字將獎

賞銀封好寫明某生姓名前一日曉諭諸生届

期該府親行面給不得假手胥役每月食米并

薪水銀兩於每月初二日該府散給過後一面

具摺報

督憲至季終將分給過食米薪水獎賞若干造

冊報本司備案呈送

督撫各部院核銷

一議得開館日期應俟正掌教到省之日聽候

督憲酌定預期曉諭

鍾山書院志

取各屬生員入院肄業檄

總督江南江西部院查　爲作養人材以廣
聖化事照得江南爲人文淵藪禮樂名區本部院仰遵
聖訓樂育英才昨歲代任監臨目擊三場士子貧寒居
多念其膏火不敷焉能專心學業是以會同
江安撫院粃建書院遴選多士捐俸養贍延師訓誨
奏奉
俞允擇地鳩工茲
欽賜

御書

頒發到院現在裝潢懸掛俾諸生朝夕觀瞻仰體

天心敦崇實學以弘雅化所有肄業諸生除本部院親

試錄送外合再通行檄取爲此仰府州官吏立卽轉

行該學將後開諸生徑行具文申送赴省以憑發

入書院肄業該地方官量資路費俾卽起行宏奬

斯文諒有同心切毋玩視倘單開諸生或因教授

生徒硯田自給或因高堂侍養未便遠遊該學亦

卽據實具報毋得勉強反致滋擾書院掌教卽日

到院諸生務於六月二十日到省入院肄業毋得

稽延

計粘單一紙

行　江南各府州

雍正二年五月　二十一　日

開館日期告示

總督江南江西部院查　爲作養人才仰副
聖化事照得本部院前經通行各屬檄取諸生赴省令
入書院肄業已據各屬陸續申送前來除行令江
寧府按日散給薪水銀米送入書院居住外今本
部院敦請廬江縣
原任侍讀學士宋　在院掌教已經抵省選擇本
月十五日吉辰開館合卽出示曉諭爲此仰在院
諸生知悉屆期爾諸生聽候江寧府率領各循序

一體綮諰務令講貫考課潛心肄業毋事虛名有

辜教育至意特示

雍正二年　月十五日示

飭諸生牌

牌示書院肄業諸生知悉照得書院開館擇於二月中旬今有歲事已畢情願先期入院者徑赴江寧府稟明如果專心肄業本部院自當刮目相待如有入院領給薪水之後鍵户私回或在外遊蕩不務正業者一經察出定行擯斥慎毋自悮切囑

特諭

雍正三年正月二十三日示

鍾山書院志

書院長久規模告示

總督江南江西部院查　爲酌定書院規條以遵

聖訓以重儒林事照得大江上下人文淵藪至

聖祖南巡

恩光普照迄今草木向榮我

皇上嗣統當陽士民沐

覆載之德本部院仰體

天心弘奬文教特創鍾山書院卽蒙

御書匾額

頒賜懸掛

聖天子作君作師受教育者能不感激奮勵本部院延

師課士原非飾觀瞻於一時務必留模範於將來

所有規條開列於後

一書院肄業之士務必文行兼優曾經本部院考

取及

學院移送前茅并各屬保送方准收入蓋所屬

地方遼濶恐其有錢糧詞訟在有司案牘者借

此躲避勾提又或童生黠生冒認青衿不得不

用印文爲據各屬保送行優本部院必面試文藝重其選也其有隔年已到肄業新到重來則徑向江寧府報名許卽進院

一每逢朔望諸生同師長拜先師禮畢卽向師長一揖同學諸人卽於其地總相對一揖

一書院設大梆於二門上着守門人管每日聽五更鼓歇卽發頭梆天將亮卽發二梆天大亮卽發三梆以便各號齊起工課所謂一日之計在

於寅僧家方且如是何況吾儒夙夜不怠寢食不遑斯爲勤學也

一設雲版於講堂之上易於傳集士子今定朔望飯後爲會講之定期諸生聽擊雲板響聲卽齊集講堂一揖侍坐敬聽毋得絫差喧撓所定初六十二爲會課之定期是日三梆比平常更早黎明卽響雲版以便諸生齊集領題令作者舒徐思索得以盡一日之長

一凡肄業諸生或有事歸家或尋訪同人須出門

一二日者必稟明　掌教并副掌教查明告假幾日註冊後方准出院告假至半個月以外副掌教具稟江寧府轉報本部院批允方行若寂然而去不稟師長查出記過一次記過至三次者斥逐出院副掌教不得扶同狥隱

一爲人首在立品立品全在講學講學首重明倫明倫全在忠孝須常將

聖祖訓飭士子文並

皇上萬年訓宣明講說觸目警心堯舜之道孝弟而已

孝子不登高不臨深所以守身也守身則不敢有一毫之非爲孝子不敢慢一人輕一物故不特不弟之非孝凡不仁不義背倫理而拂人情皆不孝也就肄業書院而論則尊師取友認眞讀書之爲孝而悠忽蹉跎與物多忤之爲不孝矣惟孝能忠所當擴充體認以成全德斯不負

聖訓云

敦崇實學之

一諸生當知我

朝作興斯文勝於前代
聖天子舉賢崇儒事事破格開科廣額之外
特詔錄遺又給公車歸途之費各省所舉孝廉
特授州縣官
曠典異數極從來所未有凡屬士林幸逢
盛世之鼓勵獎掖莫不感奮爾諸生尤宜砥行修品
切勿自暴自棄讀書則自已派定每日讀某書
不惟資作文之料必取爲持身經世之本仍間
日自擬題一二篇多作則心靈手敏異日臨場

有如流水亦須送師長一閱求其細細批示雖非正課之出案實可頻驗其淺深至於所讀之書卽老成亦有未解處及會講之日有未明未盡處無妨各自開單求師長徐徐開單示下師長體夫子善誘不倦必無厭煩此昔賢所謂疑義相與晰集思廣益之道當然矣

一來學者原以尊師取友爲益師嚴而道尊師能盡其道乃謂之嚴乃謂之尊亦惟君子能尊師然後喜其嚴而覺其尊耳究竟師之待弟當如

父之待子惟親切提撕鉅細指示彼弟子亦惟
觀其所長而傚之不可核其短而薄之也爾等
其亦設身處地反已而自思乎從來出案有前
必有後一日之得失雖曰憑文似亦有數况轉
盼後者或更居於前但當自咎自勉不得歸尤
於閱者若中懷狹陋豈能成大受之器乎至於
朋友爲五倫之一聖人以朋友爲樂大賢重友
天下之善士今明明與以會文之友朝斯夕斯
各宜虛懷善下恭敬和衷方是大器見學問高

於已者便當誠請教益見學問不如已者不可懷私嘲笑青出藍藍謝青安知他日進境不較勝於我乎卽有受人嘲笑者亦不必尚氣須努力發憤以求出人頭地則嘲笑者轉而爲傾折矣至於夙昔睚眦今同硯席亦須陶鎔化解毫不介懷居敬業樂群之地加以懲忿窒慾之功本部院教爾尊師取友者如此爾諸生聽之思之

一會課有獎賞藉以資筆墨而襄日給之費也永

爲定例矣查鹿洞考規三次連考三等卽出洞諸生宜取以自儆勿視爲定例可以優游怠忽徒餔啜也進而復斥顏面何存努力精進斯爲不負作養

一科場經題有四書院須加經學每月會課旣有經題須作經藝卽當日不能完篇續送亦可卽以一經爲一束另於正案之外各分等第聽掌教徑自揭示院中使肄業者鼓舞加功以爲棘闈奪幟地

一肄業書院固皆佳士然有抱負者或恃才無操守者或見小無執着者或隨流凡諸弊病所當十分省察以脩品望萬不得管人詞訟與人鬬毆及市肆酤酒茶話大之取辱於公庭小之見輕於士類務必爲喻義之君子將來爲成名之大人倘不我從卽斥出院

一每屆科場凡肄業中式者許鹿宴後迎入書院謁

聖謝

師并刻公匾題名其未遇而有待者不必以得

失介懷仍有志肄業不散者許聽自便

一書院數椽本部院體

主上作人之德意竭力經營諸大人同心協贊乃得有

此每見歷來書院多始勤而終怠怠則荒荒則

久而易弛矣該府縣暇日常一瞻顧春月防雨

冬月防雪須預先補瓦檢漏毋致濕爛傾頹在

內書生及所用僕役宜潔淨愛護不許污壞門

壁四時謹慎火燭毋致貽悮府縣俱宜留心查

察從來書院與學校並重輕書院是輕學校矣

況此奉

御匾之書院乎

以上一十三條固專爲書院而言但亦有關於身心學問汝諸生體認依從一生受益豈止肄業之時且傳與宗族鄉黨卽未來此肄業者可藉觀摩卽尚未及爲諸生者可興懿好何莫非汝肄業之士爲之倡也士以家修廷獻爲己責果躬行無忝則出而致君澤民處而居賢善俗皆敦崇實學之工夫我

皇上是訓是行之功效本部院顧汝士林意有餘而言不盡各宜永遵特示

雍正三年　月　日

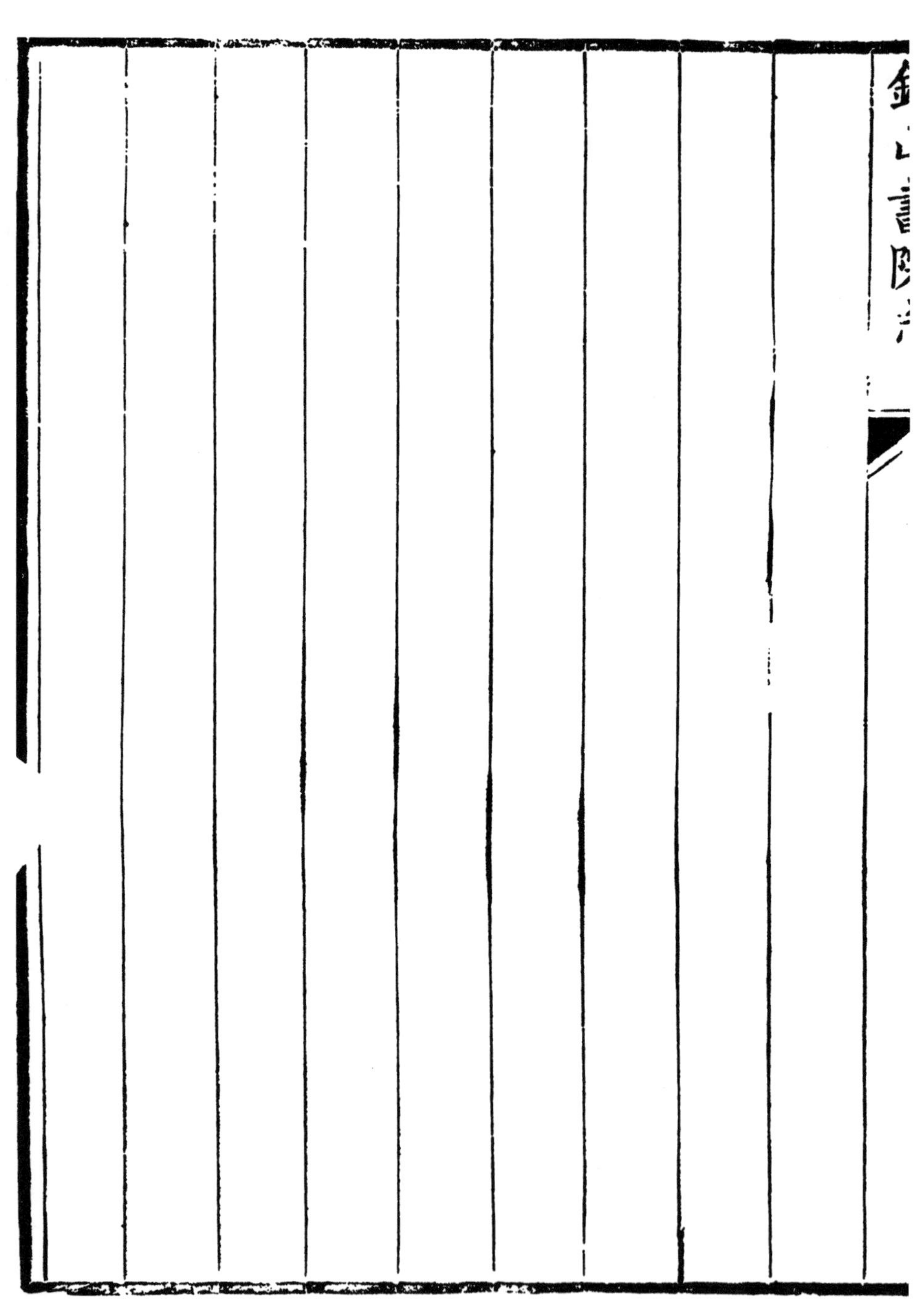
鍾山書院志

# 鍾山書院志卷之七

## 延師

自古貴賤愚智莫不從師凡以藉其琢磨耳矧讀書之士爲家修爲廷獻悉本於學學必講而後明明學所以明道也明道所以植行道之本也天下豈有無本之學亦豈有無師之學哉記曰師道立則善人多善人即家脩而敦孝友廷獻而効忠良者也士肄業於書院中其學正在於斯非有專師以爲倡率則渙而無紀昔馬融鄭元師弟皆名儒

之設教游酢楊時道南由立雪之誠心蓋師之得
弟弟之得師相得益彰均持世而傳世矣我
督憲奉
敦崇實學之
綸音英才樂育藹藹諄諄而又專其師席禮體優隆是
與白鹿洞之主洞同一例云誌延師
掌教一位
采訪有文望品望年高而精明強固足以誨人者
爲之不拘爵秩不拘本省外省

督憲修莊啓聘儀付地方官敦請如辭未赴仍再啓

固請速駕至則具柬撥輿遠迎

每歲館俸三百兩　外每節節儀六兩

每月供贍銀十兩　廚役一名　水火夫一名

專主講明五倫之道四書五經之理史鑑中之治

亂得失及每月兩課批閱文字高下

雍正二年

掌教　宋　衡　字嵩南號嘯梅廬州府廬江縣人康熙戊午解元乙丑進士授翰林院庶吉士官至侍讀學士丙子雲南正主考提督四川學政所著有嘯梅齋詩集經義文稿

雍正三年

掌教　宋　衡　時年七十有二

雍正四年
掌教 夏慎樞字用修號曉堂鎮江府丹徒縣人康熙戊子舉人壬辰進士授翰林院檢討庚子科北闈同考官辛丑科會場同考官所著有曉堂文集

督憲行　藩司議定掌教講學閱文而外另派兩副掌教一管書院東偏號舍諸生一管書院西偏號舍諸生稽查出入課其勤惰每季檄調學優行潔之教官輪班值季以司其事皆所以贊襄掌教之師席也

雍正二年　陳以剛　字近箞號燭門鳳陽府天長縣人康熙壬辰科進士池州府學教授

雍正二年　郭嗣齡　字引年號　揚州府江都縣人康熙乙未科進士松江府學教授

雍正二年　陸　翼　字筠溪號二舒松江府青浦縣人康熙癸巳科進士揚州府學教授

雍正三年　陳以剛

雍正三年　陸翼

雍正三年　儲郁文　字從吾號圃齋常州府宜興縣人康熙辛丑科進士徽州府學教授

雍正三年　蔣文元　字羲一號　常州府武進縣人康熙辛丑科進士淮安府學教授

雍正三年　張榮源　字子素號醇村松江府婁縣人康熙癸巳科進士中書鎮江府學教授

雍正三年　李　音　字西林號　揚州府江都縣人雍正癸卯恩科進士江寧府學教授

雍正四年　陳以剛

雍正四年　李　音

鍾山書院志卷之八

養士

書院所以教士也所謂廣厦千萬間大庇寒士士之聞風興起翹首羨慕者負笈而来雖裹糧以自給亦固願矣然

大人在上能體士子之艱難顧復豈有靳哉昔竇禹鈞建義塾數十楹聘名儒以訓遠近之貧士曲盡周全齊宣王欲養弟子以萬鍾徒托空談令

督憲以上卿當路則實實爲之非特俯視齊宣即禹

鈞較不及此之廣大精微矣夫孟子稱得天下英才而教育之爲三樂育者養也有教有養俾英才鼓舞於裁成樂孰大焉書院士至如歸蓋未至時而區畫其朝夕之必需已預備而悉定之矣誌養士

諸生房間

每間濶大可住二人若偶然人少之時或一人住一間各從其便

諸生日給

每月米三斗紋銀九錢充薪蔬油鹽

諸生賞格

每月兩課

特等賞銀五錢

壹等賞銀四錢

貳等　名前賞銀三錢

諸生器用

每間木床二大張

書架二座　桌櫈俱全

公衆庖廚　在東西兩邊其廚中鍋缸及刀剷之類俱全有願小鍋獨治爨者聽各人自便

炊汲力役　各號舍俱派定有人每役月給工資三錢米三斗

# 鍾山書院志卷之九

## 經籍

居今稽古所重縹緗雖負笈而來者自有日用之殘編尺寸之卷帙聊應伊唔然督憲美意謂既興書院則必置書朱子之興鹿洞也即以經書奏請而我

聖祖於鹿洞曾頒經史以至岳麓諸名勝皆有之

盛世右文

賜書以教育多士將
聖經賢傳與
御匾相爲輝映實千萬年
治化之所繫云于是書院之書以次而積矣至於
公卿大夫有送簡編於書院者是教人以善之忠
亦傳世之韻事不朽在兹豈敢湮所由來耶志經
籍

一置藏書器用

書橱　乘係樸素渾堅杉木做成安頓内廳堂上

每乘書橱用大鎖壹把　鑰匙交副掌教收執

如歲暮及新年時節副掌教歸任將鑰匙送江寧府謹收不許疎失

平時院内師生要看須另册註明以免遺散

督憲頒發書籍叁拾壹種書目開後

易經壹部　春秋壹部

册府元龜叁拾套　拾叁經註疏貳拾套

字鑑壹套　張南軒壹套

事文類聚陸套　通鑑綱目拾壹套

名臣奏議捌套蛀　廣輿記壹套

殿閣詞林壹套　性理節要叁套

明詩綜四套　性理大全叁套不全

廣韻壹套　元遺山集壹套

朱子大全肆套　小九經壹套

小學壹套　六經正譌壹套

性理四書壹套　禮記壹套

韻府貳套　焦氏易林壹套

治安文獻貳套　四書易簡肆套不全

羣芳譜貳套　詩經更定壹套

戴訂大全貳套　玉篇壹套

智囊貳套

櫥貳口　鎖貳把

鍾山書院志

鍾山書院志卷之十

教條

修道之謂教教必以聖賢之道道莫切於子臣弟友言顧行行顧言數語然則教人者豈有他哉能述聖賢之道以教人是以聖賢爲法者也述而非作簡而不繁俾高卑遠邇之共見則其教爲可則矣志教條

掌教宋學士教條 四則

聖主重道崇儒興學右文

兩江制臺查大公祖仰體

聖意特建書院培植斯文養士造士同鄉 諸君子願負笈來學者總以砥行課文爲業士先德行而後文藝此躬行爲先文藝爲後也昌黎云仁義之人其言藹如 衡 細思文行又出於一旦士子三年揣摩以應賓興

盛典文藝務求精當俾得先正風味恪承

御頒敦崇實學至意衡敬奉

制臺相名再函再促謹遵尊者之命自愧凉薄

荒疎惟殷殷戒慎恐懼共砥礪焉或他山攻錯上

答

聖朝文治之隆庶不負

賢制府作人雅化是則予所厚望也

一敦躬行以忠孝爲本始

一愼交遊以禮義爲信從

一明經學以傳註爲楷模

一課文藝以經史爲根源

以上四條倣

朱子鹿洞教條及程氏家塾日呈約畧大端於茲

云

又敬遵

朱子鹿洞教條開列於左

一首先五教

父子有親君臣有義夫婦有別長幼有序朋友

有信

一爲學之序

博學之審問之愼思之明辯之篤行之

一修身之要

言忠信行篤敬懲忿窒慾遷善改過

一處事之要

正其誼不謀其利明其道不計其功

一接物之要

己所不欲勿施於人行有不得反求諸己

又另三條

一課文藝本先正理脉參時賢風華

一作經解倣先賢註疏酌時人論辯

一作史評宗前後定論非有意辯駁

又聯語亦教條之類

尊所聞行所知五倫以外無學術

正其誼明其道六經之内有勳猷

副掌教陳學師教條十二則

唐虞三代自王宮國都以及閭巷莫不有學所教者禮樂詩書所修者孝弟忠信以故聖賢輩出治隆俗美而書院之設自宋初有白鹿石鼓應天嶽麓四名區各聚生徒講明理學惟時濂洛關閩相繼挺生孔孟之道燦然復明於世不可謂非倡率之功也我

皇上以聖神文武之德繼天立極文教覃敷

督憲以名世大賢節鉞兩江宣猷贊化時時以教

鍾山書院志

育人才倡明正學爲首務
藩憲以理學名儒修明風教
府憲弘文雅抱棫樸作人同德協力共襄至治特
建鍾山書院進多士而教育之以贊
國家右文之化
聖天子
特頒敦崇實學四字以爲式程江左士子無不懽欣鼓
舞拜手頌揚甚盛典也剛蒙檄調來院躬逢其盛
復承面諭諄切語士子以先立品行次及文學立

身行道勉爲正人剛生長下邑學植淺陋何敢當
學行兼優之選惟是夙夜冰兢毋敢隕越因不揣
固陋各綴數語以代口宣惟諸君共諒之勿負
聖天子培養之深恩各
大憲教育之至意是所望也謹列規約如左
一敦實行
一正文體
一重經學
一通史學

一尚博雅

一嚴朔望之儀

一定日課之目

一嚴出入之防

一戒非禮之履

一定會課之期

一重羣居之義

一存恒久之心

鍾山書院志卷之十一

講義

禮曰講學以耨之學而不講是耕而不耨猶之乎未耕也夫子所憂者四而此居其二明乎講學爲修德之助致知之要矣流俗或高視講學或迂視講學是皆於學未聞彼烏識講之爲貴乎講學不在於繁難不在於高深必以切已者爲妙夫子教孝即無違二字便是講學之至微至顯胡安定設經義治事二齋講經義講學也講治事亦講學也

經義之中原有治事治事之中原有經義所謂有條而不紊同條而共貫者其斯有待於講乎掌教之君子得之之矣志講義

孝弟講義　宋　衡

先德行而後文章孝弟爲仁之本是乃德行之先務善事父母爲孝善事兄長爲弟童子亦誦此二句矣此章雖單拈出弟子字然大人之學脩齊治平皆由此道而擴充之誰能出其範圍孔子猶以我未能一爲歉今學者讀書但以性與天道爲聖人之微言反覺孝弟爲尋常之語豈知明德至誠參贊位育必本於此哉南豐湯惕庵先輩常言教字以孝道爲始學字以子道爲根實近裏着已之

庸言也我今與諸君子將孝弟二字粗淺講來父母兄長人人之所有視若尋常幾人能事事之盡善方可謂之孝弟論語言孝弟處曲盡其情理任人體認中庸言兄弟之翕夫婦之和皆歸于父母其順哀公問政章中庸又申言順親孟子謂堯舜之道孝弟而已矣更發明二者爲仁智禮樂之實而極之於手舞足蹈之自然又謂不得乎親不可以爲人不順乎親不可以爲子蓋聖賢以孝弟大聲疾呼使天下後世知盡其道而不敢違乎吾人

當思孝弟難盡而亦易盡且當思孝弟易盡而亦難盡也既謂之人安可以不孝弟無論處常處變處富貴貧賤總持此一片血心以事之善事父母則父母之所敬所愛者必敬之愛之父母之所宜敬宜愛而未盡道者必代爲敬之愛之友于兄弟其事卽在孝之中未有兄弟不友于而得以謂之孝者也兄弟非僅同懷同祖友于之義推之宗族皆然由孝弟之所貫注也維桑與梓必恭敬止孝子之所以錫類也世間有幾等蠢人或身貴而父

母兄弟賤或巳巧而父母兄弟拙則詡詡揚揚自謂更勝或父母先窮而子能致富則多謂前人無能而養親之具儉嗇不堪以爲如是足矣又或父母艱難一無所遺而子朝夕懊怨以添父母憂愁又或本身富貴兄弟更窮而一切養生送死之事也不肯獨任必派兄弟平用又或父母錙銖稍裕出納兢兢子不得應手而竊取之而瞞昧之攘攫之又或父在宦途爲子者只想歛財歸槖不知成父之品廣父之情以致淪胥而罔惜又或父偏於

後娶昵於庶子則嫉之戕之又或兄弟仕宦而豐亨兄弟經營而厚積則窺伺計圖之又或爭繼爭產以致家門蕩滌種種大病雖衣冠中亦往往而然言之可爲痛哭而痛恨者也昔先兄鶴岑自家修以至仕途一以至情行事惟予碌碌平生回念事父事兄未能畧盡至今常淚下沾襟事親要及時待兄弟也要及時我老矣尚安得父兄而事之乎學者刻刻防自已不孝不弟而又以此義勉勵同人敀廸宗族鄉黨則人人皆孝弟矣聖賢以孝

弟教天下後世人人當取法務本我
皇上以孝治天下臣民人人當遵道遵路吾輩讀書首
重明倫入乎此則爲名教中之君子世道有光出
乎此則爲名教中之罪人士林不齒吾願與學者
思之盡之勿以所講之粗淺爲可哂

忠恕講義　宋　衡

盡己之謂忠推己之謂恕非忠無以立乎恕之體非恕無以伸乎忠之用順乎親有道反諸身不誠不順乎親矣好人之所惡惡人之所好是謂拂人之性此六句蓋皆未能以忠恕存心也本乎中心主一無僞如己之心以應事接物則終身可行蠻陌可行日久操存無少間斷用之卽治平之絜矩充之卽至誠之經綸

鍾山書院志卷之十二

藝文 啟 記 頌 賦

游藝乃志道之末學文乃力行之餘雖德行爲先器識爲重而此亦烏能少哉況乎載道者恃此行遠者恃此正於聖域賢關有所維繫而儒林之所賴以鼓吹也書院月課舉業 掌教操其甲乙督憲定之又從而遴梓之可謂揚華國之始事矣是編則啓記頌賦詩詞切於書院者無出處遠近之殊並録之非僅肄業之士而已鼓吹存

焉羽翼存焉　志藝文

督憲查公聘請　宋先生掌教書院啓

恭惟

老先生年臺

繡溪呈瑞

元井發祥

家學淵源早歲廣平擅譽

國華黼黻當年公序齊輝

臨六詔以掄才玉壺朗映

貢三巴而籲俊珊網弘開寄興飄飄歸去且登且眺

娱情綽綽到來亦咏亦觴逢

哲后之乗乾行當鼓吹想

高標之踐履坐擁縹緗固宜

出作楷模培後英而

施化雨是用尊

爲領袖藉

先達以貫聚星蓋書院開虎踞之區虔邀

虎座乃

御匾焕

龍光之錫茂育龍驤宦轍叨光儒林起色弟素心飲水青眼尋芳五内綢繆每竭誠於所屬

九重訓誨尤加意於斯文兹者新設數椽似百工之居肆於焉廣掐諸彦俾四序之樂羣資表率於鱣堂敢修幣聘比儀型於鹿洞因遡薪傳寸悃畧陳八行敦迓惟冀刻期命駕諏吉登壇胡安定之高齋蘇湖繼美

馬季長之舊帳盧鄭增華曷罄寅衷耑祈

丙照

記

特建鍾山書院記

宋衡 嵩南

鍾山書院乃我

總制兩江大司馬大中丞查公所捐俸而倡建者

也時惟

聖天子嗣統之元年 治化增新 公以密勿重臣奉

特簡蓋東南半壁藉股肱心膂之寄比名公之分陝爲

更重矣

陛辭之日蓼蕭燕湑湛露宵濃凡地方文武經權悉聆
聖訓　公欽承而出至則飲冰茹蘖振紀肅綱適逢補
癸卯鄉試借　公監臨　公夙夜匪懈見南省人
才充溢號舍不敷臨時倉卒搭蓬編號湊應士子
跼蹐何以濡毫　公甚憫之相度棘闈爲經久之
計揭曉後擴貢院五百餘号增號舍三千六百有
奇又念寒士無琢磨之所特建鍾山書院於金陵
酌之方伯會同
撫學三臺具題奉有

俞綸而場屋無狹隘難容之嘆矣而書院有刻日告成之喜矣　公復奏請
賜額蒙
御書敦崇實學四字禮部筆帖式捧到金陵南邦士子無不仰
宸翰之光華繹精微之要道而煌煌書院直與聖域賢關垂不朽於奕世也考書院之在金陵者從前不乏然莫如宋時之應天書院爲最大而世遠年湮盡淪陳跡今

我　公特建豈非超前而軼後者哉初　公與
方伯規畫再四必擇其平衍有氣脉地靈之久而
勿替者得錢厰舊址論其形勢大約在鍾阜之右
石城之左鷄籠山遥坐於其背鳳凰臺直對於其
面兩化臺斜比於其前水則來自北極樓下灣環
滙合卽護龍河沿東南角流入秦淮以達于大江
其爲屋也宛九宮八卦之意向南升大堂五楹次
建講堂兩旁有退室有岑樓樓之中閣敬奉
至聖先師位前後左右各布置芸窓諸生薪米器用

力役周詳籌妥一時士至如歸　公間一親臨誨之課之又從而奬賚之近悦遠來咸謂我　公開廣厦以庇多士克體

朝廷崇儒右文教育之隆爲歷來所未有矣　衡淺庸無似方杜門讀書以勵桑榆　公不遠數百里莊函招之而　衡遲遲應命倍覺慙惶周禮師儒之設謂師者以賢長人儒者以道長人余惟賢與道之弗足勝深自揣耳　公檄調廣文之學優行潔者二員爲副掌教稽其出入課其勤惰每季輪班更換

嚴且肅矣衡雖不敏願與濟濟俊髦共相黽勉爲
窮爲達以忠孝廉節存心本實學以爲實行庶毋
負
聖主賢臣之教育而書院長爲邦家之光矣夫兩江之
戴　公正己率屬興利除害之嘉猷指不勝屈而
茲於　公之爲
國作人者備述焉以專爲鍾山書院記

敦崇實學頌

臣宋衡

瞻仰

御額

天章輝映屏爾浮華實學希聖

元首明哉　股肱丕振五教敬敷逢源見性濂溪無欲

考亭持敬躬修德行經史爲証我

皇聖神

乾德廣運兩江　制府萬民胥慶廣厦庇士用承

明命諄諄諸儒勉勵文行

放勳振德

宸書寶訓敦本尚實千古心印鶴髮徵臣躬逢其盛晨

夕依依寸心難罄如川不息長江朗映偕乃譽髦

鼓舞同咏

後樓璽頌一

敦崇實學頌有引

前接夏頌三

池州教授臣陳以剛

竊聞天地未啟冲漠已具森羅聖哲肇生問學咸歸德性舉八元而布教虞治所以無爲敷五典而擾民周曆於焉最永欽惟

皇帝陛下

聰明睿知

文武聖神

重道統之淵源追崇極

鍾山書院志

先師之五世
求賢良若飢渴網羅開
恩試之雙科茅茹彙征已歸藻鑑菁莪蔚起尤切栽培
俞允督臣肇啓鍾山書院
敦崇實學羣賡雲漢天章
謨訓孔昭
精微可繹蓋以斯人弗學與物無殊而實學不敦其
功終悞道不越於四書六經之所載事必殫夫深
知允蹈之交資佩韋佩弦以變化其質臨淵臨谷

以慎守其身制其私譬孤軍遇敵不勝不休詰其極若勁弩張機不發不已朋友相砥礪止此孝忠友信之常經師弟所講明唯茲禮樂詩書之大義言以足志志必爲夫聖賢文以足言言必根乎道德主敬窮理不懈於瞬息之間廷獻家脩不判爲出處之異他日朝端諤諤卽今日循循雅飭之諸生後世譽望章章乃當時抑抑威儀之小子程子門下不止有四先生歐公榜中所得爲六名世此則士子之所當自矢而亦

皇上之所爲厚期者臣 欣逢盛舉仰荅鴻猷與有受事之榮不勝頌德之意謹依雅體撰頌一章匪曰有贊

高深用以自罄葵藿云耳其辭曰

倬彼雲漢爲天之津迪我多士大哉

王言惟精惟一

王言如綸念茲在茲永矢弗諼 其一

若作垣墉維基之崇若勤樸斵毋務丹雘有悉有稷康我兆民厥德不回始於立身 其二

如金斯追如玉斯琢追之琢之匪質勿施金玉其相𦥊彝珪璋　其三

敬天之威不違咫尺大哉王言臨下有赫譽髦斯士敦行不忒載兢載惕寤寐無斁　其四

翩彼飛鳥載好其音峩峩髦士竹箭南金惟君子使媚於天子載登於國載升於堂君子萬年茀禄爾常　其五

鍾山書院志

敦崇實學頌有序

揚州教授臣陸　翼

恭惟我

皇上至德當陽纘承

大統恩波洋溢遍洽宇宙

闢門籲俊

文治日隆元年癸夘兩江　督臣仰體

德意嘉惠士林特建書院於鍾山之麓拔庠士之尤

者誦讀其中以教以養一時敬業樂羣爭自濯磨

鍾山書院志

有志之士不遠數千里而觀光焉
皇帝是用鑒觀聿嘉乃績
御書敦崇實學四字以顏書院之堂諸生鼓舞拜瞻兢
兢佩服罔敢隕越臣竊惟唐虞教胄乃九德之行
下逮成周亦以六德六行爲急庶頑咸格罔不率
俾降及漢唐雖考經校字拜老臨雍而或尚其文
未臻其實豈如
今日之
聖主以實學躬行於上賢大臣奉行於下合億萬年之

學術人才而咸正罔缺也哉臣躬逢盛事莫罄名
言而爲之頌其辭曰
天生
聖德廣運無疆建中斯民穆穆皇皇民忘厥力士慶於
庠惟德斯懋惟道斯彰
皇帝曰咨顧爾下土若有恒性不閒自古惟學粹純厥
德施普矧江左右而爲文府　督臣御
命總制兩江
元首克明股肱克良在公夙夜冰雪衷腸素心造士仰

佐

天章乃擴棘闈乃興書院棘闈既擴書院斯建謂荷

俞綸譽髦是

眷捐俸僉同經書整頓書院之興奕奕金陵教誨飲食

雲蔚霞蒸以兹敷奏

御匾賜旌亦旌亦勵仕學矩繩

帝曰欽哉學惟其實徒文則虛鶩華則失必篤彝倫必

深儒術如切如磋成已成物有本其敦育基其崇

心存主敬體認執中四言備美衆善咸通爭譽

寶翰共仰
宸衷有倫有要有典有則是訓是行會極歸極奚啻芸
窗奉以晨夕老稺歡忻遐邇納繹鍾山星聚江水
昭
風清作人無限壽考攸寧以安長治久道化成懋
聖學萬禩太平

敦崇實學頌并序

徽州教授臣儲郁文

皇帝御極之元年干在昭陽支逢單閼

瑞符吐洛

祥苞出河

運當熈皥雍和

治以平康正直

卿雲爛熳開復旦之章

日月光華應

當陽之景人文蔚起道術昭明聲教隆而漸被無窮風化洽而敷宣益暢維大江之左右實寰宇之秀靈制府承流倣遺規於鹿洞鍾山置院萃羣彥於龍蟠書溢曹倉輝騰奎宿文雄趙壁氣薄斗躔賢臣旣體樂育之心
聖主尤切教敷之訓
特頒鳳藻俾識指南恭覩
龍章咸知拱北斂華就實最先者五典五常返樸還淳所重者六德六行虞夏商周之統繼稟危微闡閫

濂洛之宗不忘誠敬以天下爲已任成己成物體立而用行奉古人爲我師希聖希天下學而上達飾輪轅以載道薄鞶帨於雕蟲斯皆學問之實功洵屬

敦崇之至意也臣敬誦

綸言欣瞻

寶翰曷交脩于多士知莫贊以一詞昭回雲漢慶千載之奇逢颺拜

明良誌一時之盛事敢隨珥筆用矢雅歌其辭曰

乾坤既奠君師斯作屯經蒙育履禮豫樂文明化

成剛柔交錯克綏厥猷敬敎勸學

睿聖立極重道崇儒溯源周孔繼統唐虞興賢育才文

治涵濡翼爲宣化曁訖海隅两江清淑人文淵藪

督臣承

命棫樸薪槱飲食敎誨譽髦翕受戔戔鍾山菁莪並茂

帝謂多士學有後先本末華實厥趨愼旃藝合道德美

愛可傳藴之行之體用乃全

天章丕煥昭揭月日道脉初開惟精惟一聖聖相續微

言未失勗哉英彦黜浮崇實幸際明倫陶淑漸摩
集賢麗正下逮江沱山水之窟風月之窩薈稡穎
秀雍容咏歌杏壇雅訓千秋木鐸警以
王言羣棠芸恪養根竢實有殖毋落藏器儲材棟梁是
託六朝雲露渺渺東流風歸渾噩士篤家修乘時
翊運有爲有猷吉人藹藹與
國咸休

敦崇實學頌

正江府教授臣張榮源

皇帝御宇四海寧一干羽兩階玉帛重譯乾坤清明風化翔溢

帝眷東南簡賢撫恤僉曰查公治行莫匹朝下

溫綸宴見宣室造膝陳謨密語移日

帝曰欽哉兩江總率公拜稽首銜命悚怵介馬臨江良禮邪黜穆如薰風長養萬物南國多才教育是急鍾山之陰卜地維吉爰造書院朞月工畢有堂

鍾山書院志

峩峩中列緗帙入告我
后用彰儒術
帝眷乃勳還淳可必
寵錫奎章煥爛神筆戒爾多士斥浮崇實至道斯弘正
學斯密四方來歸水繞雲集凛承
帝訓祗守　公律
主聖臣賢比于琴瑟絃調太和罔不悦懌臣愧菲材窮
經迂拙獲襄盛事春同披拂拜手作頌名德永戢

敦崇實學頌

江寧教授臣李音

維

皇立極繼述緜祥新猷弈弈懋德汪汪普天率土整飭

宏綱知人藻鑑

簡畀賢良兩江統制百度平康爲民端表造士丕彰

弘啓鍾山肇興棟梁工力無擾悉捐清囊延師選

士課育周詳迺達

聖聽迺展忠腸

帝曰嘉哉教養有方况兹南省棫樸騰芳自昔迄今人才蔚煌祇患浮華宜樹其防喜沛

俞綸喜錫琳瑯風氣挽回遵守弗忘　督臣敬捧對衆宣颺曰繹四字典謨茂宦覺世在學學必無荒獨學無友孤立奚勸鍾山既闢會文躋蹌宛如居肆追琢其璋循名責實鎔化輕狂存誠去僞心境光芒必也共敦純厚爲坊彝倫五教率迪庸常不惜解俸歲時鋪揚班資崇卑爾自計量虛以生明日積乃昌天德祇承福祿來襄欽哉

皇訓直紹陶唐精一傳心體用深長凡百有位砥礪宜

臧在爾多士力貴自强處爲良淑出獻廟堂勉承

道脉勿玷書香微臣司鐸金陵郡庠濫分講席恪

恭是將瞻依

御額筆畫琅琅追隨　督臣警惕徬徨願偕子弟體驗

縹緗斂華就實時凜

宸章

君師至言天地爲光道開萬禩頌德無疆

敦崇實學頌

翰林院侍讀加一級致仕臣朱啓昆

自昔郅治茂不由學唐虞夏商學綦重矣周兼四代之學凡以風俗原於教化而教化先於士類不憚多方培育焉

國家華士辟雝而天下郡縣皆立學教化盛矣乃省會名山復聽建設書院蓋恐經生局於科舉秀才競於詞章而實學寖微故封疆大吏仰體

朝廷德意捐俸搆講舍延潛修耆儒拔郡邑學之尤者

講習其中所以成人材厚風俗爲助匪細
天子嘉之每
賜額以示廣勵雍正二年總制兩江臣查弼納建鍾山
書院教養備至士類雲集
上賜額以訓多士曰敦崇實學前撫臣張伯行蒞吳時
建紫陽書院訓迪有方
聖祖仁皇帝賜額以訓多士曰學道還淳翰林院侍讀加
一級致仕臣朱啓凡祗聆
皇上大訓繹思

聖祖大訓竊仰
堯性欽明
舜德重華其揆一也夫士成淳儒民登淳俗非學道無
由而儒道還淳世道還淳非實學無由然則
聖祖敷言得
聖皇敷言而益彰臣啓昆齒衰學落邦大夫以其扃户
守素延掌紫陽書院敎日瞻
聖祖寶訓山高海深何能爲多士發明哉伏讀
皇上敦崇實學四言翼然中有據依乃進多士而告之

曰道不外於忠孝事親無僞心乃爲實孝事君無僞心乃爲實忠脩之己則爲實學措之人則爲實政實之又實而無雜無間焉其淳矣乎臣老矣與多士期進于淳當從懋勉於實始爰拜誦

聖言而敬爲頌曰

天祐下民治教有統勵士維風實學攸重黌宮芟萊講院宏開大吏承意

帝曰俞哉勿名是角勿利是榷明誠兩進厥惟實學木實則榮臺實弗傾學道必實乃克有成千古淵源

括於四言提綱挈領入德之門亹亹

聖心亦保亦臨煌煌

帝謂天經天緯隆隆

御額熊熊弈弈大觀在上

天顏咫尺飛飛

龍翰倬彼雲漢爲章于天旦兮復旦兩江交砥萬國具

瞻晨夕是惕億禩維嚴由實而淳朔暨東漸材成

俗美時雍永占

賦

## 鍾山書院賦

湯永寬碩人南豐隱逸時年七二偶客金陵

粤禹貢揚州之域有龍蟠虎踞之疆延袤半壁形勢最良長江天塹如彼瞿塘蔣山作鎮屹然高岡六朝夢夢四望荒荒緬山川之毓秀多人物之留芳是以大人君子每禮賢愛士而加意膠庠故能德音徧洽令聞滂洋偉哉

制府查公爲股肱而翼運體用非彝知行弗混統

鍾山書院志

揆文奮武之大權恒察物觀民之難遁移風俗以

還淳勉士林以學問於是廣

皇仁捐清俸開千間廣厦之峩峩似百工居肆而與進

于是奏

九重蒙

賜額奉敦崇實學之諄諄俾切磋琢磨而勿倦于是具

米薪貽膏火彙遐邇英才之濟美如祖父之願子

孫于是擇領袖設絳幃聘名賢以爲掌教藉先達

之勤討論于是日提撕月兩試必文行兼修之無

玷庶幾不負乎讀書于是稽工課總裁成必始終策勵之靡怠庶幾永樹乎楷模猗歟偉哉憶此邦書院在昔應天而外尚有明道南軒及昭文之名湮没莫諏原七溪韻孰若我

制府之剏建於今日起衰教育洵足以鼓多士之步趨上有閣以祀夫子中有大堂五楹旁有廳有號舍儼九宮八卦之圖酌芸窻之巨細而不僅輝煌其庭除蓋華實得宜師生得所定千秋與鹿洞同符永寬衡泌衰翁選詩刻集重過金陵名區偶

鍾山書院志

入仰視其間目不暇給惟此譽髦載光載緝霞蔚雲蒸日新時習將正心誠意以操存卽致君澤民而卓立遵大道於六經遡微言於允執奚啻擬藻梯榮誇世俗青紫之芥拾爲之歌曰大聲吹地聲如璆兮蔽芾棫樸交相樛兮百川赴海以息以遊兮源源膏澤沛若江流兮扶名教而擴胞與樂無憂兮爲天下得人者謂之仁信仁者之多福自求兮

壽考作人賦

陳以剛池州教授

道昭天祜化洽風移耿南極之星見朗啟明之朝輝長蓂階之七葉丁樂正之習吹鴻雁來賓黄華吐岫雲漢爲章奎壁在右日用飲食德徧羣黎禮樂詩書書升論秀得士之多如山如阜取才之盛如岡如陵衆正咸歸如川之方至文風遒上如日之初升以故棫樸芃芃榛楛濟濟共作海屋之籌羣獻公堂之兕

鍾山書院志

皇家柱石億萬年無疆之休上古大椿八千歲爲秋之
紀禹貢淮海周禮東南瑤琨篠簜齒具楩楠貢之
玉府取之嵁嵒永爲國寶美比英咸況乎人乃天
地之心士居四民之長子游氏文學之餘風胡翼
之經治之遺響需以歲時加之培養百年之計樹
人保世之功無兩時維九月節近重陽樂只
君子邦家之光鍾阜有雲長江有水雲膚寸而霖
雨乎蒼生水汪洋而涵濡乎多士日繼日而三百
六十一周乎一知舉知而什伯千萬互成其美天

下爲體起化自躬萬世爲量教思無窮六德六行惟循乎司徒之典訓三握三吐何殊於誕保之周公白鷺洲邊朱草菁莪競茂鳳凰臺上青鸞丹雀同來桃藕盈盤采自虞庠之彥棗糕壓案奉皆魯泮之才成人有德繪南山之圖小子有造斟菊花之酒上慰求賢若渴之忱齊祝爲嶽誕神之壽

鍾山書院志

# 鍾山賦

楊瑞二　書院肄業生員

覩鍾阜之青葱兮朝已被陽春之初旭追蒼翠凝而暮紫兮又復來麗天之素玉時雲興而霧吐兮膏陰雨者無不競歌夫沐浴緣蘊蓄之非常矣自彤嵯峨而敷衍沃斯容保之無窮兮已不覺移風而易俗曰惟　大人上下攸宜誠求保赤區畫孜孜由秉心之淵塞斯民隱之周知爾乃勤夙夜飭羣僚持精白以對越遂正直以宣昭亦竭虛衷亦採

務蕘薹利弊辨淳澆綱舉目張所以政簡而不擾
民懷吏畏爲其法嚴而有條凡皆遵
聖訓以爲治而非徒自樹夫清標念才藪于南國顧長
江之上下當甲辰之鄉闈臨至公而獨坐深體恤
於風簷暨出闈而酌添號舍備他年之賓興豈僅
安乎目前之報罷又慮邦之鴻彥無勝地以會文
邦之鶵結無明窓以陶甄於是有書院之舉期敬
業以樂羣謂崇儒之
聖主極求賢造士之至意秉節鉞於金陵宜奉行而勵

世爰奉
九重俯俞建置爰比千間式彰佳麗請
御匾以增光覺斯文之衣被追遴選登進之彌精卽教
誨飲食之相繼雖宦槖如冰倡捐勿替加以諸公
同聲協濟日有課月有試如居肆如歸市就絳帳
之儀型倚青雲之指示楩柟杞梓盡儲材騄駬驊
騮皆騁轡莫不歌
文治之章天引書院之鼓吹是書院也伊誰之賜襟
秦淮而溯淵源枕鍾山而恢形勢有美必兼無遠

弗暨爰鼓瑟爰吹笙荷德造願升恒仰

聖澤之徧寰宇兮萬邦錫福瞻　元臣之興學校兮壽

考長卜何以作賦兮慶　公能開鍾山之面目

# 鍾山書院志卷之十三

## 藝文

### 詩 集三百篇 集杜 集唐

五言古 五言律 七言古

雍正二年

總制大司馬查公題請特創鍾山書院於金陵

聖恩頒賜敦崇實學匾額喜溢士林因集風雅以紀其

盛

龔鐸 于路大興人康熙甲戌翰林詹事府少詹事

有斐君子允文允武式是南邦正直是與薄采其

鍾山書院志

芹言刈其楚肆成人有德大啓爾宇 其一

有斐君子秉心塞淵陟其高山觀其流泉卜云其吉既順乃宣百堵皆作駿極于天 其二

既堅既好如岡如陵寬兮綽兮以保我後生自天申之學有緝熙于光明左右秩秩永觀厥成 其三

君子攸寧南國之紀克廣德心令聞不已天子萬年有依其士教之誨之江之永矣

遊鍾山書院喜規模壯麗爲從来希覯士至如歸因集三百篇句爲詩五章

車鼎晉 麗上湖廣邵陽人康熙丁丑進士翰林編修提督福建學政

南有喬木孔曼且碩君子至止載芟載柞曰求厥
章俾爾戩穀爲龍爲光芃芃棫樸 其一

南有喬木既庶且多維
天之命如切如磋德音是茂其樂如何迺左迺右樂只
有儀叶我 其二

文武爲憲柔惠且直
天子命之南國是式經之營之有物有則教之誨之日
用飲食 其三

鍾山書院志

自古在昔求之不得

天錫　公純嘏在此無斁音亦偕偕士子順

帝之則永矢弗諼莫不令德 其四

穆如清風江漢之滸菁菁者莪莫如南土迄用有

成自求伊祜我儀圖之昭茲來許

石爲崧 天中如皋人康熙戊辰進士主事

江之永矣自南自北八鸞鏘鏘維民之則濟濟多

士古訓是式築室於茲好是懿德 其一

江之永矣穆如清風以事

一人夙夜在公薄采其藻于澗之中既飽以德曷不肅

雝其二

江之永矣載錫之光

天子穆穆追琢其章賜敦崇實學匾俾爾彌爾性如圭如璋譽髦

斯士壽考不忘其三

維水泱泱魚躍于淵以引以翼亦傳于天我心寫

兮

君子萬年小子有造式禮莫愆時長兒肄業書院

田實發盧州府學廪

鍾山書院志

樂只君子温其如玉式是南邦
帝命率育文武是憲民莫不穀示我顯德行綏以多福
君子至止不剛不柔德音秩秩敷政優優
君曰卜爾克壯其猷湛湛露斯如川之流 其二
相其陰陽在彼中阿經之營之既庶且多攸介攸
止如琢如磨譽髦斯士其樂如何 其三
夙夜在公南國之紀爲龍爲光令聞不已既飽以
德必恭敬止永觀厥成媚于
天子

集杜 五言古

陳以樅 季思天長學

鳳曆軒轅紀金莖一氣旁奮飛超等級獨坐飛風霜政簡移風速山精白日藏萬里長江邊吹簫間笙簧再使風俗淳且欲上慈航欻得文翁肆側佇英俊翔濟濟多士新感此氣揚揚圖以奉

至尊雲臺引棟樑

御札早流傳白日到羲皇謳歌德義豐提攜日月長

上韋左相 陪嚴公 冬日落成 遊何將軍山林 贈鮮京兆 送高司直 入衡州 成都府 贈韋左丞 寄薛郎中 上兜率寺 美嚴中丞 衡山文廟 鳳凰臺 壯遊 賀沈東美 送顧文學 寄河南尹 重過何氏 喜家園果至

鍾山書院志

何建寅 懷寧學

霖雨思賢佐

至尊方旰食快意風雲會行己能惕惕光輝仗鉞雄洞

澈有清識大江當我前渾渾倚天石

綵綸實具載安可限南北秋水清無底閬風入轍跡令

肅事有恒禮亦如古昔萬象皆春氣萬里起古色

再使風俗淳春水滿南國節制收英髦包蒙欣有

繫信是德業優所以分黑白（公造士必先立品）煥然立新意

殷殷尋地脉（謂擇地建鍾山書院）木石乃無數雲霄今已逼户

牖永可安芳意會所適

皇天德澤降浩浩終不息

榮光懸日月詔令賜額冰壺動瑤碧夫子獨聲名冠冕通

南極謳歌德義豐仰思調玉燭

上韋左相　送樊侍御　萬丈潭　送李校書　呈嚴公

送韋諷　雨　水會渡　覽柏中允　别贊上人

石門宴集　同郭給事　陪章留後　鄭典設　宿白沙驛

觀張旭草　贈韋左丞　遣遇　送重表姪　聽許十誦

簡崔評事　吳侍御宅　衡山新學　崔泉高坐　送高司直

贈鮮京兆　營屋　大雲寺　雨　長江

太歲日　贈崔評事　贈陳補闕

送張司馬　寄河南尹　秦州見敕目

馬緒蘇州府學廩

聖賢冠史籍昔在堯四岳有美生人傑今代麒麟

閣上有

明哲君萬姓始安宅大哉乾坤内肌膚潛沃若方當節

鉞用畫地来所歷特進羣公表森羅移地軸江月

滿江城江水清源曲俯視但一氣沙汰江河濁陶

鈞力大哉豈伊常情度欻得文翁肆初欣寫胸臆

丹雀啣書來

丹陛實咫尺自

天題處濕日轉東方白黄麻似六經芳意會所適隨水

到龍門義聲紛感激請爲父老歌把酒且深酌崔

巍扶桑日長歌意無極

寄族弟　贈李十五　贈蕭比部　投贈開府　寄薛郎中

送李校書　發秦州　西閣曝日　覽柏中允　鄭典設

贈汝陽王　冬日洛城　玩月　九日曲江　登慈恩塔

上韋左相　瞿唐懷古　郭代公宅　題衡山文廟　别贊上人

送高司直　吳侍御宅　端午賜衣　東屯月夜　同郭給事

大雲寺　贈集賢院　贈鮮于京兆　羌村　寄嚴公

幽人

行次鹽亭

蔡　錦　溧水學

吳楚東南坼江長注海奔

朝廷偏注意

新渥照乾坤爲問馭者誰情依節制尊尚書踐台斗絕壁上朝暾清高金莖露白雪避花繁操持紀綱地江流復舊痕妙絕動宮牆豁達開四門訓諭青衿子讀書秋樹根謂特與書院諭士子讀書修品聖情常有眷峻極踰崑崙大哉萬古程肅穆古制敦顧惟魯鈍姿炙背俯晴軒拳拳期勿替不崩亦不騫

登岳陽樓　奉漢中王　送鮮萬州　覽柏中允　述古

寄嚴公　送重表姪　貽柳華陽　贈李十五　甘園

送韋諷　春水　冬日洛城　閬州東樓　示宗武

孟氏　贈汝陽王　贈閻丘　張舍人　別李義

江外草堂　憶幼子

遺懷　觀薛稷畫

## 集杜　五言律

湯彭年　南豐恩貢　候選教諭

卿月昇金掌周行獨坐縈關山同一照心跡喜雙清但使芝蘭秀何曾風浪生此堂存古製萬里正含情公倣古造士特創鍾山書院遠近爭趨

送馬大卿　贈王侍御　奉郭中丞　天河　呈漢中王　陪諸公　屏跡　村夜

程廷和　徽州貢

建標天地濶惻隱仁者心雨洗娟娟淨春流岸岸深江湖漂短褐日夜偶瑶琴歘得文翁肆乃知東極臨

鍾山書院志

贈張太常　過津口　嚴公宅　春日江村

寄河南尹　阻雨　衡山文廟　長江

盛名富事業萬里長江邊桑麻深雨露雕鶚在秋

天獻納紆

皇眷開顔喜名賢于今向南斗何事負陶甄

宴裴端公　贈鮮京兆　送高司直　屏跡

贈嚴公　贈李十五　上水　寄兩閣老

張九苞和州學

江國踰千里光輝仗鉞雄驊騮開道路杭稻熟天

風

宮禁經綸密謳歌德義豐公事事皆尊聖訓士民戴德但求椿壽永出入

冠羣公

許鯤 繁昌學廩

萬象皆春氣蒼生倚大臣
榮光懸日月德履上星辰訓喻青衿子操持郢匠斤
綵綸實具載一上一回新

宿白沙驛 送韋中丞 太歲日 上韋左相
示宗武 贈鮮京兆 覽柏中允 上白帝城

書院即事誌感

江賡熙 吴縣學

江水清源曲蒼生可祭眉義方兼有訓行子得良時鬱鬱星辰劒紛紛桃李枝正宜且聚集九萬起於斯

九月曲江　夔府書懷　奉賀陽城　隨章留後

偶題　麗春　別李義　贈崔評事

集唐五言律

過鍾山書院集句誌喜

李得梁湘橋會昌庚辰進士儀徵掌印衛

聖上尊儒學觀光在此時競稱文德遠長沐惠風吹成

器終期遠良工正在斯近看奎壁煥

王化自雍熙

鍾山書院志

五言古

春日遊鍾山書院訪友

郭正宗 鑑倫上元人選貢崇明廣文

青陽啓淑氣乘興尋芝蘭步出錢厰橋好風生文瀾望中有數仞就裏多千間所願日游息安得時躋攀良朋同頃刻勝概豈等閑此邦昔佳麗精廬盡摧殘如何大賢至冰雪映江山萬里封疆肅四時黎獻懽詩書光傑搆天地闢賢關

宸衷煥日月

御筆飛鳳鸞敦崇在實學堯舜兼孔顏譽髦快敬業治化占久安踽踽霜顱叟回憶苜蓿餐儀封撫吴郡連歲招盤桓大宗伯張公開府吴門時命正宗掌教紫陽書院至今盈舊雨道南餘講壇兩江名教振育才尤大觀但願春風遍民物胞與寬吾儒體用備持躬寶歲寒

喜鍾山書院成

許遡中虞傳江都人康熙乙酉解元

客從金陵來爲言書院盛鍾山棟宇開光華星斗映

聖澤潤儒林右文爭相慶煌煌　查制府教養洵異政
兩江才藪興所重在德行移風遍蔀簷化雨由冰
鏡

紀鍾山書院

張尚瑗　捐持吴江人康熙戊辰進士翰林院庶吉士江西興國知縣

昔我建康盛彪炳在汗青陳跡邪能悉大觀斯乃
興曰惟今書院鍾山文采凝　制府捐俸倡棟宇
何含弘有如閬苑曠淩虛最峥嶸有如蓮房淨結
實皆瓊瑩封事上

玉殿匾額下金陵所重先德行浮華伊可輕吏民咸懽

忭師生共叮嚀

宸翰非泛設治功有常經因之憶基址舊以錢廠稱利

藪化才藪芳名易庸名　制府心如水兩江徹底

清克己培佳士忠

君本至誠憐才不愛錢人謂此足徵似分義利界全殊

雅俗情而我云異是基址偶然仍理財亦要道鑄

錢古權衡錢廠久無用轉爲學校營相其廣且吉

學校當大亨　制府心思費書院教澤行下以資

敬業上以奉

朝廷起衰端有賴棫樸正向榮長篇用紀載江流永勿

停

書院爲造士之要地而鍾山書院乃我

制臺查大司馬體

朝廷右文至意創立於金陵者也人皆謂廣大精微爲

從來罕有野老遥聞深爲慶羡因賦詩以紀其

實

李士徵 懸圃臨江人原任蘇州郡丞年八十

大人赤子心所以能保赤治民以慈祥事

君以精白銜
命臨兩江淡泊寧靜極巡行貢章門無擾而有益益我
豫章人振刷兼釐剔吏畏民且懷聲名固洋溢彭
蠡通大江邇来沾教澤鍾山書院興乃遵
天子德
宸翰頒要言敦崇實學
敕清俸日以分羣公斯協力濟濟多士趨宛如歸己宅
有教復有養儒林盡生色以兹遠近傳蔀簷思硯
席踐履在彝倫藏脩安敢斁我生八十春聞言私

悦懌明良幸遭逢扶杖如可即

謝澍霑 和州學廩

昌期當五百河岳乃毓英蔚爲公輔器日邊重股肱文武由宿抱忠孝具至情性

皇眷秉鉞東南統藩屏

賜勞來

御書瑞錦錫充庭湛恩日以渥兩江日以寧芸窓皆起色部屋遍歡聲如何冰操矢捐俸書院興基址望鍾阜輪奐表金陵視民實由己待士有常經公感

國恩厚士感　公意誠可觀昭治行盛事佐文明藩以
庸陋質飫德切心銘願言躋堂頌松柏比千齡
陳桂齡涇縣廪
名世應昌期賜鉞荷
帝知武功追名甫文教邁龍夔書院起鍾阜作人化更
厚實學務敦崇風宗鹿洞後德心廣且周恩溢兩
江流花月千村樂管絃萬户謳
聖主斯錫福江天弘教育冰雪映心清清溪水一掬
姚秉義旌德學廪

造物挺靈異淑氣鍾　鉅公巍然爲名世適昭世

澤隆我

皇簡大受江國統西東下車沛甘雨持節宣仁風頽靡

還淳樸黎庶胥陶融揆奮與興除一一體

宸衷乃選金陵勝特興書院工惓惓教養備森森遐邇

同

天章既獎勵士習胥磨礱葑菲亦兼采棫樸將永崇位

望推元老猶是黑頭容髙深何以報華祝仰蒼穹

七言古

因友人赴鍾山書院口占長歌

干運昌 在南星子舉人

四書之後有集註學宫之外有書院相爲羽翼道乃明希聖希賢引名彦不才生長近匡廬鹿洞晨夕每咿唔念昔紫陽獨留意洞門千載垂規模屈指何處比鹿洞兩江節鉞斯文重仰體皇恩造士深鍾山書院新樑棟書院云何號鍾山金陵選勝非等閑彷彿九宫與八卦依稀一鑿爲千間

上聞

聖主邀

寵錫龍驤鳳翥輝翰墨敦崇實學字非彝普訓儒林言

可則在昔

仁皇賜洞中學達性天

宸翰囘如此燦然懸在目讀之敢不省於躬躬行所貴

惟其實德行文章須合一投業樂羣後有功愛親

敬長先無失安得負笈来追隨書院光華麗澤滋

實學昌明吾道熾鼓吹道岸各乘時

呂　佐　歙縣人繁昌籍附貢州同

帝德巍巍超百王崇隆至教非尋常辟雍講貫典謨彰
車服禮器何輝煌東南士子遥相望
特簡文翁莅江鄉　公心正靜端紀綱小吏廉肅凜如
霜欲觀鯤化天池旁有懷
敕訓日宣揚廣營書舍招賢良陶鎔作養誠無方和珠
卞璧俱入囊磨礱濯濯成珪璋節麾時賁絳帷光
鍾山草木齊芬芳

鍾山書院志卷之十四

藝文 詩 五言排律 七言排律

## 鍾山書院紀事

黃越 際飛上元人康熙己丑科編修

股肱南國重帷幄世臣良碩抱經綸備殊猷體用
長兩江崇柱石萬里握封疆攜鶴先聲貢懸魚潔
守彰安全孚上下規矩合方員察吏澄清遍仁民
撫字祥化行斯弭訟刑措亦鋤強虎旅勤操演龍
韜屢激揚卓然揆與奮允矣紀兼綱建樹昭星日

鍾山書院志

精誠感雨暘黍苗逢大有禮樂起非常貢院恢閎

舍鍾山煥棟梁

九重新賜額多士遠升堂鹿洞規重整鶉衣氣益張裁

培加顧復庖廩又縹緗頒使賢關盛彌昭

聖代汪千秋儲杞梓一路引騰驤自此人心正惟

皇世道昌

恭頌

御題鍾山書院敦崇實學匾額

儲元升　蘇州教授

北極光明遠南州文物新江流通海甸山聳護城闉葱

欝鍾靈秀絃歌萃雅彬藝林遊大冶制閫佐鴻鈞

振德

宸衷切潛修

睿訓諄牖民偕道岸覺世轉迷津月窟行全朗天衢可

共臻萬年欣

鍾山書院志
寶翰多士盡臣隣

程之銓　江寧貢

建牙江海潤萬里握封疆鎖鑰功誰寄股肱任獨

當

宁自

天新簡在於世正爲光掌上風雷肅胸中雨露汪銅符

修職守墨綬凜官常清慎

宸衷照和平

璽藻揚南邦占景度

北闕頌明良慶值

龍飛始恭逢鳳曆昌珊瑚呈積翠琬琰出崑岡欲得人

鍾山書院志

才續須爲世教襄崇儒遵
聖主較士擴文場書院旋開闢鍾山遂激昂一誠
丹陛奏四字
玉音彰實學從
明訓微言括大綱羣英咸類聚名宿敬延將院靜藜分
火門深國有香盍簪天下友負笈指南望所重非
黄絹相成是紫陽憲邦師帥峻造士
主恩長奕代留陶冶千間鼓瑟簧南山增瑞靄東閣進
瑤觴壽世由培養登

朝永拜颺

劉子茂江寧府學廩

聖代賢開府冰心世所希百年邦是憲萬里德爲威揆奮勤無怠興除靜不違月明多鵲起風正少鴻飛總爲

皇仁布惟持

聖訓依愛民還禮士重道更增輝乃採鍾山麓爰開書院闈具題添號舍築室映春暉江海人爭赴津梁士若歸蘇

鍾山書院志

湖尋矩矱濂洛引芳菲

有道垂金簡無疆祝袞衣願將椿樹蔭衆木盡成圍

王　孚　江寧府學廪

南服需元老江邦藉撫綏吉人鍾間氣名世應呂

期

帝念封疆重　公承節鉞宜兩江歸掌握一氣運心思

周室來方召虞廷用稷夔噢咻推不倦胞與擴無

涯清節冰霜冷丹衷日月披東南嚴鎖鑰江海効

驅馳文武邦爲憲顒卬羽可儀自

天隆寵遇惟
聖渥恩施萬里需揆奮千郊藉保釐興賢衡藝苑選俊
啟書帷鹿洞儀型在龍門接引垂頻將清俸損每
繼衆庖炊紫電催鵬翮青雲擁虎皮窮經春盎盎
敦實夙孜孜化雨　公斯沛儒風
帝所貽蓬萊分曉露宇宙仰朝曦維寶觀成候如林戴
德時駑駘鳴感激景福頌維祺

楊　柱　懷寧學

熙朝多厚澤盛世有名臣

巽命褒公輔豐功洽士民兩江皆化日九月是芳辰事

事持丹悃時時拱

紫宸苦心思誘掖清俸佐陶甄仰體吾

君意長爲此地津蘇湖規未替韓范績方新壽考能維

世

天章快作人仁聲揚

帝座實學荷

恩綸願効華封頌年年祝大椿

周之鍾上元學

文武儀型肅南邦節制尊清輝懸日月正色照乾
坤仰奉吾
君訓弘敷此地恩奮揆雖電察經緯總春温有斐如持
鐸非彝體
闢門鍾山書院盛江國士林繁
聖主須華袞儒生繹至言曰惟
俞所請由是學彌敦竊愧蓬蒿草蒙栽桃李園願
天常有眷祿壽埒崑崙

姚正揆和州學

南國名臣掌龍旂出上京兩江欣道泰萬里慶陽
亨紫閣牙旗靜金莖玉露清興除符好惡揆奮合
權衡有道逢
元后無私奉　至誠宜民還造士籲俊欲觀成澹泊羣
公倡慇懃百堵營聚星非泛泛化雨即盈盈永啓
崇文舍弘開進德旌芸芸同草賁濟濟若茗榮快
覩
宸章燦恭瞻
寶翰精引人歸實學覺世喜芳程　制府諸生蔭名臣

奕代聲從茲仁壽始喬岳共崢嶸

章廷標 和州學

名世扶輿毓巍然
帝佐才雄封持節鉞大受卽鹽梅文武經綸振寬嚴徳
禮該事惟遵
聖訓功豈僅心裁展矣鱣堂創居然鹿洞開
天章新爍爛士氣獨栽培鼓舞
明良見瞻依教養來風高爭獻壽佳氣接蓬萊

戴嵩年 休寧學

鍾山書院志

運際中天治時逢化雨昌雲霄方錫嘏星斗益生
光經世兼文武宜民振紀綱兩江瞻福曜萬姓沐
春陽士喜鄉闈廣人誇夏屋揚捐資興棟宇分俸
給宮牆追琢恩勤厚鈞陶教誨張懽聲盈海甸德
意格穹蒼
宸翰褒榮重
綸音策勵長儒生沾
聖澤歲歲慶
明良

沈峻 江寧學

東閣彤雲麗南天翠靄敷大臣持節鉞名教振規模比士闈偏擴興賢地更需絲綸頒

北闕輪奐峙東吳捧日兼揆奮移風合智愚爲章皆濟濟既飽豈區區士幸逢文治 公云奉聖謨有加仍未已不朽信非誣玉液秋方迥金莖露欲濡九如應作頌仰羨鳳鳴梧

樂寧侗 鹽城學

節制南邦大金陵賜履雄森羅皆要地鎮靜即豐

功吏凜冰霜裏民遊雨露中

九重嘉頤輔萬里仰　元公造士腸偏熱憐才意獨隆

棘闈開狹隘草野引疏通書院還尋勝鍾山遂起

工一時捐俸倡百堵及時充鹿洞聲名似龍門德

造同千間貧士庇一卷古人衷敦學

宸章煥崇儒

聖澤洪斧斤周散木琴瑟待焦桐玉尺全收儁金鏞欲

醒聾囊萸初届節采藻合歌崧赤舄應符旦丹砂

不問洪躋堂齊進酒長顧荷㤺懞

殷之朱 臨淮學

天下文明煥

皇躬德教淳金陵宣雨露

寶翰映星辰惟我　賢開府於今正大人心常持

聖訓手不染纖塵鎮靜爲揆奮清勤勵夕晨捐貲書院

創繼粟士林均實學敦崇日　洪恩鼓舞春雅歌

金石比于以奉長椿

王者輔 天長學

輔座儲台昴東南藉棟梁陽敷春有脚星耀福無
疆書院捐資倡鍾山課士忙作人宜壽考華國迓
嘉祥爲奉
仁君訓能施教澤詳百爲今盡美純嘏佐垂裳

周　南　績溪學廩

東華騰瑞靄南極燦台光爲憲兼文武宣猷振紀
綱六經知踐迹數仭喜升堂冰蘗持躬潔雲霄立
體莊自
天新錫袞惟

聖始當陽實學提撕切寒儒感激長願陳朋酒頌聊表
士情將壽世斯持世遐齡咏爾常

丁　鍾　桐城學

北闕鍾名世南邦領縉紳皋夔虞碩輔韓范宋純
臣八座尊爲憲雙江廣澤民如山標矩矱飲水振
經綸身任儒林重心培士氣伸捐資興學校授食
普陶甄仰體
皇恩厚全孚物望眞菁莪胥起色桃李亦知津
聖主綸音下華堂扁額新煥然雲漢麗展矣棟梁均瑞

應中天桂根盤上古椿萬年襄有道南極正逢辰

周　晃　潛山學

秋高雲氣淨桂菊各含香萬寶觀成始兩江戴德

長共誇文武憲深注聖賢章造士加磨琢掄才引

發揚鍾山新選勝書院獨爲光

聖主頌

宸翰寒窓似國庠戴高誠有自望遠祝無疆名伯隆分

陝元臣壽廟廊

孫　玉　宣城學廩

聖朝凝暠命燕翼世臣良黼黻青雲絢韜鈐紫電彰文
翁猶遜美名伯正齊芳萬里風聲肅雙江雨澤汪
鍾山誰傑構書院此華堂杞梓參差蔚芝蘭次第
香　大人捐俸倡衆正竭情襄直達
彤廷上光分壁水旁
聖明頒四字黎獻拜千行慶我崇儒
主俞　公造士章不才逢盛美有幸遇顒卬正值長賡
燦摳衣頋百祥

唐祚鑾宣城學

鍾山書院志

擁節承三錫元臣

賜履長書思陳

北闕坐鎮表南方崇秩台階歷高名宦轍揚

垂衣需黼黻飲水見衷腸舊業雲臺著新猷槐署芳深

知由

聖祖大用荷

今皇化雨兼江海仁風徧豫章崇儒遵

主德造士選膠庠幸拜

楓宸錫爭瞻

寶翰張萬年留
鳳藻百爾集鱣堂維岳鍾人瑞開軒近國香敢賡天保
句初晉紫霞觴

梅予援 宣城學

北闕家傳盛南邦憲望新冰操原矢志
吏更安民雨潤常滋槁風清不染塵以茲由
簡在獨踰倫踵事夔龍地心知孔孟津揆文兼奮武察
聖訓長此荷
天申書院金陵冠江鄉玉筍掄憐才收濟濟繼粟養彬

彬我
后崇儒喜惟時錫嘏純
御書原獎勵深意並陶甄造士堪千古興賢頌
一人鐘鏞森在列瓦缶敢輕陳元氣斯涵育知　公壽
以仁

柳　襄上元學

閎閬鍾喬木層霄紫氣開日邊臨福曜江上樂春
臺直接臯夔望還高管葛才經綸邦憲振教養士
林培曲體吾

君訓留心此地栽華堂懸四字
御筆寵三台自分同樗櫟相看注草萊敢將鳴盛句翹
首待調梅

何如謙　望江學

天作金陵勝　公持玉節光江河皆賜履廬霍亦
躋堂月朗槐庭靜風清幕府張德威頻振刷譽望
獨顒卬愛士今尤著興賢此最揚鍾山尋勝槩書
院布文房遍采圭璋器皆登砥礪場芸窓歌旣飽
草野羨爲章我

[illegible]知名世斯民倚吉康自

天羲畫展於學孔思詳

御匾昭千仞儒林迓百祥懽聲環

制府淑氣繞宮墻

斗轉懸弧始星趨進爵長葵誠新獻壽桂菊正芬

芳

黃　庭休寧學廩

聖代崇文治元臣教育隆鍾山敷化雨書院振儒風總

爲

皇恩廣全將士氣通一江兼上下四座列西東鉅細捐

資倡晨昏繼粟充

龍光懸獎勵鵠起快遭逢每念　賢開府猶如古名公

化行南國潤度似北溟洪歷歲申揆奮秉時立德

功剏令梁棟盛俾此羽毛豐鈐閣卿雲紫金堂旭

日紅添籌方未艾樂只頌由衷

王煜文　婺源學廩

乾坤逢泰運節鉞鎮南方有斐邦爲憲無私政以

莊兩江瞻袞繡一路樂耕桑介節冰霜異仁聲雨

露常憐才培士類捐俸創書堂日給家庭勝星羅

鼓舞詳凡皆遵

聖訓遂得拜

宸章四字傳心妙萬年

賜額光春臺滋棫樸夏屋庇門墻願上升恒頌長天醉

菊觴

孫新禧 鹽城學

祥發由天上淵源瀚海長累朝依帶礪萬里握封

疆分陝洵如名臨巒倍勝方日邊持節鉞江表聳

金湯文武嵩爲憲經綸正有章高標聯斗極和氣

靄春陽

寶訓崇儒術金陵創講堂選才專教育課藝必醇良

御匾卿雲絢

君恩湛露汪諸生增鼓舞　開府示津梁似水壺皆玉

如船藕出塘願祈君子壽長此佐吾

皇

徐紫芝建德學

天地鍾靈秀山川毓吉祥宗功昭黼黻祖德注縹

緗

聖主掄才異元臣應運昌北來持節鉞南顧領封疆禮
樂兵農備江淮河海長飲冰堅素志灑澤洽殊方
養士開書院延師集講堂菁莪弘治化棫樸奉
恩光遂荷
楓宸賜摹瞻
御墨香六經偕不朽萬載慶無疆奕奕台階福諄諄道
岸匡寸衷深感激川至祝
明良

王巍 寧國府學廩

盛世生名世長祥挺哲人氣鍾河岳正德與聖賢
隣接武夔龍蚤迴翔鵷鷺頻八騶雙戟日萬里雨
江春
廧慮周南土忠誠向
北辰憇棠敷雨露茹蘗屏風塵鎮靜多釐剔和平易揄
循廣恢闈內含常採席中珍念彼金陵盛從前書
院湮捐資甘創建望
闕謹敷陳
聖主俞音下華堂傑構匀延師兼選士繼粟每留神重

荷

朝廷額高添學校輪吏民稱僅見雲漢若增新

制府敦名實生徒勵夕晨一言如擊壤覆庇本相

親

羅克昌 高郵學

瑞應南山峙名懸北斗榮趨蹌隨雉尾賡拜曳鑾

珩久慰蒼生望常將赤膽傾萘膺

天子命來遂小民生德鎮龍蟠固威鈐鑫水清商霖隨

處洽周露及時盈勸學興書院掄才立課程羣公

同鼓舞

御匾獨崢嶸

有道從來盛無私所至成願言枚卜候壽世衍長庚

崔之綱　江浦學

帝眷隆分陝東南柱石高清心懸矩矱正色壓波濤愛士偏興學掄才不憚勞勤分仁者粟仰荷

聖人褒秋水光天燦春風滿座陶賦詩爭獻壽歲歲競揮毫

章懷璵　貴池學

東華凝間氣南國仰清光
特簡三台佐來臨萬里疆股肱心膂任經緯紀綱張大
慰江人望洵爲世道匡棘闈增廣潤書院創精詳
冰檗偏能倡山川正有章
九重垂訓誨四字錫輝煌仕學皆生色
綸綍允迓祥作人歌壽考朋酒進公堂莫謂蓬蒿陋葵
衷亦可將

七言排律

遊鍾山書院恭紀二十五韻

黄中 撫州郡判浙杭錢邑人

地控三江首建康風馳萬里靖遐荒手挈漢圯威名大誦起周南化澤長四載憂勞朝輟食一生心事夜焚香鍾山兀爾開神秀書院巍然並頡頏延攬共欣歸樂育笑顰誰散竊邊旁敦師造士人爭奮建學儲材道益彰璞蘊山輝雲作慶珠涵川媚月爲光坫壇筆陣聯奎璧洙泗心傳入講堂文運

鍾山書院志

動闕天下計儒生早卜萬年昌常修容摺攄精赤

旋下

温褒寫硬黃籲俊闢門懸

御額掄才割俸賞新章清修勁節

宮闈羨克食奇珍絡繹將久鎮願同班定遠殊勛不讓

郭汾陽周天甲子年年復滿地恩膏個個嘗鑿井

耕田歌

帝力吹豳伐鼓頌明良兩行朱履星門趿百代青緗絳

幄藏使者到門驚却步野夫獻穗許傾筐萬鍾視

若爐邊雪一介嚴於[illegible]霜笑比河清聊爾爾量同海濶更汪汪風高千古和而介位列三公壽且康小吏趨承逢雅化虛聲徒托效賡颺一番時雨身依廈二月春風面仭墻莫訏難封稱李廣漫悲易老說馮唐同人欲報無由報惟有朝朝祝彼蒼

鍾山書院志

鍾山書院即事恭頌誌感

劉 㲉 寧國府學

名臣伏節憲邦權半壁東南偉畧宣城鎻鳳凰開幕府地鈐龍虎靖江天冰壺玉樹超塵坱紫電青霜掃境烟霂雨沛如鄱漲潤德星高並蔣山懸爲因造士興輪奐不惜分甘授几筵鼓舞有加仍肅瑑磨無限總惓惓仰遵聖訓深仁洽大啓儒林實學研壽世正惟持世教躋堂恒頌九如篇

鍾山書院志

陶文思 宣城學

書院弘開教育長敦崇實學戴吾
皇元臣造士洵無斁
聖主崇儒大有光邦憲惟 公模楷重
帝心眷此股肱良青雲覆被敷江海紫霓宣昭賁豫章
四顧官箴歸砥礪一揆民隱察毫芒以兹政教千
村洽遂爾言行萬里彰兆姓移風潛鼓舞諸生仰
斗式圭璋雲開夜月增輝遠日映秋波沛澤汪樗
櫟散材叨化育駑駘下乘步康莊願同擊壤歌

堯德也向皋夔致頌颺

謝蓀 溧水學

壽國元臣爍上台憲邦文武提風雷夔龍重望東南馭韓范弘猷遠近裁手創棟梁興別業心存薪櫝育英才膠庠盡仰深仁洽江路全叨雅化培知抱藎誠惟冀翼式孚輿論正愾愾寒儒今日明良遇愛士恩波有自來

張尹 桐城學

元老南來此建旌天人羣仰德星高爲霖有望三

鍾山書院志

台近捧日無煩九伐勞山接楚吳煙歷歷江連淮

海勢滔滔時氛掃靜桑麻渥士習裁成砂礫淘幕

府銀章原遠馭鍾山木鐸正新操躬逢

聖主滋新穎手植儒林剪艾蒿玉尺半懸俱不爽冰壺

洞徹總無逃蘭茗翡翠觀翻翮滄瀚鯨鰲掣湧濤

武事指揮遴頒牧文思翼贊比夔皋敦崇實學頌

天語清慎和平拜

寵褒一氣鴻鈞調玉燭八荒壽域奏雲璈蒼生鼓舞爭

相慶小子衣冠愧忝叨從此鵠籠祈歲歲看人鳩

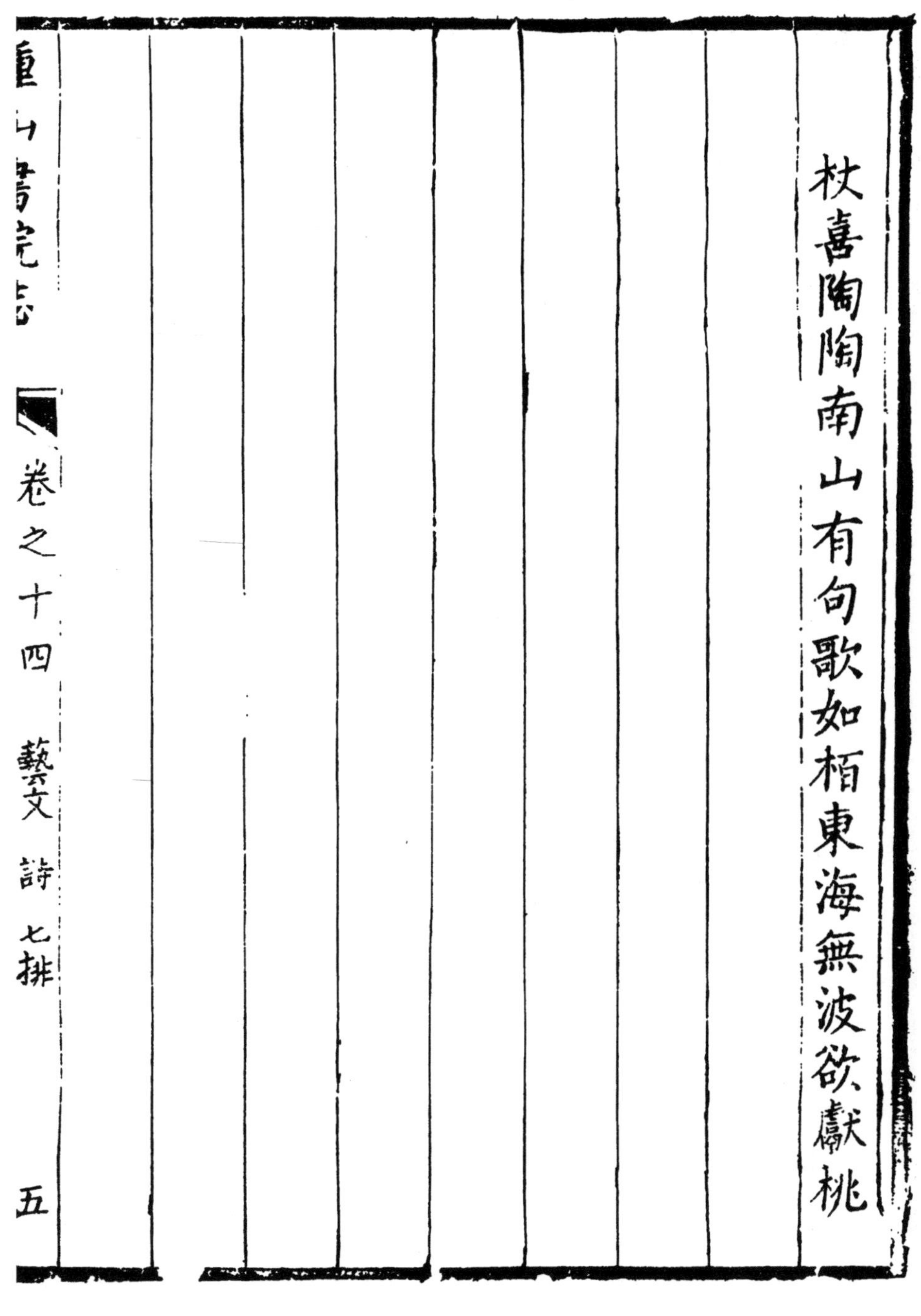

杖喜陶陶南山有句歌如栢東海無波欲獻桃

鍾山書院志

鍾山書院志卷之十五

藝文

五言律

雍正三年九月廿日

江安藩臺博魯亭先生賁院論文親筆書扇遍贈諸生弁賜席儀敬録扇頭原賦五律一首

士乃四民首　朝廷樂育深試看培　國脉端在重儒林花入雲煙筆文開天地心芸窻能力學勿患乏知音

# 鍾山書院志卷之十五

## 藝文

### 五言律

聞金陵新創鍾山書院教育極盛

皇恩賜頒敦崇實學額匾敬賦一律誌喜

陸經遠 舒成順天宛平人康熙壬戌進士通政使司

聖化新天壤名臣愷悌揚維風先德行敦學煥文章樂育羣英集栽成大業汪鍾山宏雨露千載映

龍光

制臺查大公祖仰體

九重右文造士創立書院於金陵吾鄉俊彦有肄業在

院者徵詩紀盛因寄題致喜

王思軾眉長江西興國人康熙壬戌進士少宗伯

有道惟今日斯文正盛時自天敦教育於世竭心

思節鉞名臣寄閭閻庶士怡鍾山開廣厦俊彦總

揚眉

從來書院盛鼓舞士林中到者如承露聞之亦向

風雨江宣

聖澤數仭比黌宮從此多興學村村誦讀同

南歸聞友人述鍾山書院之盛偶賦一律

帥念祖 蘭皐奉新癸卯翰林編修

聖朝崇實學天意眷斯文南國春風滿西江化雨紛窓

虛涵白雪樓聳接青雲勝事流千代芳聲四海聞

周學健 力堂新建癸卯恩科解元翰林編修

南服興賢地崇儒頌

聖君奎光五夜照旂藻八方聞山抱風雲潤軒啣錦綉

雯因知太平代 國寶在斯文

聞鍾山書院極盛賦以誌喜

涂士任 宗尹奉新甲午舉人

聖世橋門闢鍾山學舍崇鵞湖傳勝事鹿洞響遺風佈
教惟皇美興儒快道隆人文方濟濟盡在育陶中

涂錫禧 季昌奉新廩

正學明今日欣聞馬帳開
聖王勤造士 制府育人才化雨東南遍春風左右來
自慚樗櫟質猶及沐栽培 時肄業豫章院內

春日過鍾山書院

鄒隆遠超然奉新

大江分左右兩露溥東南

聖主宏菁棫清時足梗楠文明星聚五誘善節敦三

曠代垂千代春風位育參

黄怡祖 江寧府學廩

東南雄禹服節制屬元臣重望齊山斗清時起鳳麟名隨九野潤氣作兩江春周名曾分陝由來第一人 其一

秩晉周司馬階崇漢大夫九重頒玉節百郡映冰壺江海相縈帶風雷効走趨澄清先白下鼓舞溢洪都 其二

吏治先澄徹斯文更作新鍾山開藝圃御藻爍秋旻片語成謨典諸生返樸淳自慚駑蹇質多

鍾山書院志

幸遇方歟 其三

清秋瓊宇潤南極一星明燦爛瑩書幌光華滿

帝京天人元不隔申甫豈虛生正值乾坤泰無疆佐治

平 其四

徐嘉會 上元學

台斗一星見東南萬里城丹心酬

聖主素志爲蒼生塞外干戈靜

朝中禮樂明壽民兼壽國誰復羨蓬瀛 其一

帝眷在南國

簡兹社稷臣遴才崇實學正俗首敦倫清飲石頭水恩

移湖口津經綸能造命過化與存神 其二

景運當名世昌明聖學時東山傳木末泗水接淮陂

德禮郊圻化恩威婦孺知空羣殊自愧祝頌敢阿私

吴達 貴池監生

家世章雲漢勳猷爛日星條條敷草野事事體

朝廷化兩膠庠溢仁風蔀屋寧江天開節鉞千載永儀

型

戴崇禮 建平貢

吳楚封疆濶南來統馭優哲人　三事冠生物萬家

謳

天眷多殊錫冰清有大猷儒冠依德造壽世祝金甌

高諸郡　虹縣學

崧嶽生申甫旌旄擁百城春臺稱上壽夏屋頌長庚多士栽培厚羣黎戴德誠願言介景福頂祝泰階平　其一

兩江崇節鉞

聖主得賢臣兩露涵濡廣風雷變化均閭閻咸際泰桃

李盡逢春績著旂常遠籌忝海屋頻其二

王詒穀 上元學

德澤東南沛於今正盛年尊開庭下菊詩集幕中
蓮雨露宜民潤冰霜潔已堅
聖恩褒碩輔千載庇江天

尤霖 常州府學

節鉞南邦重勳名北斗高天流鍾阜雨地接蠡湖
濤有道逢
元后無私見素操萬家深教養一曲響雲璈

右文惟
聖治興學有元臣經緯爲邦憲藏修勗士人
御書新獎勵實學永持循天保賡歌始長江澤最均

施廷弼 青陽學

紫陽與白鹿造士足千秋
制府高懷似鍾山傑構周出泉資果育麗澤許藏
修何幸寒流細容歸大海遊 其一
靜能爲物福萬里自經綸胞與期安阜冰霜秉夕

張仁 亳州學廪

晨素心依我
后青眼顧斯民今日
龍光賁長增壽以仁　其二
張亮乾六安州學廩
長天秋水候清映大人心半壁專彈壓雙眸普照
臨保鼇周室重循卓漢時榮模楷能身任還從道
脉尋　其一
令望垂千載　元臣佐
一人世隆文治大江潤教思新仕學皆承露書院蒙

鍾山書院志

御匾 明良正及辰阜飛慗健翮鵠立望鴻鈞其二

卞大鵬 揚州府學廩

文武經邦地

絲綸錫嘏年吉人知未艾

元后喜如川書院儒林振鍾山道岸傳名公南國化平

格望巍然

張秉乾 江都學廩

憲邦持世日壽考作人年有斐新開厦無疆早濟

川揚眉才藪育

賜額

聖恩傳千載崇文治臣心獨皎然

蔣翽 江都學

元臣江海寄

聖治喜初年鼓舞賓觀國津梁利涉川

御書標實學賢路溯先傳政教如椿蔭東南總躍然

余元凱 儀徵學

大江清徹底節鉞正逢年造士踰常袞崇儒勝廣

川芸窓文采振草野德音傳棫樸躋仁壽

皇仁正湛然

幸依雲漢麗均沐雨膏榮江路勳猷播鍾山教育

尚士龍太平府學

宏萬年瞻

聖主四字仰　文明　制府邦爲憲千秋紀令名

陳秋元石埭學

兩江嘉績振廣廈更恢恢壽世

朝廷音觀光士子才六經皆燦爛千載任徘徊實學

綸音許

皇恩鼓勵來

陳治平 江寧監

聖明崇實學廣詔育英才地挹鍾山秀人收江國材文風今日盛道脈萬年培奕奕龍門峻無私化育開

鄭奎光 徽州府學

豁達龍門闢三江敎澤汪尊君弘雨露化俗重膠庠實學兢兢廸鴻規奕奕勵菲才欣有托奮勵日迴翔

七言律

喜聞鍾山書院之盛寄題

梅之珩月川南城人康熙乙丑翰林宫詹學士

藹藹元臣作股肱秉心如水亦如冰吳頭楚尾風皆振緯武經文日正升仰奉

綸音名教重新開書院德輝凝老夫雖伏蓬蒿徑也聽輿謳共服膺

陶成企大南城人康熙己丑翰林編脩

秉憲東南柱石宜至誠體

鍾山書院志

國善猷爲精廬創就培鵬翮先達延來坐虎皮月照長江當路濶風傳廣厦作人奇豫章雖隔猶如一沐浴餘光喜可知

曾　立 蒼鶴新城人康熙壬辰翰林庶吉士

總制如　公事事仁大江左右四時春到來淡泊專持已行出和平遂澤民手創芸窓掐誦讀心依楓陛廣陶甄只今鹿洞榛蕪遍不及鍾山建樹新

遊鍾山書院

湯其任 聿求南城庚子舉人

杏壇闕里亦躋攀北上頻經泰岱間何幸歸帆由
建業又尋勝槩到鍾山元公造士新開厦弟子希
賢好閉關安得朝朝依教育臣心願體
帝心頒

呂　治　玉田人婺源丞

江天景慶煥南方吏畏民懷政教彰世運卽今開
泰始
御書於此作人長四時湛露滋文苑萬里薰風起化疆
自愧駑駘仍鼓舞吚唔安得附宮牆

林縉 子紳閩縣已丑科當塗令

幾年宇下識冰心邦憲風清萬里臨造士名臣開廣厦右文聖主植儒林吾閩書院雖曾煥此地鍾山倍可欽戴德行行欣盛事海隅傳播重如琛 其一

金陵佳麗挺人文新闢賢關應五雲緣有鍾山星更聚實惟開府俸偏分百年士氣通遐邇四字皇仁快見聞棫樸作人今較盛歡聲盈耳振南薰 其二

湯奕濬 鍾亭南豐庚子舉人

臣心如水兩江安萬里宣猷比范韓日麗宫墻多

肄業風行湖海遠生懽

堯天信有文思煥

周露常爲士類溥棫樸蔭依榮原忝隔奮飛也欲到長干

喜聞

兩江制府查大司馬椒建鍾山書院蒙

御頒額區敬賦二首

章全人勉成浙江會稽人原任福建建寧縣知縣

自昔元公勤吐握於今

鍾山書院志

制府重栽培　敦崇實學

宸章煥樂育羣英廣厦開卜地勝因青萬選就錢廠故址營築觀文光喜曜三台一從麗澤新鍾阜鹿洞鵞湖次第恢　其一

規條森井餼周詳不使虀鹽憚晷糧稽古殊榮欣有造

作人壽考頌無疆風聲遡聽心爭躍雨化親承澤更滂聞道雝喈賡藹吉天教八座起文昌　其二

鍾山書院蒙

御賜敦崇實學額匾敬頌二律

周　欽宜興癸卯舉人

人文彬郁麗

天章遙望江潯映斗芒陶育一時歸冶鑄提撕萬古識

彝常春華秋實從今判洛北關西此日昌磅礴山

阿鍾秀處行看特達盡珪璋　其一

宥密淵衷運大猷文明雅化炳千秋鳶魚鼓舞梁園盛

龍鳳騫騰

睿藻遒樂育無窮襄至治訓行有要勵純修翠微盤鬱通霄漢篤實交期德與侔

顧士棟 松江府學廩

帝簡賢良黼座旁特膺節鉞統南方弘開文教湛恩廣樂育英才化日長鹿洞規條增景色龍章照耀溢輝光自憐兩載春風隔心逐行雲到講堂

王延年 浙杭副貢

弘開六館石城頭俊傑旁招此地遊虎踞欲鳴青

漢上龍蟠長繞大江流絃歌沭浴文翁化奎壁迩

垂

聖主休風啓淳龎繩古道彬彬陶育徧方州

張　鵬吴縣學

績著東南百度修崇文仰體

聖恩稠盈盈桃李輝江上奕奕羹墻煥石頭鑄治新成

開匣劍程材早貯濟川舟遥瞻揮麈談經處佳氣

冲霄接斗牛

潘鈺宜興監

聖朝文質務兼修　督憲綱維沛澤優欲使南邦敦古
學宏開夏屋庇寒流陶鎔有賴春風徧樂育無疆
化雨周敬仰輝煌
宸翰意斂華就樸勵千秋

渠渠夏屋有餘陰茅茹何期得賞音仰奉

帝心儒術重長培士氣教思深百年麗藻歸清鑒千樹

濃芳遶碧岑如彼大江流不息作人壽考歲時吟

陸　翼進士揚州府學教授書院副掌教

鈐閣深嚴化日舒兩江花柳覆田廬豐年已自觀

黄白麟上元貢教習

熙皥夙夜猶然畏簡書大郡廉知誰渡虎小心敢

不芸懸魚生居激濁揚清地長倚南山賦樂胥其一

兩江髦士荷甄陶書院凌雲

御墨褒鹿洞清規崇實學馬融絳帳絶虛囂十年有木栽培力百杞需人樂育勞蒙賞祇爲楶棟計生徒恥獻鬱輪袍其二

盛焯懷寧學

台輔高居五岳尊也容凡卉近雲根當陽共仰文思治輔世羣瞻愷悌恩樾蔭南邦孚草野陶鎔下士聚橋門頻施雨澤春臺遍不僅宮牆化日暄其一

兩江士庶遍騰歡政簡心勞佐治安聖主知公能潔已徵才至此敢分餐月明書院聲相

續星聚鍾山教獨寬此日躋堂爭獻賦春風得近不知寒其二

吴 綾 桐城學廩

壽世元臣世道匡儒生濟濟迓天章江分左右薰風徧地控東南化日長節鉞森嚴聲望重絲綸寵錫教思彰到來書院雲霞麗萬里英華在一堂

二

一片冰壺鑑似神憐才次第廣陶鈞香飄叢桂連

鍾山書院志

宸雨露滴芙蓉滿院春繡水文瀾伸士氣鍾山教

澤本

皇仁江邊有菊堪持獻留取秋英歲歲新

佘士楨 潛山學廩

聖君今日正乘乾特簡元臣濟巨川清望久爲江國振

廣居新許士林研名踰常袞能興學位勝文翁更

育賢從此菁莪生意滿東南爭頌作人篇

萬棡 寧國府學

駐節長干淑氣呈年來萬里總澄清士林已被仁

風洽書院還沾化雨盈

天子右文垂奬勵大臣敷教費經營江流不息千秋業棫樸年年許再賡 其一

高秋動地奏雲璈開府尚書未二毛若此名公年正少實惟傅相望彌高移風獨向斯文振捧日長承我

后褒自是無疆弘教育成人小子藉甄陶 其二

張晉道寧國縣學

福星朗朗映秋光清徹江湖統馭長爲體

帝心崇實學特扶士氣振文章千間絳帳朝朝盛九月黃花歲歲香從此壽民兼壽世鍾山士庶永躋堂

黃　徽　旌德學

南國封疆獨建牙恩綸叠爲德音加風清江水千郊肅月照鍾山萬象嘉青眼作人原不倦素心爲政本無瑕秋光處處歌聲遍酒可添春醖菊花

許起昆　歙縣學

聖主知人惠此疆大江流處遍恩光百城雷動千官肅

五教風行萬姓良春滿閭閻歡叟稚秋成山澤慶

倉箱

九重憑籍舒宵旰霖雨敷膏潤八荒其一

叢生棫樸與菁莪翹楚三年一網羅廣闢秋闈收

隙地膏連夏屋沛餘波栽培士氣留心久宣佈

皇仁曲體多教澤百年今更溥草茅何處不絃歌其二

翠連鍾阜勢嶙峋書閣弘開化雨新霧歛南山搜

隱豹澤流東海潤枯鱗紫陽秋月明如舊白鹿春

風藹可親樗散亦沾培植厚雨江千載仰陶甄其三

嶽誕三秋節序長獨鍾間氣慶無疆仙籌爭插茱
萸紫壽斝初浮菊蕋黃
玉殿夔龍看補袞
彤廷麟鳳佐垂裳躋堂欲繪豳風句喜聽謳歌遠近颺

其四

朱 觀歙縣學

氤氳香氣滿
楓宸
天子臨軒任重臣龍節遠瞻三殿日鸞書深護九霄春

大江南北依榕蔭藝苑東西撑柱輪千載無疆長
輔世譽髦斯士澤斯民

吳啓瀛休寧學廩

廊廟鴻才冠上京巍巍節鉞統江城寵邀
北闕兼三事秩晉中樞重五兵喬岳倍踰鍾阜峻廉
泉直化蠡湖清名賢
帝簡原非偶半壁東南倚保衡其一

銜恩坐鎮控名邦福曜高懸照兩江鴻雁澤中瞻
日暖蛟螭海外望風降春生驛路迎金節花滿官

亭映繡幢綏靖頻年游覆載惟　公治行本無雙其二

方虎勲名勒鼎台元公吐握更憐才門因却餽宵常閉閣爲招賢晝屢開頑璞沙中勤洗琢散樗巖裏幸栽培莫言縫掖雲泥隔曾入山濤水鑑來其三

清秋列宿啓文昌彩映雕弧爍錦堂花發東籬傳益壽星輝南極慶稱觴冰霜已識人心似雨露還覘主眷長枚卜金甌彈指事台階翊贊介無疆其四

汪龍翔　婺源學廩

心膂元臣比名公東南鎖鑰建豐功經文鳳藻鄉雲麗緯武文韜紫電雄士仰德音勤造就天教實學共敦崇散樗有幸因材篤相慶罔陵萬福同

胡鳳如　績溪學廩

帝簡名賢到石頭長庚朗映菊花秋大江左右恩波溢廣廈東西學海流清慎惟知敦實行和平應自毓洪麻芳名永與嵩高並勒向金碑卜在甌

戴以循　休寧學廩

南邦多士荷栽培

御額新頒瑞氣開書院作人千載事江鄉華國百年材

化同周名兼分陝望重臯夔列上台正是長天秋

水候澄清相慶樂春臺

趙　泉太平府學廩

中樞總憲重台衡

帝簡年來駐石城地合東南皆統馭江連左右獨澄清

膠庠勵志儀型近玉尺掄才教育精所願如川長

不息世躋仁壽佐昇平

王應枚鳳陽府太和學廪

鍾山夏屋喜嶙峋仰體興文

帝命新萬里總持揆奮地六經全藉琢磨人丹心照徹長江曉紫氣迎來滿座春從此無疆開壽域箕疇

五福頌元臣

陳嵩繁昌學廪

堂瞻

宸翰喜鸞回共仰鍾山萬象開教自

九重新建學

恩流萬姓舊栽培臣心似水經綸至士氣凌雲鼓舞來

始信千秋　公望重一琴清獻那能陪

鮑光彩　繁昌學廩

望尊山斗峙寰中秉節南方

聖眷隆德禮弘猷三載洽師儒巨典一朝隆慈雲慧日

瞻生物黑髮朱顏晉上公長此江天承樾蔭化行

俗美股肱功

鍾興璵　當塗貢

右文盛世譽髦培天錫元臣贊化來出海雲霞輝

棨戟成蹊桃李接蓬萊門因劉向傳經啓閣爲侯巴問字開厚澤口碑難縷指感　公青眼獨憐才如山奕奕兩江臨獨抱冰霜一片心爲國作人培杞梓憐才愛士比瑯琳四時色借詩書潤萬里膏流棫樸深誰似我　公勤吐握敦崇實學體
綸音

陶　鋐　滁州學廩

桂花開後菊花黃清映元公正色彰半壁東南霑

雨露大江左右凛冰霜崇儒仰體
宸衷厚造士新承
御墨香共沐栽培東閣地願持三祝頌無疆

張　正　蒙城學廩

文武經邦孰與儔一塵不染率羣侯仰承
聖眷心思竭勤勗官常政事修念此詩書深砥礪從今
教養獨綢繆諸生競效南山祝絳帳初看紫氣秋

章懷琦　貴池學廩

東南節鉞統江河幕府弘開雨露多萬國咸寧逢

聖治一塵不染得民和心存棫樸勤栽植目注珊瑚盡

網羅共識股肱光大業金甌萬載慶賡歌

甯毓瑗池州學廪

宣猷

聖世重夔龍川岳精英間氣鍾人望如山臨重地臣心

似水振清風含弘萬物均爲體廣大千間快所宗

天壽我

皇平格輔永綏禹甸慶勲庸

吴瑛青陽學

日邊佳氣早凝祥表率羣僚肅紀綱總爲
朝廷宣雨露遂令屬吏凛冰霜兩江盡仰恩膏洽四海
爭傳教澤長坐鎮雄藩元老壯黑頭有慶壽而康

徐光緒 池州學廩

四望江天萬象澄提撕仕學一時興清風化雨人
皆沐威鳳祥麟世所稱用作鹽梅調鼎鼐長爲柱
石亘岡陵太平久卜金甌業三壽從今永作朋

黄之江 建德學廩

經文緯武煥天章賜鉞巍然駐建康左右兩江資

鎖鑰東南半壁壯金湯心依
聖訓勲常懋手植儒修教獨詳從此鍾山增鼓吹年年
時雨遍汪洋

查傑繼 涇縣學廩

心似冰壺氣似霞揆文奮武擁高牙江連左右孚
人望地貫東南總物華
聖主無爲調爕贊諸生有幸教思加下帷黽勉奚容息
朝夕芸窗實拜嘉 其一

繇來

聖主得賢臣邦憲無私協大鈞龍節手持江海靜鶉衣
體恤館餐新昌明實學
天心眷涵育羣英士氣馴最是欣榮桃李樹年年雨露
慶長春　其二

杜　蘭　貴池學廪

名臣持節大江間捧日擎天第一班仰奉
聖謨臨建業弘敷文教啓鍾山磨來士習何能靡引起
民生未敢閒詩頌作人傳德造無疆長荷
湛恩頌

劉玉鵠旌德學

世際雍熙化日長更逢　元老沛恩光膏流蔀屋輿情洽力振膠庠士氣昌壽國經綸歸宥密禔躬譽望協圭璋虞廷稷契功無限應識皇猷藉贊勷

林中士江浦學

文教昭宣仰聖顏敦崇實學自天頒龍門引動魚皆躍鳳穴容來鵠可攀萬里宣威清

似水千秋樹德重如山草茅鳴盛何能賦相慶名
齊稷契間

何士玉 婺源學

鍾昂勲名列上台自天挺出濟時才江流左右儀
型合學振東南教育開
哲后知人遴砥柱　元臣輔世擬鹽梅而今霞蔚千章
聳長繞靈椿向日栽

程　鑑 祁門學

教養于今溢士林斯文全仰福星臨欽承

聖訓清如水茂育良材重若琛
天錫兩江風是憲路當萬里德爲音敢云桃李叨培植
共祝千秋意亦深

鄭　瑗初門學

風高幕府照清霞掌握江山萬里遐簡在
帝心因潔己情關民事卽如家斯文有幸宮牆建吾道
何緣教養加相慶實惟仁者壽較踰保釐倍增華

汪　潾初門學

江天左右倚鴻裁

鍾山書院志

聖訓欽承事事培有守有爲嘉績著無偏無黨德音開

風行書院沾時雨月照鍾山仰上台未艾可知多

建樹金甌事業重鹽梅

汪兆昉　祁門學

重臣分陝頌明良撫字心勞表率長萬井桑麻沾

雨露百年桃李盛宮牆冰壺照徹民生樂

寶翰頒來世道昌無限歡聲南斗望長將不息佐垂裳

乘　雯　鹽城學廩

公來建節卽澄清

盛代菁莪樂育成南北江流千里澤東西舍列六經
生休徵風雨宣元氣大用鹽梅荷
聖情豈獨一時多夏屋萬年甕序賴昌明

金　銘　鹽城頁

轅門日迥曉天清節鉞弘開駐石城克體
皇仁鑾屬吏勤詢民隱愜輿情兩江戴德皆寧靜萬里
宣猷是治平多士藏脩知仰斗黑頭公輔百祥呈

二

元禮門高孰敢登何期書院建層層招來寒士歸

模楷延得名儒定準繩訏昔文翁猶狹隘如今朱子並含弘功堪壽世眞無息雲漢爲章藝苑騰

周芬佩 桐城學廩

天眷

熙朝發偉人東南持節化維新飲冰素志全脩已承露清標早邁倫春滿四時皆有脚月明萬里總無塵深情第一弘文治盡萃羣英雨露匀 其一

廣厦千間庇不虛寒簷誠恐負三餘欲爲聖代琳瑯選務使名山杞梓儲實學至今遵矩矱浮華

從古負詩書凡材亦許窺文苑南極光芒照綺疎

二

清秋時節菊方華瑞應三台喜氣加旨酒競斟歡若沸酡顏環繞蔚爲霞鄰侯丰骨形難罄名伯勳猷頌豈誇思展愚忱惟質語年年長紀德音嘉

江有龍 桐城學

皇仁在在滋江有西東民鼓腹地無遠近士揚眉菁莪化洽垂千古文教昌明振一時此日儒林齊頌禱勳名端不讓臯夔宣布

鍾山書院志

桂花香擁九如詩

張　珂　合肥學

節鉞風清萬里秋安民察吏靜宣猷
九重寵眷輿情樂四字　榮褒實學脩茅茹蔚興沾教
育奐輪輝映費綢繆道隆斯世躋仁壽歲歲江天
父老謳

王鳴岐　盧州府學

長干佳氣鬱蒼蒼多士雲興萃講堂江上枯魚皆
起色山中橋木亦增光

新恩寵錫千間厦　盛典榮施數仞墻文武壯猷今正茂昇平翼贊喜無疆

王會瀛無錫學廪

建節南邦重咼台揆文奮武靜中裁棘闈有幸風簷廣書院何緣地脈開實學於今蒙寶翰名區從此奮英才江流在在澄清遍長此如川萬物培

陳志偉石埭學廪

日邊名世出蓬萊持節南方萬里培一片丹心遵

聖訓千間素志育英才鷄窗雲集同聲應
鳳藻風行實學開亦有樗材依棫樸觀光喜躍望三台

劉鍾秀 青陽學廩

篤生正直自乾坤邦憲來臨佈
聖恩道洽兩江全不擾威行萬里靜無喧偏鳌士類深
仁注獨喜儒林實學存壽世方長因訓世萬千恒
挹菊花尊

金一川 建德學廩

名臣瑞應五雲翔南紀權衡大振綱無欲正惟清

望立有威全是德音彰千間素志培斯士一片丹誠事我
皇重九懸弧逢勝日躋堂欣頌祝無疆
何雯　繁昌學廪
喬松矯矯望中新承露金莖向
紫宸萬里春風周化育兩江秋水煥精神斥浮敦實
天顔喜分俸憐才士氣伸自愧寒儒無可獻知　公原不染纖塵
吴雙　上元學

帝心簡在屬名臣雨露風雷總澤民鎮靜兩江仍肅肅

廉明一路各津津新開書院規模壯大啟儒林教

育純況有

龍光千萬禩寒窓輝映四時春

田渙芳 江寧府學

霖雨飛時潤八埏蹐堂爭進菊花筵三千里遠江

歸海一萬重高嶽到天氣藹春從温語麗鑑明月

向好秋懸

聖朝竚待金甌卜竹馬香盈戴大賢

陳岡江寧學

帝眷南邦名伯來揆文奮武更憐才長庚正與台星爛

麗藻弘當壽域開杞梓楩楠留作柱江河湖海滙

爲杯儒生也效岡陵祝霽月光風咏數回

郭寅亮上元學

中樞輝耀接文昌仗鉞東南物望長

聖主任

公弘雨露大江從此凜冰霜望風起地鵷衣

奮如日中天

鳳藻光士庶咸躋仁壽域況經食德在宮墻

碧漢高空絶點埃光天南斗映三台封疆萬里皆

涵育學問諸生盡化裁總爲

聖人新御宇爰因重寄厚掄才試看秋水江潮溢文浪

長凝湛露來

岳時朝 上元學

黑頭事業日方升鎖鑰東南重股肱奕世久承仙

掌露兩江今映玉壺冰自開書院人文煥相望鍾

山士氣騰實學敦崇叨

王有臨 江寧府學

御筆萬年錫嘏益含弘

陳佑賢江寧童

南來　元輔擁旌蜺周名由來德與齊節鉞大邦江左右愽幪多士宇東西

聖謨凜奉干郊播仁壽培爲萬姓躋輿頌豈能名化育

願言嘉績

御屛題

鄭朝藩五河學廩

東南爲憲政聲敷不染纖塵映玉壺一念瞻依惟

聖訓四時砥礪在廉隅栽培多士儲梁棟表率羣僚立
楷模從此鍾山歌壽考頗聞喜起共懽呼

宋振 五河學

河清海晏盡春臺
特簡賢臣節鉞來有道正惟
宵旰勵無私全爲士民培偶興書院分清俸欽奉
宸章迪茂才玉燭長調千載盛兩江淑氣正縈洄

吉士 江寧縣學

江天秋月照牙旗徹底澄清萬里滋

聖主知人洵不爽大臣體
國總無私東南鴻雁安棲日吳楚魚龍奮鬣時正是
股肱
元首慶爲章雲漢迓繁禧

吳志礽 江寧學

雁飛江國近重陽負笈爭依數仞堂手探道源提
實學心澄仙露吐秋香
朝廷錫衮賢關重書院掄才士氣昌南極星輝南土慶
萬年有道大臣良

鍾山書院志

程兆僎 江寧縣學廩

奕代元勳地望崇自

天特簡制南東壯猷歷歷推方叔分陝莪莪屬名公廉

吏由中操白雪

聖人在上振清風而今草木知名遍川濟翹瞻作楫功

二

玉帳牙旗淑氣宣條條揆奮邁前賢恩數此地皆

君賜誼篤斯文亦士緣天上仙材根自固雲中大廈蔭

無邊幸沾化雨慚桃李努力思從實學研

李玉樹 江寧府學

自從使節出層霄，控馭東南萬里遥。兩省風雷行德禮，百年歌舞到漁樵。惟將樂利還江表，悉本公忠答聖朝。憲府階兼司馬貴，策勲更欲世金貂。其一

鍾山蒼秀壓金陵，盡是詩書氣鬱蒸。盛事千年踪白鹿，深秋一院炳青燈。堂開御藻神飛動，教洽文壇勢奮興。放眼大江秋萬里，湛恩錫嘏迓升恒。其二

憲邦文武上公儔未艾於今實壯猷澤被兩江操
守著先生數伋教思周幸逢
哲后知　君子爰得亷泉異衆流壽考作人鳴盛日鍾
山長此共千秋

劉光國　江寧

雲開嵩岳慶長春緯武經文德業新掌上風雷仍
鎮靜心中冰雪豈因循仁聲藹藹綏南服
聖訓昭昭拱北辰書院卽今多教育

九重高厚寄　元臣

張貢江寧府學

霖雨蒼生建樹勤名高一代翼斯文自
天寵錫人爭羨當路栽成世罕聞道在作人遵
聖訓心惟飲水滌塵氛兩江此日懽呼遍豈特菁莪合
所云

汪良棻徽州監生

冰檗爲心邁等儔鍾山駐節樹弘猷確持
聖訓中和致深體民情利弊籌月照兩江齊皎皎風行

萬里正優優而今士類叨培養喜起賡颺望黑頭

董昌祠　婺源學廩

名臣秉節統南方雨露弘施

聖訓長一念瞻

天如咫尺千秋壽世豈尋常輝生芹藻人文煥頌叶菁

莪士氣揚自是鍾山依教育年年頻進菊花觴

江一鴻　婺源學廩

紫氣光芒煥上都南邦節鉞捧金符澄清宦海兼

揆奮教育儒林引步趨數仭獨開斯道岸萬年長

佐我
皇圖莫言草野何堪獻
聖主賢臣頌可敷

鄒私淑 江寧府學

雨露東南分外流一塵不染孰堪儔經綸萬里條條備教養諸生事事周世仰
聖君崇實學天生良輔振嘉猷從來汗簡臯夔冠千載如
公正可侔

陳旦 和州學廩

鍾山書院志

自從節鉞大江來冰雪爲心豈僅才萬里澤民堅

一念兩江當路重三台恭承

聖訓官常肅聿振儒修藝苑培好是秋光開壽域景星

燦爛鳳凰臺

胡蓤煇 懷寧學

龍光寵錫出明光控制東南萬里長品重廟廷縣日

月勳垂社稷列旗常六經鼓吹何其盛一路梗楠

未可量總爲

聖君弘治化世躋仁壽喜無疆

楊大剛 太和學廩

東南爲憲振鴻聲喜起賡歌翼
聖明有德于今兼有造觀光從此卽觀成旂常紀績千
秋遠衢巷興謠萬里盈芣荷
皇恩滋教育 大臣瑞應五雲呈

張夢鸞 太和學廩

靄靄卿雲萬里揚一時南極燦文光聰明
元后仁聲遠正直 名臣惠政長掌上清風披繡野心
中化雨潤膠庠千秋大業人爭慕建樹方升迓百

祥

張前讚　安慶府學

當今

聖主重賢臣出總雙江不染塵之紀之剛敷德禮無偏

無黨奉

絲綸風行南國還踰名兩潤西疇倍勝郇書院卽今瞻

御墨敦崇實學喜彌新　其一

兩江人在德星中南極光騰萬物通世道正逢

堯舜盛

帝臣方與稷臯同三秋月照澄清色萬里風傳教養功

始信　大人能壽世

明良長此德音隆

萬應標　江寧府學

重臣分陝駐襜帷樞憲崇階世道持兩省冰霜貽

節制百年江海見襟期

絲綸寵錫惟

元后學校昌明是　盛時從此無疆歌德造股肱長治

荷鴻禧

王大田 江寧縣學

此邦大父此邦師教育弘開廣厦奇天上台星膺
重寄江頭秋水映清姿共歌君子臺萊句相慶
皇仁棫樸時不老喬松深沐日霜根鐵幹萬年枝

胡玠 山東濟寧州學

甫至書院即事

長江萬里建高牙寒士觀光豈憚遐身產魯鄒慙
末學耳聞韓范喜無涯獨開厦屋承
天錫同坐春臺對物華莫向六朝陳迹數此間棲息一

如家

繆桂林 慈谿學

春風化雨大江深越水相連沛德音秉節無私

天所眷執經有幸樾爲陰

洪恩湛湛崇儒術實學諄諄課士林不敢怠荒知砥礪

勉圖寸進亦銘心

方鏊 江寧府學

盈盈政教百爲申更闢鍾山示化津衛道匡時先

訓士去浮崇實在明倫剪拔赤驥乘風奮震起紅

鍾山書院志

虬拂霧新共感　制臺弘樂育千秋誰不頌

皇仁

陸熿開 常熟學

聖主命來　賢制府興除百度悉維新更憐寒畯開書

院大渙晴波起涸鱗道振孔顏惟務實心涵冰雪

最超塵觀摩濟濟青雲集不朽千秋化育神

呂從律 江寧府學

書院弘開矩矱崇

皇仁闡發播春風龍蟠地擁奎文煥虎踞霞凝道氣融

力挽狂瀾標實學心懸靈照恤焦桐彰彰政教南
邦徧茂育多才翼運洪

王多吉 巢縣學

弘敷教愛闢賢關近繞秦淮遠繞山梁棟層層飛
燕舞珠璣藹藹
御書須風披野草生香韻曙映明窓樂孔顏最是
良臣欽
主德人文長燦玉壺間

蔡隱脩 松江府學

鍾山書院志

靜几明窻逈肅然羣居共荷　覆培全夜燃乙照

書生色晨對霞光筆吐妍凜凜修持無襍念彰彰

啓廸有新編（督憲頒有書籍到院）良臣曲體

仁君意草野如何矢報虔

張偉烈　巢縣學

控制兩江靖百蠻聿新講院闢鍾山爲民端表師

儒重崇實祛浮理義閑已有

絲綸傳海外（御書敦崇實學頒賜匾額到院）得無桃李滿人間四時藹

藹薰風播引翼羣生效孔顔

桂世盛 桐城學

渠渠夏屋創巍然撐住斯文峻造天鐘鼓西雍煌黼黻風雲東觀偉歌絃芹波緑映顔瓢静花日香霏點瑟妍自此金陵弘道岸千秋盛事主臣傳

馮祚泰 滁州學

藹藹春風百草生鍾山開闢選時英宵晨並荷扶持力坐卧均煩佈置宏正學崇興惟務實浮華屏却在存誠争誇　制府廉能爍總是千秋

鍾山書院志

聖主明

汪壽名 南陵學

弘啓書堂木鐸懸奉

君育士振南埏參苓緑滿春風座桃杏香舒化雨天實

學昌明標道岸浮詞芟濯表心權鐘鏤也幸枝棲

托願奮扶搖舞碧仙

湯椿年 南豐人府學廪

龍門廣大德音長覆被鶉衣士可藏居肆百工胥

黽勉入門數仭若尋常于今矩矱條條立即此權

興事事詳有幸遠人依樾蔭褆躬問業豈容荒其一
錢厰遺基一鑑開良工傑構費心裁聲傳草野風
皆動色起芸窻月欲來士想孔顔尋至樂人稱
堯舜育英才　大臣持節忠誠茂千載鍾山道岸恢其二
如　公實學果能敦
宸翰輝煌奬勵尊名教自天當路振大聲吹地及時存
雙眸相馬勤加策一體培蘭細渥根最是微才多
自愧受知敢不惕晨昏其三
風行仕學總悠然萬里江城樹德全激濁揚清仍

鍾山書院志

鎮靜揆文奮武正昭宣已同韓范聲名爍聿進臬

夔德業傳多少黎民仁壽喜爭稱

哲后得賢臣 其四

七言截句

過鍾山書院覩

宸翰端嚴敬頌四章

王著 宓草江寧隱逸 時年七十三

仰瞻堂構喜崢嶸，春水和雲夾路生。行到門前還小立，輕風捲出讀書聲。

御墨如龍體勢端，煌煌四字勵文壇。大聲噓地浮囂革，敦學甄陶質樸完。

作人盛事正堪傳，井井規模體恤全。師友一堂洵

濟濟培成鳳翮赤霄聯

制府經綸事事優鍾山名勝益千秋最幸阿咸居

業樂時長娃大田　勉旃毋負教思周

肄業書院

王材振素山湖廣黄岡學生

新築垣墉氣吐虹講堂絃誦鑄陶崇人持綵筆千

星象士擁藜燈映杖紅其一

綺繡

天章雲裏賁龍蛇寶劍墨中光學敦實際昭中外豈僅

南邦凛璚煌其二

鍾山書院卽事瞻禮

御書敦崇實學額匾恭頌

熊學鵬南昌癸卯舉人

制府弘開夏屋新羣儒共荷覆培神齊誇　公德

垂千載　公說斯猷本

一人　其一

帝念南方尚藻華矯偏崇實乃爲嘉四字經天如日月

豈惟書院凜無涯　其二

學海瀾清九派通蠡湖雁繞一江洪兢兢惟有修

鍾山書院志

翎勉汲引層霄戴好風 其三

李鳳翔 建昌縣監生

層層梁棟映奎明濂洛賢關道學宏喜動
宸衷抒樂育
褒題額匾荷殊榮 其一

重實端除粉飾華大哉
聖訓琢磨奢掃開理窟千重霧吐出蓬萊五色霞 其二

自愧踈才列衆英春風座際挹虛明光涵鄴架花
生筆激勵奚容已寸情 其三

許應寬廬江學

親臣統馭自天來此日星輝映闕臺璀璨謨猷多建樹兩江桃李盡栽培其一

鍾山興創峻龍門不朽規模井井存喚醒儒林敦實學千秋緒衍聖人尊其二

湯寬仁上元學

盛世文明振耀初臣心如水帝恩抒恤民愛士洵無斁敷政行仁總不私其一

褒綸寵賁煥天章四字猶龍砥柱汪實學研尋誰敢怠

太平黼黻溯羲皇 其二

許從龍 句容學

鍾山佳氣映文昌大庇寒儒教育彰爲學端從敦

實始難忘

聖主訓行良 其一

制府清操率屬神玉壺含映兩江勻何緣爨下焦

桐拾也附窓前綺繡春 其二

朱沂 江寧學

帝德敷文實學昌大臣愛士啓宫墻萬年有道
絲綸遠名教於今正有光其一
勳名奕奕比南金鍾吕文章報
國心欲爲千秋成大業遂教多士惜分陰其二
魚目何緣敢混珠清秋皓月滿冰壺一逢郢匠揮
斤手細木猶教任欂櫨其三
保障南天賴我　公躋堂介壽頌聲同大儒經術
於今驗桃李盈盈化雨中其四
慎儁　穎上學

鍾山書院志

帝簡明公統制崇兩江草木飫清風彰彰政教弘
君德新闢鍾山課士隆　其一
鍾山夏屋費經營絲粒皆憑捐俸成民不勞兮匠
力恤堂垣宇舍肅彌宏　其二
禮聘師儒作楷模衡分玉石就繩樞夕晨巨細煩
周咨更集經函滿碧厨　其三
實學敦崇道脈揚千秋勝蹟永輝煌孤寒吐氣菁
莪戴
聖主賢臣教澤長　其四

孫思郁青陽學

千郊桃李醉春風一片冰心映碧空實學於今恒
砥礪浮華斂戢性情融其一

制府清操

帝德承鍾山教育倍盈盈福星願比千秋月永照江天
徹底清其二

夏宗潮江陰學

惓惓化雨灑南天文行裁成　憲德全雪案風簷
誰敢惰雲程鵬路快爭先

張文燧 江陰學

寒士年來氣象舒　督臺經濟竟如何栽培事事

清風徧祗欲南天戴

帝衢 其一

昌明實學曉人倫去僞存誠寸念均敢趁明窓滋

黽勉光風化日闢庸塵 其二

凌　鳳 江陰學

濂閩過化石頭城新搆軒昂道學明曲體

皇仁洵備美吾儕敢不飭躬行

## 詩餘

陸成苓 太平府學

望重皋夔恩流南國黑頭霖雨蒼生惟揆文奮武
萬里攸寧冰心一片江天映培士類書院崢嶸仰
宣
君德偕偕濟濟恍駐蓬瀛
宸翰斗列星横問壽民壽國清愼和平羡菊花釀酒露
滴金莖文明奕奕旂常富人才昴奎聚先聲黄河
如帶泰山若礪歲歲長庚 右調金菊對芙蓉

杜　玢　無錫學

鎖鑰東南茹櫱奇素心慈大江南北豫章滋懽呼

宜　多士甄陶皆

帝錫竭心思南山長晉萬年巵太平時　右調太平時

大厦巍然鍾阜麓磨礱頑石成良玉憐才于以奉

君心蒼生祝股肱福進萬斯年歌一曲　右調萬斯年

鍾山書院即事　湯椿年

奕奕南邦是從古人才蔚起莫僅説千年佳麗質文並美

帝命督臣弘教育　公開書院招遐邇竭冰心歷歷費經營藏修喜　云何購經兼史云何給薪兼米信多方優渥憐才無已策勵諸生爲正士敦崇實學遵

天子儘鶉衣踽踽渡江來千餘里　右調滿江紅

喜鍾山書院志告成賦呈

督憲查夫子

湯椿年

今日南薰並乘時好雨噓潤江國未識何緣到此得依夏屋名教場中郁郁豈多讓豫章鶯鹿不才旦晝倚青雲一時如挹醽醁　心焉佩服若非紀載標詳悉何以聯屬撰此新編鉅細燦然堪掬芸

仰

明良在目只今任殊方窮谷都開卷宛入其中萬年懽

是芳躅右調萬年懽

金　增　長洲學

江連左右地合東南風氣挽回誰力
制府賢明百度興除在敦實窮簷軫寒窓恤體
聖主右文宏碩創新廣廈育人材深勞區畫　此日欣
棲息教養良規奕世堪垂式誦讀歌吟字裏行間
胥戴德緝斯編非粉飾作人雅化無窮極留將遐
邇慰觀摩永傳勝蹟右調應天長

鍾山書院志

鍾山書院志卷之十六

肄業諸生姓氏

府州縣學次第一照縉紳敘列凡各姓名係合觀風優取同　學使歲科前茅暨查本年科場薦取遺卷之人按名檄取與該學保送前來者遴呈准入者面取考入者并江寧三學願隨課期入院作文者普同開載

江寧府學

郭于磐貢生　張大昂監生　李玉樹　王有臨

馬麟書　周世杰　龔天偉　王　孚
沈　竣　黄怡祖　鄒私淑　方　鏊
張　紳　周　渭　鄧何鍾　吳晉度
張　貢　李家果　田煥芳　黄應標

上元縣學

程之銓副榜貢　黄白麟貢生　張經國貢生　張鵬舉

周之鍾　陸顯祖　陳啓賢　陳佑賢

徐嘉會　郭寅亮　吴雙　張世相

陸汝宗　岳時朝　郜安愚　陳挺拔

田稠　丁干　王詒穀　杜國俊

姚治　顧允文　解元灝　朱纓

趙志弘　薛璉　張璿　裴彦融

徐德禄　王允元　蕭秉元　朱越

胡之偉　湯寬仁　柳襄　吴秉恕

程祖伊　黄廷楷

江寧縣學

何仙源貢生　程兆倎　王大松　王大田
劉之後　柏賓　楊瑞二　王蓀
吴志祁　陳岡　朱沂　劉蓀
汪元慧　侯芝　沈銘　吴曰唯
傅利宜　何越　吉士　陸御龍
文震　張玉概　劉光國　賈瑚
楊大濆　周立成　戴濬　楊龍文
吕從律　宋廷楷　杜宅三　譚聖道

鍾山書院志
王介祉

句容縣學

許從龍　陳昕　王康佐　朱芹

溧陽縣學

馬上林　唐彧　董士弘

溧水縣學

蔡錦　謝蒸　陶偉　楊芝蕙

趙履青

江浦縣學

崔之綱　林中士　楊蓁　顧葉桐

楊旭齡　陳兆麟　劉士彦　方策

吴之榛　胡弗達

六合縣學

張坦　王鳴錞　季彔

高淳縣學

邢恭　邢景暘　孔毓楹

蘇州府學

馬緒　陳夢龍　何經　王昇

曾瓏　韓景曾　吴之溥　包弘基

江鴻

吴縣學

時揆敘　張進　朱士元　丘賡熙

萬年　夏聞鑾　王孝詠

長洲元和二縣學

陸緯龍　沈元陽　金章　金增

張一鳴　蔣楫　陳祖彬　費師益

錢樹滋　蔣栗　范興穀

崑山新陽二縣學

顧功　錢文德　顧大慈　朱允謙

劉願忠

常熟昭文二縣學

盛元珍　陸熿開　馬眘培　胡維岳

孫鵬　丁朝璧　錢振玉

吴江震澤二縣學

李文英　周日藻　錢桂森　周軼羣

吴顯廷　金澳　周士選　吴台徵

惠棟　葉弘遇　周暘

太倉州
鎮陽縣 二學

吴德怡　朱英　王良穀　凌士錫

嘉定
寶山 二縣學

王簡　施燧　諸堂　王元令

黄維寅　王世樞

崇明縣學

劉萃乾　沈文鎬　楊蘭玉

松江府學

蔡隱修　陳元璉　奚象時　曹鑑咸

顧弘勲　蔡涍灊

華亭奉賢二縣學

張杜　徐翊欽　周宗濂　瞿龍

褚鴻圖　徐顯燊　張驤　張標

張珩

婁縣金山二縣學

宋京鎬　姜毓麟　徐澐　金浩

沈汝翼

上海南滙二縣學

丁旭　嵇慶立　陸瀛齡　陳宜耀

張儕鶴　杜湄

青浦
福泉 二縣學

姚廷鸞　陳麟詩　曹一士　莊淳

孫學濬　方大禮

常州府學

尤　霖　莊杜芬　黄　鍾　陶宗正

鄭　緇　蔣豸文　潘永季　陸　庚

周金蘭　楊名宁　蔣展成　儲思淳

武進陽湖二縣學

薛文蔚　孫大生　蔣　成　吴金鑑

瞿慶來　季應詔　曹祖旭　須與玠

莊榕蔭

無錫金匱二縣學

王會瀛　陸士俊　吴承濂　杜玢

吴經華　俞玉局

江陰縣學

張文燧　沈澐　繆映台　徐廷勳

沈淇　凌鳳　唐繼韓　夏宗潮

鍾山書院志

宜興荆溪二縣學

張雲門　王人龍　路學潋　儲加

蔣執中　儲師軾　周文謨　任鼇巹

周欽　張懷爵　徐步雲

靖江縣學

鎭江府學

馮元溥　馮　恕　凌　麟　周　昌

李　森

丹徒縣學

歐陽芩　王　道　卞梓正　周玉立

姜允重　陳三元　樊綸仕　殷　綬

丹陽縣學

楊景　貢京　丁鶴松　賀際昌

周彦曾

金壇縣學

錢青選　蔣曾　蔡泳　吕汝成

淮安府學

杜　馭　牟子瑛　吉夢熊　周振采

劉士觀　韓宗愈　汪　璋　余志進

山陽縣學

潘絡基　潘顧彪　劉培元　陳迺焜

吴　光　范九思　丘　謹　習成性

王家賁

鹽城縣學

金銘　孫新禧　乘雯　樂寧侗

王鉅　郝鵬

清河縣學

趙彦　諸葛儒　高俊孫　趙炬

丁恕　高沛

安東縣學

顧纓　嵇仁　嚴克柔　嵇彤

賈槐

桃源縣學

周弘緒　張翼經　陳元章　田守謙

張由

海州學

陳　太　孫　愷　武方銘　周家藇

江雲階　顔筱鸞

沭陽縣學

趙　丰　周文茂　徐　璠

贛榆縣學

董霈　孟葑　孟掇　周維紳

汪沅泗

邳州學

梁嵋　王藎　宋維垣　陳鐸

吴之藩　盧德明

宿遷縣學

卓　特　臧由陛　蔡良材　施磐樘

陸種秝　陳　絅

睢寧縣學

劉漢儒　湯　植　朱　琚　劉履坦

王　勷　陳嘉梅

揚州府學

卞大鵬　徐正蔚　史薰義　劉復

王英賢　曹夢曾　丁觀　張思武

王叔儁　張四維　金顯周　高玉桂

周師榮　劉青照　唐治淳　史燕

史克繹

江都縣學

洪本仁　黄國華　徐　嶠　祁士彪

鄭　盺監生　黄　卷　孫玉甲　蕭　梓

蔣　翀　張秉乾　蔣　奭　李　鄴

郭長源　李之琯

儀徵縣學

余元凱　吴文湘　卞之漪　林　照

張崇堯　卞之瀛　卞耆年　程　瓚

徐　位　楊　琪　姚志同　丁居位

汪文桂　李之敦　方　坦　吴文鎮

潘之鎮

高郵州學

羅克昌　宋學琨　葉弈葉　王曾禄

孫轂　茅俊　周杏

興化縣學

徐鸞　任重　陳荷　李藼火

舒文錦　王權　趙秉忠

寶應縣學

王箴傳　鄒昱　季開統　潘立

鄒宣　季㬹

泰州學

韓鰊　張文成　洪贊　徐之鈺

汪湄

通州學

李　堂　成　瑚　吴允正　馮　央

保紀雲　季　達　王弘業

附海門鄉

盛開池　蔣樹峻　陳　善　史鴻業

崔必名

泰興縣學

劉　棋　　于汝釁　　蔣光祖　　朱金鑑

于起鳳　　封之鳳

如皋縣學

吴景新　　石　恒　　陳　謨　　蘇昌部

薛　柏　　吴實栗　　沈　燕　　顧　鋼

沈懋坊

徐州學

李　仁　唐　瀚　周麟圖　汪　烺

魏士儀　郜宗孟

蕭縣學

朱士楷　孫　川　王永懋　胡廷楝

李其烈　任　珖

碭山縣學

胡國光　姜廷枚　姚世勳

豐縣學

金珩　李楷　陳錡　張秉衡

王文英

沛縣學

吴經濟　馬伏勳　朱廷猷　田元

韓𥜥

安慶府學

張鑌　孫曰瑞　童日廣

懷寧縣學

王運先　何建寅　戚焯　胡夢輝

楊柱

桐城縣學

吴綾　江有龍　丁鍾　鄧燡

張尹　周芬佩　桂世盛　張前讚

潛山縣學

余士正　周冕　葛一臣

太湖縣學

龍爲坦　李家逈　吉廷藻

望江縣學

何如謙　龍嶠　陳惟極　章賢登

徽州府學

程廷和　汪廷龍　呂建德　吴華孫

吴翟　鄭奎光　程襄龍

歙縣學

許啓昆　朱觀　吴秉禮　曹學詩

曹錦　鮑日烈　巴熙琮

休寧縣學

吴啓瀛　戴以循　郘大來　戴嵩年

黄　庭

婺源縣學

汪一鴻　王熤文　董昌祠　何士玉

汪龍翔　王天紀　潘繼善

祁門縣學

汪兆昉　汪潾　汪鹿齡　程鑑

鄭瑗　程攀

黟縣學

舒潢　程壘　朱轂

績溪縣學

胡鳳如　周　南　唐大成　陳弘謨

胡鍾岳

寧國府學

劉人俊　王巍　梁履中　劉瑴

翟國華　劉雲彩　翟士鰲　楊廷棟

王體乾　萬𣗳　趙思成

宣城縣學

梅予援　孫玉　陶文思　朱宗聖

唐祚戀　劉敬　劉承恪　丁永安

寧國縣學

章晉道　楊紹洙　洪應烋　洪一玫

包伸　于士位

涇縣學

查傑繼　陳桂齡　洪赫　胡承福

太平縣學

李大最　李士衡　周元錡　湯新俞

程俞令

旌德縣學

劉玉鵠　黄徽　姚秉謙　劉瓊

姚秉義　戴念承

南陵縣學

程學洙　陶紹　汪洋度　劉敬祖

張寅亮　梅念祖　汪壽名

池州府學

徐光緒　甯毓瑗　吕大啓　梅滋

貴池縣學

錢世通　杜蘭　紀肅　舒遵信

章懷璵　章懷琦

鍾山書院志

青陽縣學

吴　瑛　施廷弼　劉鍾秀　孫思棠

周守弘　孫思郁　錢匡時　錢正相貢生

銅陵縣學

丁大掄　馬文俊　杜賁璋　杜　萃

鍾　鐈

石埭縣學

陳志偉　曹以顯　沈鰲　蘇必達

沈廷根　陳鳳梧　陳秋元　蘇拱潞

建德縣學

徐紫芝　黄之江　金一川　李幹齡

檀剛中　李起齡　金允陶　胡堡

東流縣學

宋廷猷　吴世澤　朱之灼　高暉

檀應求

太平府學

陸成岑　張士焜　尚士龍　傅璵

趙泉　岳騶　錢霽　張仲熊

滕竹　高韻

當塗縣學

鍾興璵　甘學仕　晉德慧　魯德淑

吴焯

蕪湖縣學

劉式濬　丘紹聖　汪懋盼　俞鵬程

王升

繁昌縣學

何雯　陳嵩　李重華　許鯤

鮑光彩

廬州府學

王鳴岐　閻志　王驤　常源伊

田實發

合肥縣學

張珂　蔚芹

廬江縣學

徐晨　朱翰

舒城縣學

高崙　謝鳳喈　汪文華　芮鵬

無爲州學

朱慶雲　朱範　劉士英　王之進

季國時

巢縣學

張偉烈　王多吉　李珠　閻士均

齊鳳喈

六安州學

張亮乾　翁蘵　郝英

英山縣學

黄遵典　馬塏　段再旼

霍山縣學

陳俊　劉弘毅　張鋋

鳳陽府學

馮　榆　季　瀚　李治隆

鳳陽縣學

張九經　查應桂　徐登瀛

臨淮縣學

殷之朱　王度　郭昱

懷遠縣學

何源恒　劉松　劉昞

定遠縣學
章熼　蕭大倫　譚惺

虹縣學
高諸郡　王錫祚

壽州學

王希光　陳璉　秦怡

宿州學

王巖　蔡廷璧　裴天朝

靈璧縣學

戴夢熊　周日新

泗州學

李開顯　李永年　侯登淇

五河縣學

鄭朝藩　宋振　董哲

盱眙縣學

朱良弼　楊採　吉雲

天長縣學

吴世簪監生　周琮　周彝　刁琢

潘夢節　王者輔

潁州學

徐端士　呂英　儲宜振

潁上縣學

慎儁　王作孚　王廷祥

霍丘縣學

孟棫　馬班　劉琪

亳州學

楊峒　刁廉　張仁

蒙城縣學

張正　丁曙　李實潁

太和縣學

楊太綱　張夢鷟　王應枚

和州學

姚正揆　童廷標　張光斗　鄭輝祖

張九苞　王齊　陳旦　謝樹藩

魏士禮

含山縣學

張祖武　彭濼　毛昌裔　王時敏

滁州學

陶鋐　馮祚泰　金淳　李棟

葛瑋

全椒縣學

金蒲　孫畧　郭式金　江名顯

彭士穀　李耀芳

來安縣學

章天畀　李人元　嚴惺　周備

朱大成

廣德州學

王晉書　濮陽衛　戈芳　盧槐

沈允連　李雲駿

建平縣學

戴崇禮　戴望　韓辰　嚴文載

呂國遴

金山衛學

華鍾和　顧榮陛　吴一言　趙琰

陳國正　趙秀　趙正　孫俊徵

張斯張

江西　熊學鵬南昌府雍正癸卯舉人　李鳳翔南康府建昌縣監生

湯椿年建昌府學廩南豐縣人

浙江　樓渢江浦學　江瀠錢塘學

繆桂林慈谿學

直隸　鄭　坤大興縣監生

山東　胡　玠兖州府學

河南　景詹祥汲縣監生

江南蘇州府長洲學附生金　增

江西建昌府學廪生湯椿年

編輯

# 金陵全書

甲編·方志類·專志

# 學山尊經兩書院志

（清）李前泮 修

南京出版社
南京出版傳媒集團

# 提要

《學山尊經兩書院志》全一册，清李前泮修。

李前泮（一八七五—？），湖南湘鄉人。蔭生，歷任高淳、青浦、蕭山、東陽、奉化等縣知縣及温州府知府，政聲頗佳。一九一一年辛亥革命後，十一月八日温州光復，時任知府的李前泮自謂清朝功臣之後，拒受新職，潛逃，不知所終。除本志外，尚修有《奉化縣志》四十卷。

學山，位于應天府（南京）高淳縣治以東、通賢門外，原名魁山。明弘治十一年（一四九八）應天府丞冀綺率知縣劉傑於此建孔廟，設儒學，魁山始稱學山。《舊志》曰：『學山，縣東一里，儒學在焉，先爲朝元觀，後建學，因名。』

道光八年（一八二八），高淳知縣許心源，號湘嵐，湖南寧鄉人，清嘉慶十二年（一八〇七）中舉，在鄉紳邑人的響應之下，於學宫『即尊經閣之遺址，創建學山書院。集諸生弦誦其中，延宿學名儒以爲之師』。許離任後，受邑人延請，主講書院七年。『一時，瑰材瑋質，應運而出，甲科乙榜，代不乏人。文教之隆，於斯爲盛』。及至道光二十六年（一八四六），知縣王檢心，字立人，號子涵，河南内鄉（今南陽内鄉縣）人，道光五年（一八二五）中舉，於書院前建『文昌專祠』，即孔廟。爲使廟學分開，遂於祠後接建樓房五間、前門房三間、東西兩廊攷舍各九間，作『學山書院』課地。咸豐年間，毁於戰火。同治二年（一八六三）重建，然院産田地荒蕪，典息全無。經費不足，導致山長之束脩、諸生之膏火，謀之維艱，故『歲僅四試』，應景而已。光緒十五年（一八八九），知縣陶在銘，字仲彝，浙江會稽（今紹興市）人，同治九年（一八七〇）中舉，率官吏鄉紳等捐資以充山長（院長）經費的同時，倡建尊經書院。『而山長講學暨諸生肄業之所，則仍學山齋舍之舊。以其地故爲尊經閣，更額曰尊經書院。』藏書數千卷，兩院共用，以資諸生探討。光緒十九年（一八九三），知縣李前泮莅任高淳之八月，親民課士之暇，將『邑紳諸君適匯輯學山、尊經兩書院規條及置産各件編爲一册，以付梓』，曰《學山尊經兩書院志》。

本志開卷，首列李前泮《學山尊經兩書院志・序》，詳述編志始末。次列《學山全圖》明確方位。三列許心源（湘嵐）所題書院之明倫堂、尊經閣、敬一亭三處的楹聯。四列道光戊子創建學山書院董事（十九人）、道光丁酉創修學山書院志董事（十四人）、同治癸亥重建學山書院董事（十四人）、光緒癸巳重修學山尊經兩書院志董事（二十一人），共六十八位鄉紳董事名録。其後目録依次爲學山書院原序、原記、原啓，重建學山書院記，公事，學山書院規條，尊經書院原序，尊經書院章程，尊經書院學規，學山尊經兩書院藏書目録，學山尊經兩書院存欵，學山書院房業基址號數，尊經書院市房基址號數，學山書院田地號數。附：育嬰堂田地號數，幼孩局田地號數，惜字局田地號數。全書詳細明確，具有兩點史學價值。其一是完整有序地保存了學山尊經兩書院的創辦經過、辦學思想、規章制度、院務院産等歷史材料，即該志原序中所言『今以書院規條、各憲札諭，并捐輸田畝若干、錢緡若干、每年租利若干、開銷若干，以及房宇、廊舍，彙爲一編』。事無巨細，詳載其中，是研究清代縣級書院概况的珍貴資料。其二是全面真實地記載了學山尊經兩書院實行董事管理制度的史實。首先，對董事人品要求嚴格，『董事須秉公持正、小心謹慎之人經理』。其次，對董事的任期明確規定，『三年更換一次，由紳士人等預先遴選』『其已滿三年而辦事秉公、爲衆悦服者，准其據實稟留。倘不愜衆情，即未届三年，亦准稟請飭退，另行選補』，民主萌芽，自發生成，爲南京古代書院史研究提供了翔實的史料。

《學山尊經兩書院志》爲木活字本，其目的是希望後世『諸君子摩挲遺編，景仰前徽，念締造之艱難，懼舊章之或失。刊之棗梨，以垂久遠』。現存版本爲學山書院於光緒十九年（一八九三）刊印，未見其佗版本。原書封面首頁右上有『光緒癸巳重脩』六字齊頭，上海圖書館藏有此書，扉頁鈐『上海圖書館藏』印。《金陵全書》收録的《學山尊經兩書院志》以上海圖書館收藏的光緒十九年學山書院木活字刊本爲底本原大影印出版。

濮小南

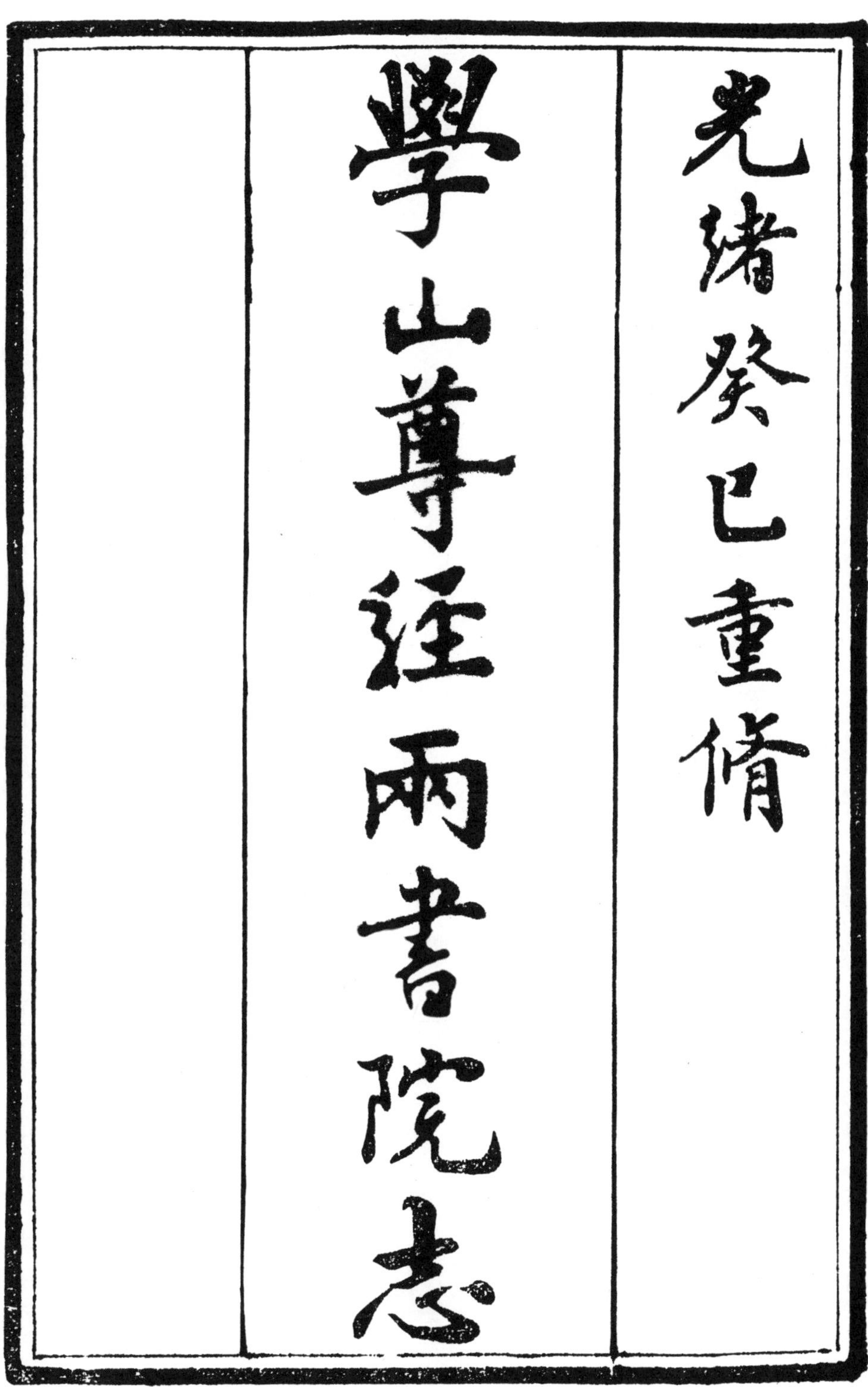

光緒癸巳重脩

# 學山尊經兩書院志

# 學山尊經兩書院志序

余權涪之八月親民課士之暇覽其湖山之勝察其風俗之樸私怪涪以數十里之地介江表靡麗之場男不侈裘馬婦不豔綺羅敦龐之軌渾噩之風大江南北罕有其儔此邦之人壹何獨敦古處哉退而考其邑乘觀夫民物之盛衰學校之興廢與夫薦紳先生之維持乃知涪之磅礴鬱積以有今日者有自來矣流風善政去人未遠方欲摭軼事羅舊聞拾其歌謠播之吟詠以備異日輶軒之採而邑紳諸君適彙輯學山尊經兩書院規條及置產各件編爲一册以付梓民乞余言志其簡端余受而讀之益有感焉夫涪瘠土也三面距湖可耕之地多患水澇

居民率以築圩力農爲務有志之士簞瓢陋巷窮年兀兀蓋有狂簡而不知所以裁之者矣道光戊子吾鄉許湘嵐先生來宰是邦乃即尊經閣之遺址剏建學山書院集諸生絃誦其中延宿學名儒以爲之師公退之餘躬詣講堂時與諸生執經辨難掃其榛蕪振其聾聵而淯之士乃得所依歸一時瑰材瑋質應運而出甲科乙榜代不乏人文教之隆於斯爲盛咸同中粵逆狓猖沿江郡縣頻經蹂躪而是院亦燬於兵燹矣越數年大難削平邑人士始集貲而修復之然課士之程歲僅四試而一文一詩之優劣亦祗付有司而等第之蓋烽煙甫息戶口彫殘山長之束脩諸生之膏火謀之亦非易易也光緒己丑前任會稽

陶君仲彝慨靈光之獨存傷士氣之頹喪毅然以振興文教爲己任爰謀於邑之紳董捐集巨欵以充經費而山長講學暨諸生肄業之所則仍學山齋舍之舊以其地故爲尊經閣更額曰尊經書院并置圖書數千卷以資諸生探討其殷殷造士之意固與許湘嵐先生先後同揆而諸生之所造就亦有月異而歲不同者是年秋

恩榜宏開王生嘉賓遂以第一舉於鄉蓋距其鄉先生登賢書捷南宮之年已五十餘載矣嗚呼運會之隆汚關乎人才之聚散人才之聚散視乎庠序之廢立湝自前明建縣越四百載始有學山書院又越六十載始有尊經書院而其閒多士之奮興科第

之顯達恆與書院之創建爲轉移則信乎庠序之教其有關乎天下國家者非淺鮮也諸君子摩挲遺編景仰前徽念締造之艱難懼舊章之或失刊之棗梨以垂久遠使後之覽者恍然於民物盛衰之故學校興廢之由聞風興起爭自濯磨處爲通儒出爲名宦則其增湖山之色而維風俗於不敝者且將駕昔賢而上之矣是則湑之幸而亦余之幸也夫

光緒癸巳歲季秋月署高湑縣事湘鄉李前泮謹譔

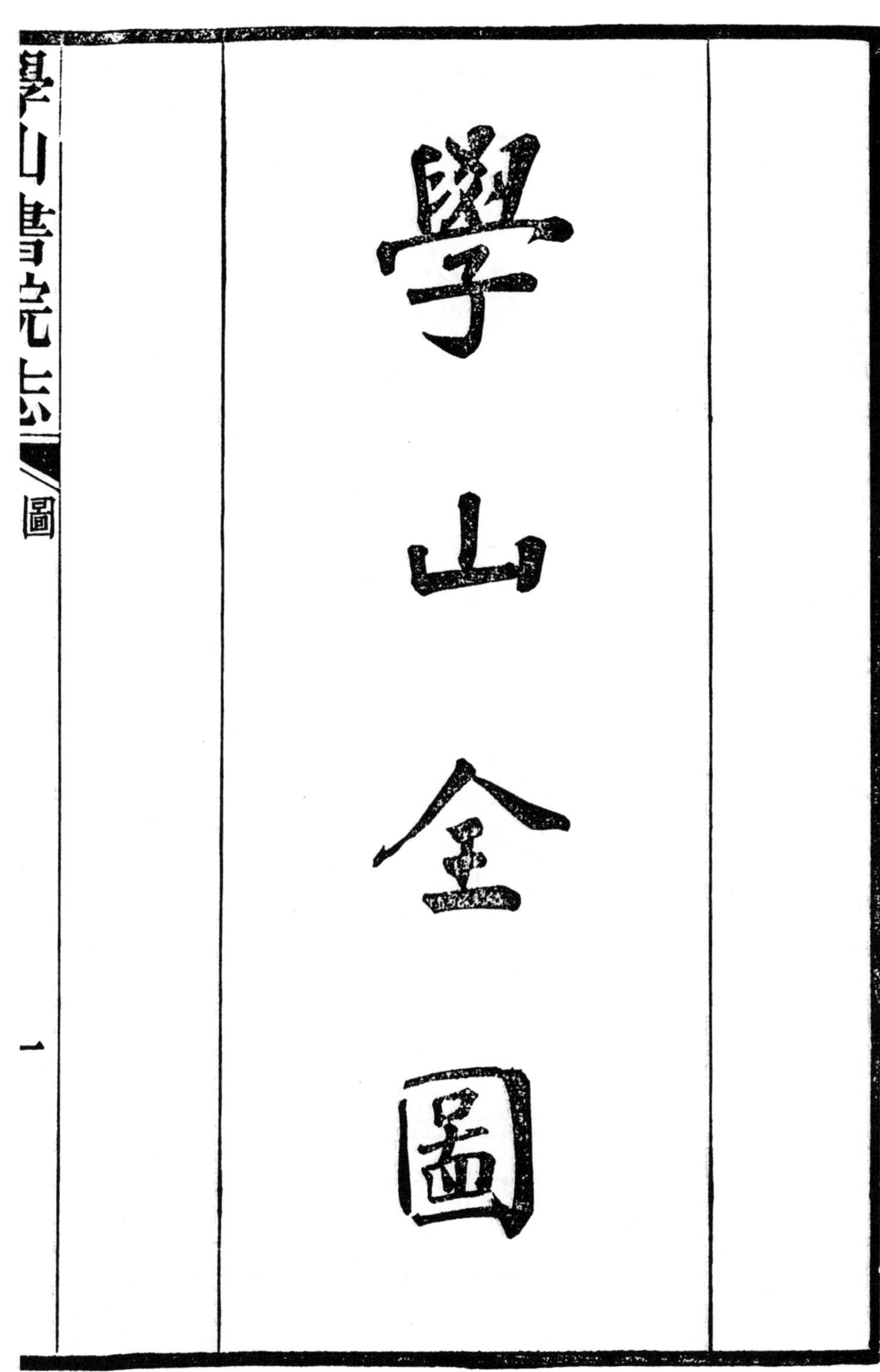
學山書院志 圖 一

學山全圖

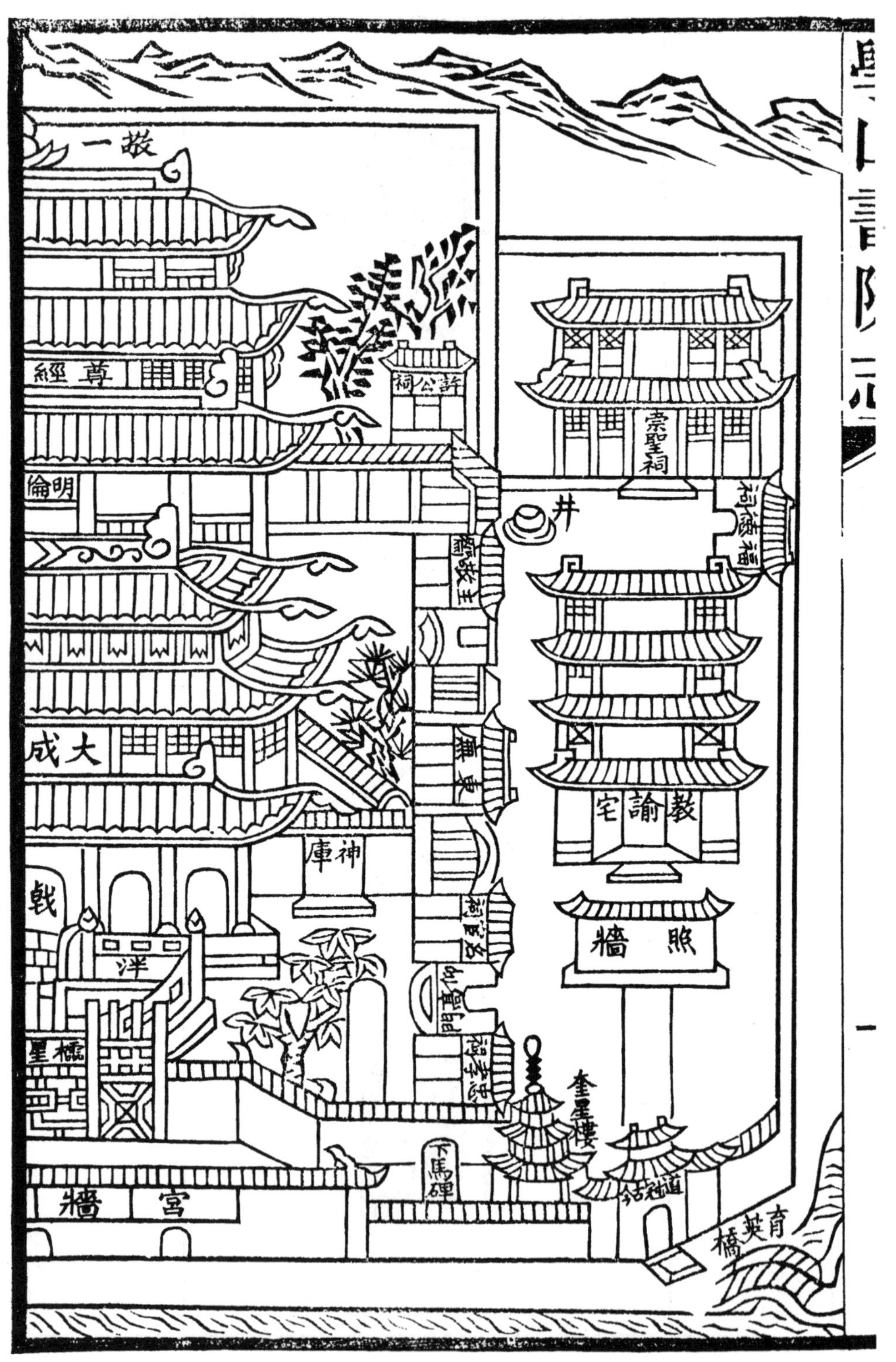
尊經
明倫
大成
泮
櫺星
宮牆
許公祠
崇聖祠
福德祠
井
教諭宅
照牆
神庫
東廡
名宦祠
魁星樓
下馬碑
育英橋

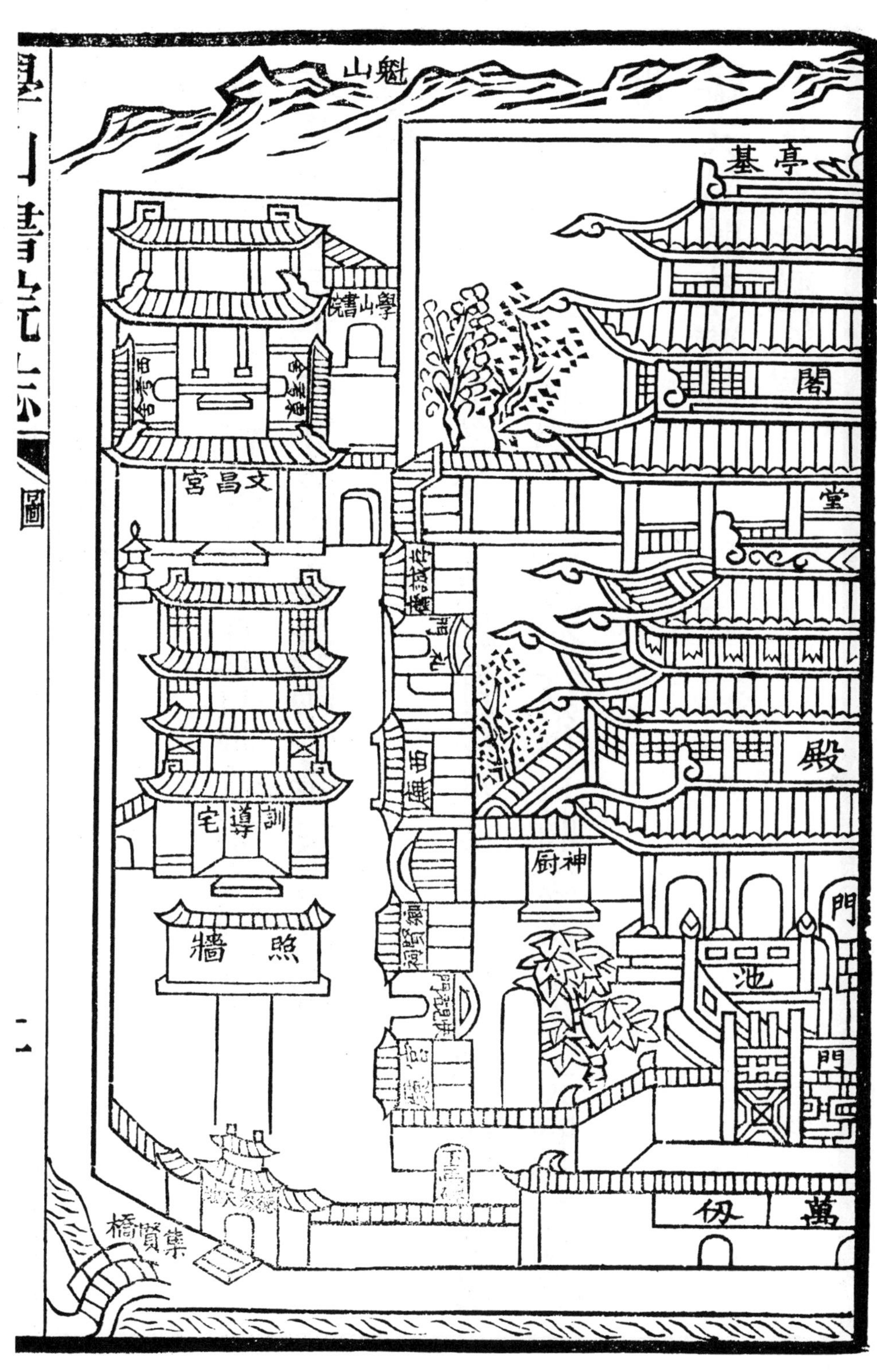
魁山
亭基
學山書院
閣
文昌宮
堂
殿
訓導宅
神厨
門
照牆
池
門
萬仞
集賢橋

前邑侯許湘嵐先生題楹聯

明倫堂

此何地哉二三子執業登堂且着眼看明倫兩字

我將行矣百千年守成率舊最關心是董事諸公

尊經閣

置縣已逾三百年忽今日鼓舞軒鼚孰牖其衷顛使儒林開景運

讀書須破一萬卷願諸生鑽研往復自時厥後永爲天府貢奇珍

敬一亭

臨文試聽花邊鳥

得意來看檻外雲

道光戊子創建學山書院董事

吴位升　陳至昭　陳會昌　韓　元　趙漸逵　陳　選
劉思芳　劉時岵　葛　藟　史允甲　孔廣業　田　馨
湯　銘　陳郁文　王　貽　陳　斐　李培基　錢　達
陳　沅

道光丁酉創修學山書院志董事

王　貽　李有羣　韓　元　邢國勛　童艮杰　史允甲
孔廣焜　孔廣信　李　根　史懷直　唐慶雲　劉時岵
谷鳳鳴　張式金

同治癸亥重建學山書院董事

陳嘉德　孔昭雲　邢士楨　傅濬源　宋　錦　陳　治

何耀南　陳敬典　魏　榮　張桂林　葛謙吉　李國榮

李　鳴　谷暘生

光緒癸巳重修學山尊經兩書院志董事

邢克寬　趙貴珍　谷蘭馨　卞慶祥　宋　鋹　張桂林

芮鴻基　陳　驪　吳　寬　李國榮　黃　茂　劉棲鳳

陳　義　李　泉　葛林瀚　濮陽鵬　孔慶騏　王長慶

張　綱　周鳳鳴　王渭陽

# 學山尊經兩書院志目錄

房業

學山書院田產

附育嬰堂田產

幼孩局田產

惜字局田產

## 學山書院原序

事之永垂勿替者有法以維之也法期於盡善尤期於能守一有更張則彼此異見是非無主而事乃不可爲矣余自道光戊子剏建學山書院所有章程業已詳之上台而存爲案牘矣又刊之碑版矣計周而慮遠宜若可以無患焉然猶不免異議者何也余曰此蓋有故焉爾夫案牘之文藏之官府者也官吏知之而外人不知也碑版之文藏之書院者也董事知之肄業生徒知之而他人不知也不知而問有異議亦無怪其然矣然則如之何而可哉余曰人情安於所習而疑其所未知家喻而戶曉則人無惑志矣共見而共聞則人皆一心矣今以書院規條各憲札諭并捐輸田畝若干錢緡若干每年租

利若干開銷若干以及房宇廊舍彙爲一編詳載而分給焉如是則鄉有其書而知者知之不知者亦知之矣不知者知之不知者亦安之矣於以堅遵守之心而杜紛更之口豈非流水之勢也哉梓成因爲之序

道光十七年歲次丁酉季夏月湖南甯鄉許心源湘嵐氏譔

於戲天下事孰是不誠而能成者哉孰是不仁而能成者哉今之從政者毎遇地方公事不曰毋動爲大則曰何苦乃爾否則貌爲振作苟且目前以弋一時虛譽而於事仍無少裨甚或不如其已坐是百務隳廢地方日益凋敝不誠故耳其不誠也不仁故耳吾同年許明府莘高濱甫數月卽議建書院又數月卽集貲兩萬有贏並詳酌條

規爲久遠計嗚呼邑人誠好義誠易與爲善顧何以自明迄今數百年卒無有能興之者中間豈竟無一議及此顧何以不潰於成夫非猶是邑人士歟然則我明府所由蒇事者可知也有不容已於斯邑之人之心斯有不容已於斯邑之人之事事之未成心其能已乎心之既竭事其能無成乎書院其一端也邑人士而明斯義也有不實力於爲學而自甘作輟歟是爲序

道光八年歲戊子七月既望江甯承宣使者善化賀長齡譔

自唐有集賢殿書院麗正殿書院之設而書院有所自昉嗣麗正殿書院改爲集賢殿書院授張說知院事與修國史然其任大率皆校理秘文與專務課士者異至宋慶歷熙甯間尊右儒術若白鹿洞若

嶽麓若應天府若嵩陽其最著也維時有教授有山長有講授各司厥職而課士之法闕焉不見傳記元仁宗崇儒重道爲儒臣許衡立魯齋書院降璽書旌之亦稱禮遇獨隆有明頒書學校與書院相爲表裏歷未詳其命名與其處所至萬歷柄臣用事盡天下書院籍之而各屬之書院俱廢興替之始末史册殆可詳稽我

朝振興文教樂育賢才飭天下各建立書院若京師之金臺江蘇之鍾山安徽之敬敷他省亦皆以次而建其餘州郡縣城鄉村建置不一皆訪經明行修足爲多士楷模者延爲山長而監院董事之並設使之互相稽核不致虛糜經費遵奉

聖諭實力奉行立法本爲完善多士爭自濯磨勸勉砥礪而人材輩

出雖山陬僻處具彬彬有鄒魯風焉涫邑曩有義塾而無書院明府許湘嵐先生謀爲建置而無其地見尊經閣宏廠東西齋房整齊因就焉其經費卽偕余倡首各捐廉俸並集紳士捐輸而設措勸捐賴明府之力居多一時踴躍樂從田畝錢文俱彙有成數錢則發典生放田則召佃納租　明府之自序與碑碣簿册顛末俱詳茲不贅顧諸生膏火有資誦讀有所他日騰達聯翩殆不可量而恪守鹿洞遺規所自檢於身心性情之地與施於家國天下之間者得以身體力行將上可以希聖域賢關次亦不失爲謹身寡過則斯士譽髦其所得於書院之造就者不少余司訓十年與諸生沐浴膏澤歌詠承平相率於黜浮崇實備

國家菁莪棫樸之選滈雖僻壤則書院與古之州序黨庠媲美而士習民風蒸蒸日上也豈不懿哉考書院取錄成規有一年一甄別者有數年一甄別者有照科試案爲甄別者亦三年一更滈則每月甄別更番叠取不涉偏枯而激勵獎勸寓焉矣碑版條約刋既竣合邑董事請序於余謂余之緣起俱悉也爰序之

道光歲次丁酉七月上澣之吉高滈縣儒學教諭銜管訓導事涇上渭南吳廷輔譔

## 學山書院記

山長　盧麟珍

高滈置縣逾三百年書院迄未議建　許湘嵐先生以楚中名孝廉爲滈溪宰下車日首以培養人才爲務因集紳耆議貲創建衆若有

難色先生曰君子信而後勞其民我信未孚無怪邑人士之不我應也欲速則不達其徐圖之於是悉心撫字清釐塵牘綜理庶務蠲煩苛舉廢墜利於民者興之不便於民者去之慎以用刑而罰不濫勤以聽訟而獄不留又不時巡行鄉閭詢問疾苦一年之間政成而民和豈弟之聲達於四境先生知信之已孚而民情之大可用也復舉前議進邑人士而謀之咸唯唯受命踴躍樂輸不三月集貲並所入田畝共兩萬有奇因鳩工庀材就尊經閣而修葺之圍垣墉塗丹雘廳樓亭榭煥然一新復以多金存諸質庫統計其歲入師儒之脩脯諸生之膏火經費裕如夫人情易於圖成難於慮始此一事也初謀於衆尙以爲難既乃幡然丕變雲集而響應不疾而速其故何也蓋

以至誠惻怛之心深入乎民隱一時被其化者向風慕義心悅而誠服之故下令如流水之源事易於轉圜功成於不日夫不疑於物物亦誠焉不私於物物亦公焉施信而民信豈不諒哉由是推之凡其平日以實心行實政一切興利除害之事風流而令行動則有成隨感而應類如是矣余學殖淺薄先生不以余爲不肖延主講席日與諸生絃誦其中先生建書院顏其額曰學山夫九仞之功始於一簣爲學之道積卑以成高詩曰高山仰止荀子曰邱陵學山而未至山者患在畫也先生之戒可謂深切著明矣願諸生奮志編摩互相切劘心先生之心學先生之學以無負陶成樂育之德意余亦藉以報先生以成絃歌之化是則余之厚望也夫

創建學山書院記 道光八年七月　　正堂 許心源

高滘向無書院邑誌所載改爲遺愛祠者地不過數椽大約童蒙之小學耳非書院也余以道光丁亥之秋蒞任斯邑下車後即訪有尊經閣一區前廳後樓樓後有園園中老樹扶疎亭榭之外周以繚垣廳左右房舍各十數間俱幽靜軒爽余謂藏修有所息游有地士人讀書其中真所謂動靜交養者矣然束脩膏火一切苦無所出謀之父老皆戔戔焉有甚難之色夫高滘雖小邑然戶口十餘萬田疇繡錯膏腴肥美之區合一邑而計之得十之七八焉何畏難若是余竊其意蓋恐官府之不肖而因此以爲利也又數月余清釐塵案近數百件每日坐堂皇間凡邑人赴愬者皆即時訊結無羈滯沉擱之苦

且周行各鄉月凡數出一時人士頗不忍以不肖相視余𥬇曰官不棄其民而民不疑其官此風草相孚之勢機之可乘者也次年三月郎招集邑中富戸待以殊禮委曲開導一日之間勸捐至萬金有奇隨擇紳耆之賢而才者命爲董事分勸各鄉不三月而數亦如之焉嗚呼夫非猶是邑之人歟何以前難而後易也爰卜吉日鳩工庀材舊者新之狹者宏之朽壞者更張之樸陋者塗澤之又於大門外添建門樓壹座顏曰學山書院置備器具創立條規存錢於典以收其息給田於佃以取其租而一切經費之需皆取之而裕如焉是役也始於季春成於季夏影響形聲蓋不可謂不速矣余深嘉邑人之明於知人而勇於赴義也因撮其顛末而爲之記

觀風告示 道光八年正月

正堂許心源

爲觀風事照得花津石臼本前朝畿輔之區積水高臺是名士詠吟之地萃三湖爲鍾毓科名則代有清流挺七級以崚嶒文藝則世傳高手而乃數科以降一第爲艱太乙黃茄祝梯雲而莫必明經白蠟思步月以難期豈地氣之偶衰胡文風之不振推原其故蓋有由來夫工以居肆而成能士以樂羣而敬業是以孤行者執見獨學者寡聞帝虎豝豨莫資訂正扣槃捫燭難望宏通蓋不得其師則徒倚無門徒泣亡羊之路不得其友則考稽無自空披索驥之圖學校所關非細故也今高淳四郊如故輿圖不愧雄封百廢具興書院獨爲闕典憫江河之就下思培植以加虔譬彼笵金必就冶人之舍等諸攻

木須登匠氏之門爰欲萃彼居遊授之膏火振鼓鐘之雅化聘圭璧之修儒辨僞正訛引繩削墨雲連學舍則左絃右誦衆共切其觀摩月試講堂則彼絀此優人咸知夫愧奮然而支非獨力舉必衆擎想成集腋之謀尚需時日欲鼓攀鱗之氣難緩須臾必俟學省落成藝林粗就集青蚨之萬貫倣白鹿之遺規老德宿師聘延以至南宮北舍次第維新則九夏槐花不過十旬而外三秋桂子僅惟數月有餘望者雖殷急何能待用於二月之初一日謹就尊經閣中先試合邑生童擇其文理清通詩律嫺雅者錄取若干人月分兩課課命兩題手自丹黃親爲甲乙余雖不敏尚堪一字爲師士果能文定出萬人而上佇望諸生得意成一時珠聯璧合之奇且看此日操觚係何等

輕重淺深之分持示

勸捐書院啟 道光八年三月

正堂許心源

合一邑之人才而培植之此有司之事也而不得其道將藉手而無由雖然道何在乎一曰擇其師二曰多其友三曰善其地四曰裕其貲夫班馬之才間世而一出孔鄭之學曠代而無倫必欲得如此之人則師難矣果能品行端正而學業清通日有省焉旬有課焉月有升降焉歲有進退焉有所憚則弟子之心不至於荒有所遵則弟子之學不謬於正如是而望其成庶幾其能成矣雖然得其師矣而未多其友猶未可言成也何也師獨而友衆師尊而友親師嚴而友暱故夫友之取益較之師爲尤甚也一日之課或我優而人絀或我絀

而人優一課之等或我勝而人負或我負而人勝人我相參而高下分焉以抱歉之心激而爲角勝之心以爭雄之心變而爲執雌之心如是而望其成庶幾其真成矣然而擇其師矣多其友矣而師不能家喻而戶曉友不能久往而朝來師不能裹糧而往教友不能西宿而東餐將若之何故善其地裕其費尤爲培植之要道焉今高涪尊經閣一區有山長下榻之室有諸生肄業之齋有按月課藝之堂有師徒聚講之所葺而新之張而大之卽歸然一鄉校焉然則吾邑之所不足者獨貲之未裕耳夫齋僧禮佛事屬渺茫而琳宮梵宇之興建往往割地一區布金十笏頂禮稱弟子焉況庠序學校之事所係者大而所成者甚鉅哉傳曰羣狐之腋集而成千金之裘所有束脩

膏火之需敬以告吾渻之爲善人爲義士爲鄉老鄉先生者

# 重建學山書院記

同治壬申邑人 陶汝霖

涫邑向無文昌廟建於邑侯王公子涵中崇祀 文昌帝君東西二舍實爲學山書院生童肄業之所咸豐間粵匪肆擾屢遭兵燹學山一帶竟成蔓草荒煙予聞而心傷焉久矣前歲徵君陳庶軒書來以重建書院落成屬記於予其略曰同治二年十月城池克復予等接管院務老成云謝屋宇無存過其地者棘榛滿目不勝故宮禾黍之悲爰會集同事公議重建咸翕然同志惟時囊橐蕭然無可挹注崇立兩鄉先捐洋一千元以資起事適善後局接起畝捐稟請 縣憲包在豐成兩鄉每畝加捐二十文遊安唐三鄉則在東壩拆公房一所以資工需用尚不敷又捐俞光福洋一百五十元谷蘭馨洋一百

元乃工程既竣而丹堊未施又請撥東壩釐金四百千零百計摒擋然後觀厥成焉規模仍舊堂構維新於是邑中公事如勸農清查招墾重建文武廟胥於是乎設局春秋丁祭以及迎春送學　朝賀諸大典亦均於是乎行禮焉請君記之昭茲來許予筆墨久疏當即覆書以辭然回憶少壯時齋頭肄業燭翦西窗依依如目前事今宦遊晉省二十餘年匏繫一官不獲追隨諸君於邑中公事稍分勞瘁歉也何如春間聞書院諸君稟退已經八九因思亂離之後非諸君艱難拮据任怨任勞顧全大局幾不成爲邑矣不壽諸貞珉久將湮沒不得已屬詞序事以復於徵君遙憶鄉校殊動我以蒓羹鱸膾之思也至前邑侯王規制經營許湘嵐先生記之詳矣不復贅

勸捐書院通稟　正堂許心源

敬稟者竊查高涪向無書院卑職於上年到任後查有尊經閣一處坐落學宮之後基地寬大房屋亦甚齊整葺而新之廓而大之即可作爲書院惟山長束脩諸生膏火每課獎勵並書斗工食以及修理房舍置備桌櫈等件需用之項亦屬不貲卑職邀集兩學及巡典各員公同籌議倡首捐廉以爲表率二月十六七等日挨請地方紳富齊集縣署優禮相待切實勸諭各紳富等俱極鼓舞歡欣同聲稱善當即各隨力量慨然捐輸總計現在之數已有足錢壹萬串此外尚有請而未到之戶及零星各戶未經定數者難以約計伏思書院房屋既有定處整理經

營似易爲力至經費之豐減必視捐項之生息或多或寡刻下
尚難定議總冀將來功有成效項不虚糜一切吏胥概不經手
擇其殷實老成之人或四名或六名以爲董事除候捐定數目
議立章程另行據實詳請
憲示外合將卑職現在辦理書院及已捐數目緣由先肅稟
聞伏惟
慈鑒

上賀藩憲稟　　正堂許心源

敬稟者本月初五日奉

憲臺札開照得守土之官職兼教養牧民課士皆分之宜茲屆三年秋賦之期正吾多士雲興之日飭即會同學官加意振興多方勗勵其向有書院之處固應程材拔藝益令知所觀摩否則或於衙齋或覓公所或另籌建興亦必旬試月課俾共講貫切磋賢長官其善誘而力行之等因仰見

大人樂育英材

指示周詳以期人文蔚起教化流行凡在屬僚無不同深欽佩伏

查卑縣地處山陬民俗尚淳前明嘉靖中建有書院一座今閱

二百餘年久已頹廢卑職到任以來欲整民風先端士習是以先期曉諭生童於本月初一日會同兩學在尊經閣內扃門課試親自校閱分定等次酌量奬賞以示策勵惟是卑縣文風雖未能蒸蒸日上而逐卷品評尚有堪以造就之質卑職業經曉諭各紳士量力捐資以爲將來興建書院及師徒束脩膏火之費一俟集有成數再行據實稟辦茲奉憲札前因現屆秋闈伊邇卑職每月初三十八親在署內命題課士認真考校評定高下務使菁莪雅化咸成濟濟之才以仰副大人鼓勵栽培之至意理合先將遵辦緣由切實稟聞仰祈

鈞鑒

請　獎捐戶稟

敬稟者本月十九日接奉

鈞諭以勸捐書院請獎一案擬將捐數在千兩以上者照例詳題

議敘三百五百兩上下在外由

撫司縣給匾旌獎至勸捐各董事亦按其勸捐之多寡照此分

別給匾是否公允

令即稟覆等因仰見

大人獎勵分明至周至備捧誦之下欣感良深惟查嘉慶十九年江

蘇捐賑奉

督
撫二憲
奏准請奬案內一千兩以上二千兩以上三百兩以上各戸均酌
予職銜議敘勸捐出力如有捐輸按照捐數議敘等因欽遵在
案今卑縣勸捐書院紳民等樂善捐輸甚屬踴躍計日而成可
否比照捐賑成案請詳
奏奬之處其勸捐各董事內有自行捐輸者即可仰邀議敘而勸
捐出力者可否一併奬勵皆出自
憲恩俾該紳民等永頂靡涯如果格於成例窒碍難行伏乞
鑒核仍照原議詳辦卑職未敢擅專緣奉
札諭不揣冒昧肅泐據情稟覆仰祈

慈鑒

江甯布政使司賀　批查道光三年清河縣捐修文廟案內數在千兩及五百三百兩以上各戶並勸捐尤爲出力董事係由縣造具捐戶姓名年貌籍貫三代履歷細册詳題議敘其三百兩以下捐戶另造銀數姓名清册由外給匾旌獎今該縣捐建書院事同一例自可循照辦理據送清册並未分別銀數聲敘至勸捐各董事又係籠統開造其何人最爲出力無憑分別碍難轉詳仰將捐輸在千兩及五百三百兩以上各戶分別銀數并勸捐董事擇其最爲出力者一二人一併造具年貌三代履歷清册六套敘具妥詳彙同請奬其三百兩以下

各戶亦即另造捐名銀數清册四套由外分别給匾勒碑獎勵可也再捐修

文廟案内官捐銀兩係聲明不計并即知照繳

江甯府正堂王　札爲詳明事本年五月二十九日奉

江甯藩憲賀　札開奉

巡撫部院陶　批高淳縣詳建設書院議立章程開課日期等緣由奉批據送書院章程仰江甯布政司核明飭遵具覆至一切用項及將來歲銷經費均准免其報銷并飭知照并候

閣督部堂

學部院　批示檄又奉

江蘇學院朱　批開高淳書院自前明建設以後並未興修兹許

令到任首倡捐廉設法勸諭竟得速成實堪嘉尚自應飭董勒石以垂久遠至延請一切用項亦應由董經理免其冊報仰江甯布政司立案飭遵仍候

督部堂
撫部院 批示繳冊存各等因到司奉此查此案前據該縣詳司當經查核所議各條尚屬妥協至歲銷經費既由董事自行經理准免其造報等因批飭遵照在案奉批前因合就轉飭等因到府奉此合亟轉飭札到該縣即便遵照飭董勒石以垂永久一面將捐輸及經理董事若干各姓名分別造冊具文送府以憑核查毋違速速此札

正堂許　札爲錄批遵照事案照書院章程並開課日期前經造

册通詳

各憲并照錄章程諭發該董事各在案茲奉

藩憲批開查核所議各條尚屬妥協至歲銷經費旣由董事自行

經理如詳准免造報仍候

各院憲暨 各司道批示錄報繳册存等因並蒙批發原詳到縣奉

此除將掛發批詳附卷外合行錄批札知爲此札諭該董事吳

位升等卽便遵照册違特諭

正堂許 札爲通行事奉

府憲札奉

江蘇學憲龔 札行准

禮部咨儀制司案呈本部議覆監察御史陶福恆奏各省書院請責成學政稽查整頓一摺於道光十四年十二月初九日奏本日奉旨依議欽此欽遵到部相應抄錄原奏札知可也等因到院行府奉此合就抄摺轉飭札到該縣卽便移學一體遵照辦理毋違等因並蒙抄粘到縣奉此除移學一體遵照外合亟抄粘札飭爲此札仰書院董事唐慶雲等知悉卽便遵照辦理毋違特札

附錄原奏

禮部謹

奏爲遵

旨議奏事道光十四年十一月二十六日內閣抄出監察御史陶福
恆奏各省書院請責成學政稽察整頓一摺於十一月二十五
日奉
硃批禮部議奏欽此查原奏內稱教士之法書院與學校相表裏無
如廢弛者多整頓者少推原其故一由於山長之不稱其位一
由於監院之不盡其職而山長之不稱其位則由於大吏之薦
引勢舊瞻狥情面監院之不盡其職則由於上司疏於查察習
爲故常臣籍隸江西於江西書院知之最悉山長恃盤踞之能
久已置品學於不講監院存顢頇之見不過藉膏火以分肥于
是士之賢者去之不肖者就之甚至包攬詞訟出入公門又其

巧者掛名肄業倩人應課而已身則隨棚搶冒本學教官既無從約束而學政亦難於防範是則以書院育才之地爲營謀棲託之區爲藏垢納汙之所無怪士習之日壞也江西積弊如此他省亦大略可知臣愚以爲欲振作士習必先整頓書院欲整頓書院必先愼擇山長妥派監院欲愼擇山長妥派監院應令學政會同督撫司道各大吏秉公商辦蓋學政有教養士子專職卽可由士子之賢不賢以驗其山長之稱不稱而監院以教官爲之本學政屬員並由學政查察則一切侵蝕包庇之弊可去其各府州縣山長應由地方官會同教官飭令有品紳耆公舉文行兼優之人報明學政概不得由上司挾薦其山長之賢

否學政於按臨時因而稽察之凡生徒之不率教者亦因而懲戒之各等語臣等查例載書院師長由督撫學臣以禮相延不分本省鄰省及已仕未仕必擇經明行修足爲多士模範者又學政全書內載各省府州縣書院延請師長務擇學行兼優之士不得徒爲無學遊人棲息之地亦不得藉稱難得其人久虛講席學臣於按臨考試時就便稽察各等語立法極爲妥善無如日久玩生有名無實如該御史所奏近來書院山長大吏揀薦置品學於不講以致士習日壞請責成督撫學政及府州縣官教官紳士舉報稽察等語係屬申明舊例臣等公同商酌應如該御史所奏嗣後各省會書院山長應令學政會同督撫司

道各大吏公同舉報其各府州縣山長應由地方官會同教官紳耆公同舉報各擇經明行修之人認真訓課概不得由上司挾薦亦不准虛列山長名目並不親赴各書院課試仍令學政於按臨時就便稽察以昭核實所有臣等核議緣由是否有當伏候

命下臣通行各督撫學政轉一體遵行爲此謹

奏請

旨

學山書院志
八

學山書院規條

一尊經閣基址向名學山今改爲書院邑人公議即用此二字蓋山之氣靜靜則能誠山之體貞貞則能久誠而久是成己成物之道也所望於肄業者學山而至於山以無負命名之意

一山長由董事人等自行訪請一位必須品學兼優之人稟縣出名送關不得狥情濫請

一近日山長每以一人而受數邑之聘學校之中公然壟斷實堪齒冷遇有此等山長經董事等查知無論已未到館已未開館立即稟縣辭退以端師範

一師道貴專專則月有常課課有定程即或有故他出亦限以十日

爲度其有久出不返臨課不在齋中及遣人送題課徒者許各董事照外出之期扣除束脩薪水

一每月初四十九定爲山長講書之期是日山長於講堂正坐生徒東西旁坐先四書後五經務宜剴切指陳講畢生徒各挾疑義扣請質正不妨往復辦難

一書院肄業生童毋得干預詞訟以及非爲不法情事輕則逐出院外重則稟縣究治

一山長校閱課卷有能於逐卷紕繆之處或一對或一段或一篇改抹精當不遺餘力固爲可貴即或力有不能亦必將優劣之所以然分別細批使閱者了然方有裨益不得泛用套語同於張冠李

戴

一每歲二月擇日開課董事人等預期禮請山長到院不得遲延並由縣先期出示曉諭生童赴院肄業以十一月底爲止

一設立書院原以培植人材若按年甄别恐啟狥情濫取之弊今議每月初二日縣中官課如縣尊有故即柬請兩學老師分别生童去取內課各十五名外課各十五名給以膏火錢文均於十八日院課之後赴院領取其有院課不到者准該董事將膏火扣除

一應課生童每課一文一詩文或四書五經詩或古體今體不必拘定黎明點名出題申刻交卷不准給燭

一課試詩文均須扃門嚴肅用心自作不准代替查有違犯均行扣

除

一生童課藝如有抄錄舊文倩人鎗頂者立郎逐出院外以示懲儆

一十八日院課山長取列生監超等特等童生上卷次卷不拘定名數

一捐集銀錢田地租息各數設立總簿由縣用印一存縣備查一交董事收執每年出入經費由董事另立賬簿逐一登記歲終報縣以便稽查

一收取租息發給膏火以及山長束脩薪水俱由董事經管不得添設監院虛糜院項

一生童每月膏火俱係十足大錢如有尅扣准各生童稟縣

一縣中課試生童名榜由縣書繕寫備案並移兩學其山長課試名榜由院書繕寫董事開摺稟呈縣學備查

一捐入書院田地每年秋收由董事照查佃戶名票租數按畝獲收變價隨時完納錢糧餘剩租息交董事收存以爲經費之用如佃戶抗租由董事稟縣究追

一董事須秉公持正小心謹慎之人經理三年更換一次由紳士人等預先遴選報縣屆期交替接充其已滿三年而辦事秉公爲衆悅服者准其據實稟留倘不愜衆情即未屆三年亦准稟請飭退另行選補

一書院經費係民捐民辦並非借領欵項每年出入銀錢俱由董事

自行經管歲底開數報縣毋庸轉造報銷以節縻費

一現在議取內外課生童名數及膏火等項按指項利息而計如將來應考生童較多添取名數所有不敷在於原議膏火內酌量勻攤若有多餘再行酌增隨時具詳立案

一每年所收租息除用實存銀錢以爲修理房屋及添補什物猶有盈餘公議酌處須卽時登帳備查

一山長修金每歲洋錢三百元膳貲每歲足歲八十千文兩節節禮併解館每次洋錢四元隨使每次足錢二千文每歲往回二次共盤費錢八千文山長到館解館逢節酒席該鄉值季者辦理

一每歲山長聘金洋錢陸元

一內課生員十五名每月每名膏火足錢壹千八百文第一名加足錢貳百文

一內課文童十五名每月每名膏火足錢壹千貳百文第一名加足錢貳百文

一外課生員十五名每月每名膏火足錢玖百文

一外課文童十五名每月每名膏火足錢陸百文

一院書一名每年工食錢十四千四百文又紙筆費每年足錢捌千文

一院斗一名每年工錢五千六百文

一齋夫二名每年每名工錢六千三百文

一課卷每本價六文
一考課每次貼茶爐柴火足錢壹百四十文
一鄉試每名給卷費足錢三百五十文
一鄉試開科者每名給花紅程儀洋錢伍拾元下次會試不給
一會試發甲者每名給花紅洋錢伍拾元
一開科發甲每次報錄賞封足錢壹千四百文
一副榜給花紅洋錢拾元
一選拔及優貢給花紅程儀洋錢貳拾元
一副榜選拔優貢每次報錄賞封足錢七百文
一捐集銀錢發交城鄉各典按月一分起息由董事按月支取以資

經費

一縣中公事除完糧外卽有善舉董事等亦不准其應酬以書院生息無多濫費則易竭也違者公議押賠歸原

一書院以尊經閣爲山長衡文下榻之所以明倫堂爲講堂以兩廊房舍爲生徒肄業之室前抵　大成殿後牆後以圍牆爲界西禮門外有學山書院牌坊一座東禮門外有一井口

學山書院志

湻邑向無書院道光戊子前任　許湘嵐先生創建學山書院就尊經閣而修葺之於是湻之士始知向學故乙未丁酉癸卯甲辰癸丑諸科甲第蔚起粵匪之亂邑遭蹂躪書院遂付之一炬同治丁卯邑人士集貲修復以經費不足未能延請山長一年四試並齋課而屬之官應課者寥寥而邑中亦近今四十餘年來無登春秋榜者士氣不揚士心漸弛故難後應小試者尚五百人今則不及三百矣應秋試者二百餘人今則不及百人矣日下江河迄無底止余於今春由江甯移知是邑距　湘嵐先生宰此邦時已六十年秋間調簾十月復回本任計在邑八

閱月清理案牘講求水利區區之心冀有益於地方而書院夏秋冬三課皆親自披閱始知涪邑文風之漸不如前者固由於導引之無人亦由於見聞之太隘居恆課誦實學久瀉積習相沿遂爲風氣凡經學訓詁小學考證儒先語錄文章經濟皆無人問及卽一二有志者亦思挽回風氣而無書可讀無途可循卽所作制藝亦覺譾陋相安荒疎日甚不知不研究於經義則理解必不能精不涉獵於詞章則才藻必不能振余學殖荒落經術迂疏竭其愚誠豈能爲諸生之師而親見諸生之涪樸敦厚不少璠璵若不拔其尤而培養之不特初心有負抑亦教士

無方夫學欲窮其源中材斷難自至事不培其本官課亦屬虛文於此時而欲振其頹風導以先路僅於一年四課中求之亦難見效因仿照上元甘棠文舍章程創建尊經書院院中經費一時無措余首捐廉每月二十千文餘則取之學山書院餘款中暫時挪用先行舉辦一年今年秋間由書院各紳董自行捐集鉅款置產生息以爲每歲延請山長諸生館餐之用余所捐之每月二十千文則先行通稟

上憲立案永爲尊經書院中津貼俟諸董捐有成數將置產生息各事辦理定妥後再行通稟請示立石永遠遵行至書院肆

業由縣考取内課生童十人資其饔飧延請山長親爲督課取外課二百人每月請山長命題分課一次復由余捐廉置經史書籍數千卷存庋院樓俾諸生朝夕編摩學知根柢而猶必取

聖諭廣訓朱子小學近思錄督諸生講解率循使知立身之本不僅在詞章入學之門必尊聞經訓於是羣知趨向觀感成風友輔朋來父詔兄勉由十人以傳之數十百人一洗從前荒經之陋蔚爲

國家有用之材豈不盛歟章程粗定與邑之人士議立書院之名余因告之曰學山書院本就尊經閣而用之今於學山書院外

議再建一書院此時經費無措營建無資不得已借用學山書院齋舍因仍名之曰尊經書院蓋無忘邑乘之舊名尤深冀時和歲豐家給人足捐集經費之外尚有餘貲或於學山書院外修復尊經閣而即移書院於其中於是涫邑有學山尊經兩書院余故先定其名求其所以實之者抑士人之於經爲學之本也古人有習一經而可以專門名家安治天下者余擬書院章程十二條學規十二條懸之講堂勒之碑左蓋以經明行修尊聞行知尤不能無望於涫之士也夫

光緒十有五年歲次己丑嘉平月知高涫縣事會稽陶在銘譔

# 尊經書院章程

一尊經書院暫假學山書院應用書院正齋爲山長講堂東西齋舍爲諸生肄業之所諸生下榻其中昕宵誦讀免得早出晚歸致荒晷刻

一書院肄業内課十人外課一百人内課住院其飯食几榻由院置辦無須生等自備外課每月十三日由山長命題交與門斗分送諸生童其門斗工食亦由院給發惟交卷近鄉三日遠鄉五日由該生童等自行送院聽候山長批閱其取在前列者本縣亦分別給奬以示鼓勵

一書院擬延請山長一席爲諸生批改課卷卽在江浙兩省採訪名宿無論舉貢由縣送關訂定毋得徇情濫舉遺誤生徒

一書院額設內課肄業十人外課一百人由縣考送如願入書院肄業者先期報名在縣署擇期面試取其文理清通資質可造者錄取百餘人榜示書院先將內課十名送書院肄業外課一百名按月分課如取送之十名有在書院不守學規不按期作文累月曠課以及沾染洋煙攜帶博奕之具者卽行除名出院按外課之前列充補以次遞送毋得攙越

一書院總帳均歸學山書院董事兼管毋須再設董事惟每年

用款及所存書籍。日日有事。擬延請監院一人駐院。卽在學山書院。每鄉輪派董事中輪充。惟學山書院。一年四課。公事無多。往往各董之不在城者。卽在鄉居住。有事方行來城。此次尊經書院所定章程。山長束脩。宜按季致送。膳金亦按月致送。而諸生館餐。齋夫工食。定於十日一發。監院卽不能久離。況見在院中所有書籍。尤不能不釐定章程。設法永守。則監院卽不能不輪居書院。每月應津貼薪菜四千文。卽在書院經費支銷。

一書院所存書籍。悉由本縣捐廉在各書局及坊間購買精本。

所費不貲原欲使肄業諸生朝夕觀覽有益身心其書存庋樓上列架編號不便私攜出院肄業諸生欲觀何書卽在監院前請鑰開樓取書監院預設三簿先將存書卷目本數開列一簿是爲存書簿再用一簿令諸生取書時自行填明日期書目爲取書簿閱畢繳還亦於簿上填明某日繳是爲還書簿監院點收清楚仍列架上庶有所查考不至遺失如有私攜回家者經監院查出先將該生名字扣除不准在院肄業仍令罰出原書之價一半以充公用監院攜出亦照章議罰監院每次輪替接手時先將書目點清交接如有缺少卽

令監院全賠。

一書院諸生每月只准給假五天。不能逾限。如有疾病事故告知監院。亦祇以二三月爲度。如不來院。卽行另補。並由監院立簿稽查。

一山長每歲聘金英洋八元。隨關致送。修金每歲英洋三百元。按端午中秋年節三次致送。膳貲按月足錢八千文。每年十月計八十千文。三節節敬每節英洋四元。隨使按月一千文。計十千文。以及山長到館解館逢節酒席悉由監院承辦。在公項開銷。

一肄業諸生飯食悉由書院致備庶免寒士裹足諸生十人每日兩桌每桌兩葷兩素令齋夫包辦每人連茶水每日五十文如有事回家一日方行扣算如一餐不到應與免扣以示體卹諸生亦不得約友來院共食不特免使齋夫藉口而酒食徵逐最易荒功是所切戒

一院中設立齋夫二人專管山長茶飯及雜差使用兩齋飯食茶水亦包與齋夫令其應備精潔送往兩齋至于齋中洒掃塵土拂拭几案整理書籍皆令諸生自爲不可役使齋夫以至應給不暇蓋洒掃進退不媿大道之先傳筋骨勞苦始見大

任之天降也。

一書院置十三經注疏。御批通鑑輯覽。資治通鑑。局刻廿四史。說文解字。困學紀聞。日知錄。皇清經解。四庫全書目錄。昭明文選。御選唐宋詩醇。經籍籑詁。子史精華。通典。通志。通考。皇朝經世文編。朱子名臣言行錄。國朝先正事畧等書。皆由本縣捐廉陸續購齊。書雖不多。而學問門徑畧具。於此肄業諸生。固望其究極師法。稱爲通儒。卽有向學之士。欲借讀此書者。書院當設一淨室。安排桌几。卽可知會監院。取書翻閱。每日閱畢。

即行點交。次日再來取閱。惟書院經費未裕。不能供膳。清茶一甌。理宜備之。蓋湻邑藏書不多。寒士又多以舘爲活。如有餘閒。亦望其兼資涉覽。則一狐之腋。固勝於百琲之贈矣。至後來官斯土者。能續購書籍。相引無窮。有加靡已。則高湻尊經書院。不與浙江甯波范氏天一閣後先輝映乎。

一書院今年創辦。由縣捐二百四十千文。餘則取之學山書院餘欵中。暫時挪用。縣捐之欵。已通稟立案。永遠捐助。爲書院公用。可於每月初二日由監院備具領帋到縣署帳房支領。正月則在二月補領。十一月十二月則在十月預領。毋得延誤。其領欵時。縣署帳房。不得絲毫剋扣。門丁胥吏。亦毋得捺擱索費。如有此等情弊。准監院隨時指稟。歷任自各懲辦。並由本縣立案存卷。決不令監院為難。此外不敷之欵。現經書院董事擬定捐集鉅欵。置產生息。一俟辦妥。應將捐數產業逼詳立案。勒石遵行。並設立總簿。由縣用印。一存縣備查。一存書院交董事收執。每年出入經費。由董事另立賬簿。逐一登記。歲終報縣稽查。毋庸轉造報銷。以歸簡易。

尊經書院學規

一書院之設。原爲培植人才。而人才之出。尤宜兼修文行。此邦人士。風俗近古。布衣徒步。不尙浮華。而醕樸之中。近於鄙陋。見聞所及。域此方隅。願諸生涵濡經史之華。奮發顯揚之計。廉隅砥礪。焠（惡臥焠掌見荀子）刺（引錐刺股見戰國策）辛勤。修身不忽於細微。立志務求其遠大。勤學勿存玩愒。齋居勿事游談。多讀一卷書。卽受一卷之益。欲盡一分力。當惜一分之陰。努力前程。是在諸生之自爲耳。

一諸生案頭宜各置

聖諭廣訓一部晨起盥洗畢敬整衣書案默誦一則惟諸生此書若用刻本不足以昭誠敬因令諸生到院一月內各用恭楷默寫一本裝訂整齊置之座右本縣不時來院卽與諸生在明倫堂上宣講一則諸生如能於各條之下引用經史逐句疏證融會貫通並闡發朱子小學及近思錄數條則諸生信好既專身心有裨出爲

國家之大器處爲名教之完人異日播之里黨傳之子弟士習因之益純民風因之愈厚則此書院之設固不僅科第之榮云。

一立身根本不外六經日日諷誦非特文字華腴抑亦身心矜束書院置十三經注疏固宜玩味探索深求漢學源流而尋常温理翻閱一書似不足用應令各帶家塾讀本來院庶可朝夕披覽

一書院置

御批通鑑輯覽及資治通鑑諸生讀史當以此二書爲提綱挈領之要次第閱畢再覩廿四史及諸史方有涯涘諸生毋以書籍浩繁束之不讀蓋古今得失治亂與夫古人之嘉言懿行經濟文章皆在於此剛日讀經柔日讀史功不可間侚其勉旃

一經史之外。自在詞章。然經史非求訓詁。則義理不明。詞章非通考證。則氣息不厚。爲置說文經解諸書。以待諸生之深造。

一漢儒訓詁。宋儒理學。皆不可偏廢。諸生案頭宜各置朱子小學近思錄。因在蘇局購買十部。各令隨時披覽。日久玩索。必得其精。蓋二書於存心養性之微。冠婚喪祭之大。統賢愚才智。而皆不能出其範圍。諸生此來。不僅爲制藝求敲門磚。必先平其心氣。勵其志節。內外交修。自成遠到之器。況古人云。開卷有益。諸生誠於經史子集。日夕研究。其所作制藝。自必祛除陳腐。融液精華。看似迂遠。實爲便捷。願諸生勉之。

一院課一年以十月爲度二月初上學十一月解館內課逢三作四書文一篇五言八韻試帖一首外課於十三日分課一文一詩內課諸生如能作賦或按月一課場年則改經藝均呈山長批改如每課作文蒸蒸日上斐然可觀由縣給獎並致送書籍筆墨以示鼓勵如一年之中全不長進則坐廢資廪振作難期應於次年除名另補免占定額以阻後進

一近時坊選制藝專尚腔調未免失之浮靡故講揣摩者率皆按譜填詞未有題目先有文章實爲陋習不知制藝代聖賢立言當求清真雅正何取此優孟衣冠今爲購

國初文選及諸名大家文數册諸生專心求之道在是矣卽根柢既深或須稍加色澤亦必取才藻縱横詞華博麗者讀之至坊間所售石印大小題文府諸書最是誤人才智蔽塞性靈諸生來院愼勿攜帶此書誤人自誤

一諸生須立課程簿如晨起恭誦

聖諭廣訓某則敬載後將每日所讀經書某卷至某卷卽記在簿內或看注疏史鑑等書則注明閱某卷至某卷詳悉無遺亦不得隨手虛寫諸生遵行既久必有油然沛然之時於是劄記校勘之門徑漸漸自開然此功不可驟幾此時但細細疏寫

以待山長之查課。

一諸生謁見山長朝晚必揖。如有質疑。必肅立聽教。卽在盛暑。見師長亦必長衣。山長偶至齋房。均當祗肅恭候。諸生齋居。勿得高聲嬉笑。來往游談。卽舊學商量。新知討論。而言畢卽當各歸案頭。勿得鎭日劇談。蓋羣居終日。言不及義。飽食終日。無所用心。皆爲聖門之深戒。願諸生惜此分陰。副余厚望。

一地方官職兼教養。自應栽培地方書院。於一邑中祗取十人。原爲短於經費。不能不立此限制。而區區之心。願諸生之來肄業者。一日千里。各有造就。將來出以教人。庶幾學有淵源。

文風丕變有裨此邦而尤願諸生自命於百十中所特選之才各宜自愛卽地方官公餘來院課諸生之學業朝夕見面勿談公事勿託詞訟勿面遞呈詞節畧如犯此者除面斥外卽將該生銷除出院

一建設書院原爲文風而其要尤在端士習諸生身列庠序有異齊民則視聽言動當爲齊民之表率本縣之於諸生不憚諄諄誥誡冀其文行交修諸生肄業既久有事回家則鄰里鄉黨皆屬耳目諸生當盡其孝弟愼其言行敬宗睦族任姻卹鄰卽喪祭賓婚當事事循禮一言一動勿涉苟且以爲鄰

里鄉黨之望。則羣資觀感。收效不僅在書院。是尤有厚望焉。

# 學山尊經兩書院藏書目錄

康熙字典一部　四十本　　四書合講一部　六本

江甯府志一部　廿四本　　上元江甯縣志一部　十本

金陵詩徵一部　十六本　　周易補義一部有藏板　二本

春秋宗朱辨義一部　八本有藏板　　石白集一部有藏板　六本

欽定四書文一部　廿四本　　才調集一部　十二本

以上十種書院購存

鍾山課藝續選一部　八本　　尊經課藝一部　六本

尊經課藝三刻一部　四本　　惜陰東齋課藝一部　八本

惜陰西齋課藝一部　八本

以上五種光緒辛巳　楊邑尊捐廉購存

前漢書一部　十二本　後漢書一部　十六本

以上二種光緒癸未　黃邑尊捐廉購存

皇清經解一部　三百六十本　十三經注疏一部　一百本

經籍籑詁一部　四十本　二十四史全部　六百本

四庫全書總目一部一百廿本　簡明目錄一部　二十本

日知錄一部　十六本　子史精華一部　四十八本

御批通鑑輯覽一部　二十本　資治通鑑一部　一百本

續資治通鑑一部　六十本　困學紀聞一部　十二本

皇朝經世文編一部　六十四本　文選集評一部　十六本

國朝先正事略一部 廿四本　字學舉隅一部 一本

小學集解十部 二十本　近思錄十部 四十本

御選唐宋詩醇一部 二十本　舉業正軌一部 四本

春靄集一部 六本　八銘初二三集一部 八本

舊雨草堂一部 四本　聽雨軒一部 四本

紫竹山房一部 十二本　韞山堂一部 四本

鄉會僅見一部 六本　江漢炳靈集一部 六本

尊經書院課藝六部 三十本　經藝鴻裁一部 二十本

翰苑分書唐賦一部 二本　賦學正鵠一部 八本

養雲山館試帖一部 四本

以上三十三種光緒庚寅辛卯　陶邑尊捐廉購存

佩文韻府一部一百六十本

光緒壬辰　盛邑尊捐廉購存

皇甫碑　一本

光緒癸巳　李邑尊捐廉購存

學山書院存款

一存本城各店通足制錢一千四百九十千文按月壹分貳厘生息

尊經書院存款

一存本城合太和鹽旗通足制錢一千千文長年壹分生息

一存本城源仁典舖九八制錢一千千文長年八厘生息

## 學山書院房業基址號數

一學基共貳拾捌畝捌分壹釐柒毫貳絲學垣外東西各地居民賃住

一買唐姓崇一續字四百九號基地九釐三毫六絲八忽市房一座壹間三進坐落東街坐北朝南東至饒姓房西至胡思孝房南至街心北至胡思孝牆脚現章德和租

一買葛姓吴姓陶姓崇一續字四百七十二號基地四分六釐貳絲三忽市房壹座叁間貳進後園一大塊坐落中街坐北朝南東前進至高王會業後進至邢東海業西至已業南至街心北至已業現吴永和錦泰昌徐福昌租

一買陶姓崇一續字四百七十六號基地貳分貳厘三毫六絲五忽市房一座第一進兩間第二進三間坐落中街坐北朝南東至笆斗巷西至陳吳業南至街心北至陳吳業現吳仁源租

一買陳姓崇一續字八百三十號基地四分三毫三絲九忽市房一座四間叁進坐落西街坐北朝南東至旌陽會舘西至福德祠南至街心北至巷內現邢貴臣租

一買吳姓崇一續字八百九十一號基地壹分貳毫三絲六忽市房基一間兩進坐落正儀街坐南朝北東至陳天成店西至邢自太南至已業北至街現陳邵二姓租

一買吳姓崇一續字八百九十三號基地壹畝七分五毫壹絲九

忽內救生局舊有業三股之一於光緒壬辰與救生局議劃歸書院并書院另造共市房門面五間兩進後三間兩進兩軒北首門面基三間兩進坐落半邊街坐西朝東東至街心西至王杭姓業南至救生局業北至陳天成店現市房邢裕和孫敬脩唐順元樓租基地陳姓徐姓租

一買吳姓崇一續字九百七十三號基地五分七釐七毫五絲內靠河一半坐落西街河下三間四進坐北朝南東至吳穀齋西至陳姓南至大河北至吳壽臧業

一轉典吳姓住宅一座坐落崇仁街坐西朝東樓屋三間兩軒灶屋一間牆圈一圍內一半西至官基東南北並至吳姓業

尊經書院市房基址號數

一買陳姓朱姓崇一續字四百七十三號基地壹分八釐三毫東至己業西至笆斗巷南至街北至己業又買朱姓崇一續字四百七十四號基地三分貳釐四毫壹忽東至王公祠西至笆斗巷南至已業北至汪姓業二基於光緒庚寅建市房一座兩間三進兩軒後園一園坐落中街坐北朝南現章東來租

一典趙姓崇一續字七百九十六號基地一畝一分貳釐三毫四絲三忽又續字七百七號基地五分五釐一毫八忽又續字六百六十號基地五分五釐四毫六絲一忽市房一座三間九進又平房八間園二園門面坐正儀街坐北朝南現趙福康租

## 學山書院田地號數

一崇一字二百七十二號田貳畝捌分肆釐肆毫坐落蔣家村東至王奇瑞地西至己田南至己田北至陳業勤現佃戶胡齊歡

一崇一字二百八十二號田貳畝叁分叁厘陸毫坐落同前東至己田西至己田南至塘北至蔣啟太現佃戶同前

一崇一字二百八十四號田壹畝陸分叁釐坐落同前東至俞光福西至俞光福南至路北至路現佃戶同前

一崇一字貳千壹百號灣塘伍分伍釐坐落蔣家村東至塘墩西至車梁南至地北至墩

一崇一字五百八十八號田肆畝坐落門陡圩老埠東至陳際淦

西至溝南至陳際淦北至溝現佃戶陳中艮

一崇一字七百九十六號田貳畝肆分坐落門陡圩章埠東至汪祿朝西至吳名啟南至吳壽庚北至徐啟才現佃戶陳會福

一崇一字八百貳十九號田肆畝貳分伍釐坐落門陡圩章埠東至惜字局西至溝南至惜字局北至惜字局現佃戶陳中艮

一崇一字一千八百六十三號田壹畝貳分貳釐坐落築城圩中圩東至自田西至張大魁南至獄田北至張公堂現佃戶徐恆柏

一崇一字一千八百七十號田壹畝貳分叁毫坐落築城圩中圩東至溝西至張公堂南至自田北至徐恆海現佃戶徐恆柏

一崇一字一千八百七十一號田貳畝叁分叁厘柒毫坐落築城圩中圩東至溝西至自田南至自田北至自田現佃戶徐恆柏

一崇一字一千八百七十貳號田壹畝陸分柒厘肆毫坐落築城圩中圩東至溝西至自田南至獄田北至自田現佃戶徐恆柏

一崇二字叁號田貳畝壹分陸厘坐落長壽圩東至楊廣志西至自田南至溝北至中埂現佃戶楊廣生

一崇二字肆號田貳畝叁分貳厘伍毫坐落長壽圩東至自田西至楊守中公南至溝北至中埂現佃戶楊廣生

一崇二字六百四號田伍畝貳分玖釐坐落南蕩圩秋收埧東至溝西至孫允桐南至溝北至孫高華公現佃戶孫祥雲

一崇貳字六百五十八號田叁畝玖分坐落南濠圩秋收埠東至溝西至昺五公南至承裕堂北至昺一公現佃戶孫允全

一崇二字一千一百七十九號田貳畝叁分伍毫伍絲坐落永安圩東至陳應昌西至溝南至孫承道北至孫祥恩現佃戶焦留財

一崇三字四百五號田貳畝叁分陸釐肆毫坐落西太興圩東至哲祥西至富賢南至富賢北至之方現佃戶邢精源

一崇三字四百貳十號田貳畝柒分貳釐坐落西太興圩東至興友西至湖三公南至邢魯堂北至廷軒現佃戶邢大見

一崇三字四百三十號田貳畝貳分柒厘坐落西太興圩東至唐

姓西至廸四南至湖三北至曰休現佃戶邢大見

一崇三字四百三十五號田肆畝肆分捌厘肆毫叁絲坐落西太興圩東至向根西至方正昌南至東和北至方正昌現佃戶邢東木

一崇三字五百三號田捌畝陸分貳厘捌毫坐落西太興圩東至方姓西至容軒南至祠神北至東愷現佃戶邢哲金東來

一崇三字六百七十號田玖分貳厘柒毫壹絲坐落西太興圩東至廷欽西至清艮南至勝賢北至清艮現佃戶邢東木

一崇三字一千九百六十八號田壹畝捌分坐落東太興圩東至大福西至永定圩長田南至漢謙北至甘姓現佃戶趙宗餘

一崇三字貳千五十五號田貳畝陸分貳釐貳毫坐落東太興圩東至艮禮西至塘南至哲信北至向宏現佃戶邢功勝

一崇四字一千一百八十貳號田叁畝陸分壹釐坐落永康圩東至夏艮會西至溝南至新義捐北至夏茲芬現佃戶夏其文

一崇七字九百貳十五號田貳畝壹分陸厘陸毫坐落老鴉冲東至張公祠地西至水漕南至水漕北至鄭士達田現佃戶邢永旺

一崇七田捌畝坐落大葑圩下圩現佃戶吴懋勝

一崇七田肆畝坐落同前現佃戶吴懋貴

一崇七田肆畝坐落同前現佃戶吴斯玉

一立三字貳千八百九十九號田壹畝柒分坐落河城東至溝西至溝南至溝北至趙宗益現佃戶趙仲炳

一立四字四千四百二十五號田捌分坐落前楊村東至楊以平西至以需南至昌富北至李慶華現佃戶楊以純

一立四字四千四百三十二號田壹畝陸分坐落前楊村東至楊昌鼎西至昌鼎南至昌鼎北至塘現佃戶楊以恩

一立四字五千貳百四十一號田壹畝叁分肆釐叁毫叁絲坐落前楊村東至朝種西至朝種南至聲哲北至積参現佃戶楊昌盤

一立四字五千九百三十九號田叁畝玖分叁釐五毫坐落後楊

村東至世杲西至六姓禁約南至厚田北至其賞現佃戶楊以鎮

一豐貳續字六百四十一號庄基地壹分捌釐陸毫伍絲坐落潦田壩劉家溝東至田西至塘南至田北至田現佃戶劉允根住

一豐貳字七百貳十四號田壹畝柒分肆釐捌毫陸絲坐落南蕩圩傅上埠東至姜爲愷西至李貞祥南至塘北至救生局現佃戶傅于歡

一豐貳字九百七十四號田陸畝叁分貳釐貳毫貳絲坐落南蕩圩傅中埠東至傅人田西至傅于九南至蔡大旺北至溝現佃戶傅于順

一豐二字四千一百八號田貳畝柒分貳釐坐落潦田壩西溪埠東至自田西至基地南至劉田北至劉田現佃戶劉允根

一豐貳字四千一百九號田肆畝伍分貳厘伍毫坐落潦田壩西溪埠東至自田西至塘南至劉華壽北至劉允源現佃戶劉允長

一豐貳字四千一百十號田叁畝玖分坐落潦田壩西溪埠東至自田西至自田南至劉田北至劉田現佃戶劉允根

一豐二字四千一百十一號田叁畝玖分坐落潦田壩西溪埠東至孫田西至自田南至劉田北至劉田現佃戶劉允長

一豐貳字四千一百七十七號田捌畝玖分捌毫坐落潦田壩西

溪埠東至財神會西至趙允棟南至塘北至張升實現佃戶張宜本

一豐貳字四千貳百十五號田伍畝壹分玖厘壹絲坐落潦田壩西溪埠東至孫忠和西至吳斯林南至溝北至自田現佃戶張老五

一豐貳字四千貳百十六號田伍畝壹分玖厘壹絲坐落潦田壩西溪埠東至孫田西至吳田南至自田北至溝現佃戶張老五

一豐貳字四千貳百九十四號田肆畝貳厘捌絲叁忽坐落潦田壩尖埠東至自田西至溝南至自田北至孔田現佃戶孫忠木

一豐二字四千二百九十五號田伍畝叁分捌厘壹毫捌絲叁忽

坐落同東至自田西至溝南至孫田北至自田現佃戶孫忠木

一豐二字四千三百五十號田捌畝柒分肆厘壹毫貳絲伍忽坐落潦田壩尖埠東至救生局西至自田南至孫漕北至孔田現佃戶谷詩春

一豐二字五千七百七十八號田陸畝伍分叁厘叁毫坐落南蕩圩上埠埠東至銃會西至圩埂會南至溝北至關帝會現佃戶楊士亭

一豐三字三百四十一號田肆畝肆分玖厘叁毫伍絲坐落官路壩楚埠東至維鎬西至溝南至吳姓北至自田現佃戶沈傳德

一豐三字三百四十貳號田壹畝柒分玖厘柒毫肆絲坐落官路

壩楚埠東至維鎬西至溝南至自田北至塘現佃戶沈傳德

一豐三字三百五十七號田肆畝伍分陸厘肆毫坐落官路壩吏埠東至篤生西至溝南至書典北至自田現佃戶陳詩定

一豐三字三百五十八號田貳畝叁分貳釐玖毫坐落官路壩吏埠東至自田西至溝南至自田北至溝現佃戶沈傳德

一豐三字三百五十九號田貳畝叁分貳釐玖毫坐落官路壩吏埠東至元洪西至自田南至自田北至溝現佃戶沈傳德

一豐三字三百六十號田肆畝陸分陸釐坐落官路壩吏埠東至自田西至自田南至自田北至溝現佃戶陳書福

一豐三字伍百三十九號田肆畝捌分捌釐叁毫坐落官路壩濟

蒻埠東至傳林西至溝南至仕和北至錦文現佃戶陳正業
一豐三字六百八十八號田貳畝柒分貳釐坐落官路壩碑刻埠
東至光福西至溝南至詩合北至魏姓現佃戶王國明
一豐三字六百八十九號田貳畝柒分貳釐肆毫坐落官路壩碑
刻埠東至土地會西至溝南至自田北至溝現佃戶王國明
一豐三字一千七百二十三號田叁畝捌分陸厘伍毫坐落老莘
圩尖埠東至李田西至溝南至李田北至溝現佃戶李達順
一豐三字一千八百二十六號田叁畝柒分捌厘坐落老莘圩潭
埠東至吳公祠西至吳公祠南至溝北至溝現佃戶李達芳
一豐三字二千二百九十五號田陸畝貳分叁厘坐落保城區一

新埠東至陳田西至溝南至觀音會北至陳日根現佃戶沈如忠

一豐三字三千三百九號田壹畝玖分柒厘叁毫捌絲柒忽坐落南丁壩北秧埠東至陳復贊西至關揔公南至旂公北至勝章現佃戶陳詩啟

一豐三字三千九百一號田貳畝玖分柒厘捌毫肆絲壹忽坐落潦田壩不息埠東至溝西至大海南至劉公祠北至黃田現佃戶黃以金

一豐三字三千九百三號田陸畝柒分柒釐陸毫貳絲捌忽坐落潦田壩不息埠東至溝西至邢田南至黃田北至邢楊氏現佃

戶黃以和

一豐三字三千九百十五號田貳畝叁釐貳毫捌絲捌忽坐落潦田壩不息埠東至自田西至溝南至宰臣北至自田現佃戶唐建財

一豐三字三千九百十五號田叁畝玖厘柒毫坐落潦田壩不息埠東至自田西至溝南至自田北至溝現佃戶唐建財無印單

一豐三字三千九百十六號田陸畝柒分柒釐陸毫貳絲捌忽坐落潦田壩不息埠東至自田西至溝南至自田北至宰臣現佃戶劉允隆

一豐四字八百六號田貳畝壹分肆釐陸毫伍絲坐落上壩實埠

東至徐天方西至徐誠前南至徐長房北至溝現佃戶徐昭泰
一豐四字玖百八十七號田伍畝貳分肆釐肆毫坐落上壩阿埠
東至溝西至塘南至塽北至自田現佃戶徐昭本
一豐四字九百九十四號田叁畝玖分叁釐捌毫伍絲坐落上壩
阿埠東至溝西至谷田南至潘田北至自田現佃戶葛昌昂
一豐四字玖百九十五號田叁畝玖分叁釐捌毫伍絲坐落上壩
阿埠東至溝西至谷田南至自田北至陳田現佃戶汪昌喜
一豐四字一千貳十號田叁畝叁分坐落上壩阿埠東至陶作舟
西至溝南至葛田北至葛田現佃戶汪昌祿
一豐四字一千七十三號田叁畝陸分伍釐肆毫叁絲叁忽坐落

上壩阿埠東至溝西至潘田南至自田北至傅祖現佃戶徐昭
本
一豐六字一千一百十五號田伍畝叁分陸厘伍絲坐落吳家壩
下埠東至吳起楞西至溝南至吳起錦北至芮鍾兆現佃戶吳
起成
一豐六字一千六百五十貳號田貳畝陸分伍厘貳毫坐落史家
壩之盛埠東至梅田西至溝南至自田北至錢田現佃戶吳起
耀
一豐六字一千六百五十三號田貳畝陸分伍厘貳毫坐落史家
壩之盛埠東至孔保安西至溝南至呂觀春北至自田現佃戶

吴趨耀

一豐六字一千八百三十一號田伍畝柒厘捌毫壹絲坐落史家壩尺埠東至陳發伢西至陳守夜南至溝北至陳名超現佃𠂤

梅長駿

一豐六字一千九百十五號田叁畝捌分陸釐叁毫壹絲坐落史家壩空埠東至溝西至白義公南至吴北至吴現佃戶楊延根

一豐六字一千九百五十九號田陸畝壹分伍釐捌毫伍絲叁忽坐落史家壩端埠東至溝西至唐田南至自田北至吴田現佃

戶吴長林

一豐六字貳千五十九號田陸畝柒分伍釐坐落史家壩讚埠東

至吳起位西至溝南至溝北至魏忠江現佃戶晌子和

一豐六字貳千貳百五十七號田貳畝肆分陸釐陸毫陸絲伍忽坐落史家壩桑埠東至張盐公西至溝南至張觀音北至錢田現佃戶蔣延慶

一豐六字二千二百六十六號田叁畝肆分伍釐貳毫肆絲坐落史家壩此埠東至溝西至潘田南至孔田北至自田現佃戶史昭泰

一豐六字二千貳百陸十七號田叁畝肆分伍釐貳毫肆絲坐落史家壩此埠東至溝西至潘田南至自田北至孔田現佃戶諸盐喜

一豐六字二千二百七十二號田叁畝叁分陸毫陸絲伍忽坐落史家壩此埠東至溝西至錢觀超南至史摠祠北至周田現佃戶芮蓬溪

一豐六字二千二百七十五號田貳畝肆分柒釐捌毫叁絲坐落史家壩此埠東至溝西至唐立榜南至諸一壽北至孔昭德現佃戶芮蓬溪

一豐六字二千四百陸十號田貳畝貳釐伍毫玖絲坐落史家壩童埠東至史隆正西至自田南至荒田北至史復古現佃戶周維和

一豐六字二千四百陸十一號田貳畝貳釐伍毫玖絲坐落史家

壩童埠東至自田西至傅紹四南至荒地北至史田現佃戸同

一豐六字二千五百十五號田伍畝貳分壹毫伍絲坐落史家壩拱埠東至史昭雲西至村基南至圩埂北至溝現佃戸趙宗康

一豐六字二千五百八十四號田貳畝捌分伍厘坐落史家壩有埠東至溝西至芮田南至趙元松北至趙田現佃戸趙宗彬

一豐六字二千五百八十陸號田肆畝伍分壹厘捌毫坐落史家壩有埠東至溝西至自田南至趙北至劉田現佃戶趙允泰

一豐六字二千五百九十號田肆畝肆分柒毫肆絲坐落史家壩有埠東至溝西至自田南至自田北至自田現佃戸芮漢楠

一豐六字二千五百九十一號田叁畝柒分壹釐壹毫柒絲坐史

家壩有埠東至溝西至邢田南至自田北至芮現佃戶唐及訓

一豐六字二千陸百號田肆畝伍分玖釐肆毫陸絲貳忽坐落史家壩有埠東至自田西至溝南至自田北至邢必艮現佃戶史世金

一豐六字二千六百一號田叁畝叁分捌釐陸毫貳絲伍忽坐落史家壩有埠東至自田西至溝南至自田北至錢田現佃戶趙宗堯

一豐六字二千六百貳號田叁畝叁分伍釐坐落史家壩有埠東至芮田西至溝南至自田北至自田現佃戶趙宗堯

一豐六字二千陸百三號田叁畝貳分壹釐陸毫叁絲坐落史家

壩有埠東至劉田西至溝南至自田北至自田現佃戸趙宗華

一豐六字貳千六百五號田叁畝伍分玖釐捌毫叁絲坐落史家壩有埠東至自田西至溝南至自田北至趙田現佃戸趙宗華

一豐六字二千陸百陸號田貳畝柒分玖釐坐落史家壩有埠東至自田西至溝南至圩埂北至自田現佃戸趙宗貴

一豐六字二千陸百七號田叁畝貳分柒釐伍毫陸絲坐落史家壩有埠東至自田西至自田南至圩埂北至自田現佃戸芮鍾德

一豐六字二千陸百陸十九號田貳畝陸分貳釐壹毫玖絲坐落史家壩逢埠東至溝西至芮田南至趙田北至芮田現佃戸趙

宗華

一豐六字二千六百八十三號田壹畝陸釐肆毫坐落史家壩逢埠東至芮田西至溝南至趙田北至芮田現佃戶茹元紀

一豐六字二千九百七十陸號田貳畝壹分叁釐伍毫坐落史家壩洪埠東至徐田西至王田南至溝北至自田現佃戶徐廣錦

一豐六字二千九百七十七號田壹畝肆分柒厘壹毫貳絲坐落史家壩洪埠東至徐田西至徐田南至自田北至徐現佃戶同

一豐六字三千七百陸十三號田肆畝壹分貳厘叁毫肆絲叁忽坐落史家壩谷埠東至陸誠培西至自田南至王知錦北至溝現佃戶周志海

一豐六字三千七百六十四號田肆畝壹分貳厘叁毫肆絲肆忽坐落史家壩谷埠東至自田西至溝南至王知錦北至溝現佃戶丁家興

一豐六字三千七百六十五號田陸畝陸分捌厘柒毫伍絲坐落史家壩端埠東至溝西至梅長久南至溝北至自田現佃戶吳啟元

一成一字九十一號田陸畝肆分坐落保勝圩三濠埠東至上壩圩公西至昭月南至上賜北至溝現佃戶俞上賜

一成一續字叁十七號田柒畝貳分坐落保勝圩貳毫埠東至溝西至娘娘會南至溝北至慶繩現佃戶葛正達

一成二字五十四號田肆畝叁分肆厘坐落相國圩大埠東至己業西至允燦南至宏赦北至溝現佃戸王宏赦

一成二字二百五十八號田捌分坐落相國圩唐家埠東至己田西至溝南至陳公北至福德田現佃戸徐起富

一成二字二百六十號田貳畝玖分坐落相國圩唐家埠東至文貴西至瑞昌南至瑞壽北至義興現佃戸徐起富

一成二字二百七十一號田伍畝壹分叁釐陸毫坐落相國圩唐家埠東至溝西至啟雙南至紹根北至溝現佃戸徐起富

一成二字三百二十七號田叁畝捌分坐落相國圩兎谷埠東至張其璋西至大路南至大路北至張錫孝現戸佃張其保

一成二字三百五十貳號田一畝七分實田貳畝五分七釐八毫坐落相國圩花墩埠東至溝西至自田南至張姓北至孫田現佃戶葛明長

一成二字三百五十二號田叁畝貳分坐落相國圩花墩埠東至溝西至張姓南至孫姓北至葛姓現佃戶葛昌松

一成二字三百七十號田叁畝叁分坐落相國圩九十八畝埠東至溝西至張姓南至陳姓北至孫姓現佃戶葛明賢

一成二字五百九十九號田貳畝坐落相國圩史家埠東至溝西至己田南至史允遂北至李宏章現佃戶史中謙

一成二字六百三十三號田伍畝貳分坐落相國圩史家埠東至

己田西至史中鶴南至埂塝北至史中柳現佃戶史中謙
一成二字七百三十九號田貳畝肆分坐落相國圩顧家埠東至
史傳竽西至高埂南至周承悌北至溝現佃戶中長
一成二字八百十八號田貳畝捌分坐落相國圩大段埠東至史
傳芹西至張顯椿南至史中楠北至溝現佃戶史傳本
一成二字八百四十七號田叁畝陸分坐落相國圩后塘埠東至
己田西至周公祠南至溝北至張開英現佃戶史允淇
一成二字八百六十七號田叁畝伍分坐落相國圩湖塘埠東至
史傳楷西至史公祠南至溝北至史日梓現佃戶史傳喜
一成二字八百七十四號田肆畝貳分坐落相國圩北生埠東至

燈油公西至張貞二公南至溝北至史日梓現戸佃史允淇

一成二字八百七十八號田肆畝貳分坐落相國圩北生埠東至周鳳六西至張聖母南至溝北至史日梓現佃戸周傳壽

一成二字一千四十一號田叁畝貳分貳厘伍毫坐落相國圩陶家埠東至旦七西至程壽根南至溝北至己田現佃戸周承本

一成二字一千四十三號田貳畝叁分坐落相國圩陶家埠東至溝西至惟詩南至旦七北至周公祠現佃戸周承本

一成二字一千四百十四號田叁畝壹分坐落相國圩劉家埠東至顯鍾西至溝南至周公祠北至自拔現佃戸周自超

一成二字一千六百十七號田肆畝貳分坐落相國圩新溝埠東

至路西至溝南至邵錦峯北至錦峯現佃戶周顯和

一成二字一千八百四十四號田壹畝伍分坐落相國圩鴨踏埠東至懷允西至方正鰲南至溝北至耀樞現佃戶李同楷

一成二字一千九百三十三號田貳畝伍分坐落相國圩吳家埠東至史傳鏞西至溝南至胡承福北至王公祠現佃戶史傳根

一成二字一千九百三十六號田貳畝玖分坐落相國圩吳家埠東至徐啟雙西至溝南至陳存心堂北至溝現佃戶史忠鑑

一成二字一千九百九十四號田貳畝壹分玖厘捌毫坐落相國圩方坵埠東至王宏赦西至王承聖南至溝北至史忠文現佃戶王承根

一成二字二千二十八號田貳畝捌厘捌毫坐落相國圩桑子埠東至陳元西至陳元南至溝北至王企泰現佃戶史忠高

一成二字二千四十號田貳畝玖分陸毫坐落相國圩蘆菰埠東至王令順西至沈士林南至沈士林北至溝現佃戶史傳恭

一成二字二千六十九號田捌分坐落相國圩木段埠東至王恩榮西至喬松堂南至沈士化北至塘現佃戶王宏章

一成二字二千七十四號田貳畝玖分壹厘坐落相國圩木段埠東至袁岱中西至王宏化南至史忠德北至溝現佃戶史傳申

一成二字二千八十六號田貳畝玖分壹釐坐落相國圩木段埠東至史中德西至史公祠南至溝北至王宏化現佃戶史忠來

一戍二字貳千九十貳號田貳畝柒分陸釐坐落相國圩木段埠東至王恩榮西至張顯正南至埂北至裔松堂現佃户張顯根

一戍二字二千一百十六號田貳畝柒分捌釐肆毫坐落相國圩前中段埠東至李宏章西至己田南至陶光彩北至溝現佃户陶光彩

一戍二字二千一百二十號田貳畝壹分叁釐坐落相國圩前中段埠東至史傳賢西至溝南至溝北至史允菁現佃户趙宗根

一戍二字二千一百三十號田叁畝伍分陸釐貳毫坐落相國圩前中段埠東至己田西至孫茂國南至溝北至史允菁現佃户張典仁

一成二字二千一百三十一號田貳畝肆分坐落相國圩前中段埠東至己田西至己田南至溝北至史如意現佃戶史忠和

一成二字二千一百四十三號田貳畝伍分坐落相國圩前中段埠東至劉在肇西至劉春印南至劉在學北至謝道德現佃戶史忠和

一成二字二千七百五十六號田貳畝叁分坐落相國圩后塘埠東至塘西至張開英南至己田北至溝現佃戶史允淇

一成二字二千七百八十號田叁畝肆分貳厘坐落相國圩中段埠東至周廣智西至己田南至溝北至史中文現佃戶史中策

一成二字二千八百十三號田肆畝陸分坐落相國圩大埠子東

至史中高西至己田南至王宏赦北至溝現佃戶張顯根

一成二字二千八百三十六號田陸畝肆分坐落相國圩梅家埠東至史公祠西至周承方南至孟蘭會北至溝現佃戶趙仲榮

一成三字四十八號田壹畝肆分坐落相國圩下柳埠東至溝西至已田南至溝北至溝現佃戶王天全

一成三字五十四號田肆畝貳分坐落相國圩下柳埠東至自田西至劉雲庄南至雲庄北至溝現佃戶

一成三字五十五號田壹畝肆分坐落相國圩下柳埠東至溝西至自田南至沈士化北至溝現佃戶王天全

一成三字六十八號田壹畝叁分坐落相國圩東至溝西至已田

南至李姓北至溝現佃戶

一成三字七十三號田壹畝陸分坐落相國圩謝家埠東至劉遜志西至溝南至劉姓北至劉姓現佃戶王天福

一成三字八十二號田叁畝陸分坐落相國圩橋上埠東至溝西至許姓田南至溝北至李姓田現佃戶李同楷

一成三字一百號田叁畝貳分坐落相國圩竹絲埠東至溝西至王姓南至王衆仙北至王姓現佃戶陳克椿

一成三字一百一號田叁畝貳分坐落相國圩畢家埠東至劉姓西至劉姓南至劉姓北至劉在雙現佃戶袁茂良

一成三字一百三號田肆畝貳分坐落相國圩畢家埠東至劉觀

三西至倪姓南至劉姓北至溝現佃戶劉能才
一成三字一百八號田肆畝八分坐落相國圩趙家埠東至溝西
至唐姓南至已田北至己田現佃戶錢大銀
一成三字一百九號田肆畝捌分坐落相國圩趙家埠東至溝西
至唐姓南至張姓北至局田現佃戶錢大銀
一成三字一百十號田肆畝坐落相國圩趙家埠東至溝西至局
田南至李姓北至陳姓現佃戶錢大銀
一成三字四百三號田肆畝坐落相國圩湯家埠東至卞長佑西
至吳懋功南至卞起煥北至塘現佃戶邢啟長
一成三字五百九十九號田肆畝貳分坐落相國圩曾家埠東至

孔憲林西至溝南至許崇正北至許立賢現佃戶趙承真

一成三字六百九號田肆畝肆分坐落相國圩橋上埠東至溝西至葛明瑞南至溝北至溝現佃戶卞明順

一成三字七百三號田壹畝捌分玖厘坐落相國圩城隍埠東至馬冬至公西至漕南至溝北至許樹梅現佃戶周顯金

一成三字七百七十三號田肆畝陸分坐落相國圩鐵連埠東至史公祠田西至孫魁文南至葛昌侯北至溝現佃戶吴德榮

一成三字九百七十七號田肆畝肆分坐落相國圩燒人埠東至陳金元西至己田南至溝北至李昭然現佃戶張慶忠

一成三字九百八十六號田叁畝柒分坐落相國圩燒人埠東至

張怡茂西至李公祠南至溝北至李志清現佃戶張慶隆

一成三字九百八十九號田叁畝坐落相國圩燒人埠東至谷正新西至張怡茂南至溝北至李姓現佃戶濮康喜

一成三字一千二十二號田叁畝捌分肆厘坐落相國圩南福埠東至溝西至關帝會田南至溝北至孫姓現佃戶王令會

一成三字一千二十七號田伍畝貳分坐落相國圩南福埠東至己田西至陳全來南至溝北至李姓現佃戶唐國元

一成三字一千二十八號田伍畝坐落相國圩南福埠東至己田西至己田南至溝北至李姓現佃戶唐國元

一成三字一千二十九號田肆畝捌分坐落相國圩南福埠東至

張慶根西至己田南至溝北至李姓現佃户李志祺

一成三字一千六十五號田貳畝柒分坐落相國圩楊家埠東至己田西至鍾姓南至溝北至溝現佃户鍾光儉

一成三字一千六十六號田貳畝柒分坐落相國圩楊家埠東至己田西至己田南至溝北至溝現佃户鍾光儉

一成三字一千六十七號田貳畝柒分坐落相國圩楊家埠東至陳全才西至己田南至溝北至溝現佃户鍾光聯

一成三字一千七十一號田肆畝肆分坐落相國圩楊家埠東至己田西至祠山會南至溝北至溝現佃户葛昌武

一成三字一千七十二號田叁畝坐落相國圩楊家埠東至己田

西至巳田南至溝北至溝現佃戶李志祺

一成三字一千七十三號田叁畝壹分坐落相國圩楊家垾東至李合淦西至巳田南至溝北至溝現佃戶劉明楷

一成三字一千八十一號田叁畝坐落相國圩楊家垾東至巳田西至孫光耀南至溝北至溝現佃戶時有章

一成三字一千八十二號田肆畝叁分坐落相國圩楊家垾東至陳全棟西至巳田南至溝北至溝現佃戶李同全

一成三字一千一百號田叁畝陸分坐落相國圩高家垾東至巳田西至巳田南至溝北至李志壽現佃戶李同全

一成三字一千一百十八號田壹畝柒分坐落相國圩高家垾東

至溝西至己田南至李姓北至溝現佃戶竺永發

一成三字一千一百十九號田肆畝貳分坐落相國圩高家埠東至己田西至己田南至己田北至溝現佃戶竺永發

一成三字一千一百二十號田肆畝捌分坐落相國圩高家埠東至己田西至李姓南至李姓北至溝現佃戶李志喜

一成三字二千二十九號田叁畝柒分坐落長慶圩范家埠東至溝西至曹姓南至楊中正北至水涫現佃戶楊毓富

一成三字二千七十六號田玖分坐落長慶圩大埠子東至楊心正西至楊毓生南至劉德海北至楊毓達現佃戶楊毓富

一成三字二千三百八號田肆畝坐落相國圩上棋盤埠東至劉

楓九西至溝南至劉楓九北至劉姓現佃戶劉昌本

一成三字二千五百四十九號田壹畝伍分坐落相國圩甘家埠東至溝西至劉懷少公南至孔姓北至溝現佃戶劉茂根

一成三字二千五百八十五號田貳畝坐落相國圩史胡埠東至圩埂西至李姓南至墳園北至李姓現佃戶李昭梁

一成三字二千五百九十號田伍畝坐落相國圩史胡埠東至劉姓西至孫姓南至墳園北至劉姓現佃戶李昭梁

一成三字二千六百十七號田伍畝坐落相國圩史胡埠東至屋基西至李姓南至李姓北至塘現佃戶俞脩炳

一成三字二千六百五十九號田玖畝柒厘坐落相國圩下子母

埠東至李姓西至己田南至溝北至李姓現佃戶李孝祥

一成三字二千六百六十號田叁畝捌分坐落相國圩下子母埠東至己田西至錢姓南至溝北至李姓現佃戶李孝祥

一成三字二千七百五十一號田伍畝坐落相國圩下窪埠東至劉紹林西至劉高云南至劉在喜北至溝現佃戶劉宣派

一成三字二千九百六十三號田貳畝肆分坐落相國圩西沙埠東至溝西至墳地南至吳其隆北至溝現佃戶劉際玉

一成三字三千二十六號田叁畝壹分原田伍畝肆分壹釐貳毫坐落相國圩周家埠東至塘西至溝南至劉允玉北至己田現佃戶史脩身

一成三字三千二十七號田貳畝柒分坐落相國圩周家埠東至塘西至溝南至己田北至葉召亭現佃戶史金福

一成三字三千六十一號田叁畝玖分坐落相國圩南兆埠東至王允高西至埂南至王姓北至李姓現佃戶楊廷陞

一成三字三千六十三號田叁畝壹分實田叁畝玖分坐落相國圩南兆埠東至濮陽熙西至圩埂南至李姓北至溝現佃戶王思昂

一成三字三千八十一號田貳畝壹分坐落相國圩南兆埠東至王允河西至劉仰山南至孔憲林北至溝現佃戶濮思學

一成三字三千八十七號田壹畝伍分實田貳畝伍分坐落相國

圩南兆埠東至李合昆西至王思派南至孫堯書北至溝現佃戶王思海

一成三字三千一百六號田叁畝柒分坐落相國圩坐家埠東至溝西至劉正壽南至李孝春北至李孝春現佃戶王思林

一成三字三千一百十二號田叁畝壹分坐落相國圩坐家埠東至美五公西至溝南至孫承嶼北至李五二現佃戶李志中

一成三字三千一百三十五號田叁畝坐落相國圩大埠子東至溝西至王金四公南至自田北至李公祠現佃戶王思派

一成三字三千一百三十六號田叁畝坐落同前東至溝西至李公祠南至自田北至李公祠現佃戶錢大銀

一成三字三千一百四十號田貳畝貳分坐落同前東至合社公西至溝南至李雙四北至錢爲玉現佃戶同前

一成三字三千一百八十五號田陸畝壹分坐落相國圩吳家埠東至孔憲林西至保赤堂南至溝北至孫世鈞現佃戶王朝丙

一成三字三千二百十一號田壹畝叁分坐落相國圩小廟埠東至溝西至基地南至溝北至溝現佃戶

一成三字三千八百七十二號田伍畝陸分坐落相國圩張家埠東至己業西至李長房三公南至李志棋北至溝現佃戶周顯德

一成三字三千八百九十七號田叁畝貳分坐落相國圩四十畝

埠東至已田西至已田南至溝北至溝現佃戶周惟江

一成三字三千八百九十八號田貳畝肆分坐落相國圩四十畝埠東至已田西至已田南至溝北至溝現佃戶孫廷雙

一成三字三千八百九十九號田貳畝肆分坐落相國圩四十畝埠東至溝西至己業南至己業北至己業現佃戶趙承福

一成三字三千九百號田叁畝貳分坐落相國圩四十畝埠東至溝西至己業南至己業北至己業現佃戶薛孝起

一成三字三千九百一號田叁畝貳分坐落相國圩四十畝埠東至溝西至己業南至已業北至已業現佃戶薛孝起

一成三字田貳畝肆分坐落相國圩四十畝埠東至已田西至已

田南至溝北至已田現佃戶卞元佑

一成三字田叁畝貳分坐落相國圩四十畝埠東至溝西至己田南至溝北至已田現佃戶周顯德

一成三字田貳畝肆分坐落相國圩四十畝埠東至溝西至已田南至已田北至已田現佃戶周顯德

一成三字田貳畝肆分實田肆畝坐落相國圩四十畝埠東至已田西至已田南至已田北至已塘現佃戶趙承福

一成三字田叁畝坐落相國圩中段埠現佃戶史傳根

一成三字田拾貳畝坐落相國圩劉家埠現佃戶王領機史中和

一成三字田陸畝坐落相國圩劉家埠現佃戶王天福

一成三字田肆畝捌分捌釐坐落相國圩裡庄埠現佃戶李孝祥
一成三字田陸畝貳分捌釐坐落相國圩棋盤埠現佃戶劉昌本
一成三字田壹畝捌分坐落長慶圩大埠現佃戶楊新安
一成三字田叁畝肆分伍釐坐落長慶圩中埠現佃戶楊新振
一成三字田壹畝捌分肆釐坐落長慶圩中埠現佃戶楊育生
一成三字田捌畝貳坵坐落長慶圩大埠現佃戶楊新保
一成三字田叁畝坐落長慶圩中埠現佃戶楊育仁
一成三字田貳畝坐落長慶圩大埠現佃戶楊育富
一成三字田叁畝坐落長慶圩中埠現佃戶楊育仁
一成三字田肆畝坐落長慶圩大埠現佃戶楊育仁

一成三字田叁畝坐落相國圩周泥埧現佃户楊廷陞
一成三字田肆畝坐落相國圩大埧現佃户陳廣海
一成三字田伍畝坐落相國圩大埧現佃户陳廣海
一成三字田貳畝坐落相國圩裏庄埧現佃户劉宣派
一成三字田肆畝柒分柒厘坐落相國圩蔣家埧現佃户王鴻禧
一成三字田貳畝叁分伍厘玖毫坐落相國圩蔣家埧現佃户許
鎮山
一成三字田肆畝坐落相國圩趙家埧現佃户李孝貴
一成三字田伍畝坐落相國圩埂埧現佃户李孝順
一成三字田貳畝坐落相國圩趙家埧現佃户許豐喜

一成三字田叁畝坐落相國圩謝家埠現佃戶劉能章

一成四字柒號田壹畝叁分坐落相國圩卞埠東至志禮西至已田南至溝北至蒲漕現佃戶夏明珍

一成四字玖號田貳畝肆分坐落相國圩薺母埠東至溝西至己田南至三培北至明經現佃戶卞明順

一成四字拾壹號田貳畝肆分坐落相國圩薺母埠東至已田西至溝南至溝北至已田現佃戶卞明順

一成四字拾貳號田貳畝肆分坐落相國圩薺母埠東至已田西至溝南至已田北至已田現佃戶邢坎臣

一成四字拾叁號田貳畝肆分坐落相國圩薺母埠東至明經西

至溝南至己田北至昌梓現佃戶邢坎臣

一成四字叁拾號田肆畝捌分坐落相國圩梁家埠東至溝西至同仁南至李姓北至溝現佃戶李同福

一成四字一百八號田貳畝坐落相國圩小東庄東至自有西至溝南至溝北至吳姓現佃戶徐德金

一成四字一百十五號地叁分肆厘壹毫坐落大花灘東至田西至埂南至田北至溝現佃戶夏名珍

一成四字一百十六號地伍分肆厘貳毫坐落大花灘東至田西至埂南至志梁北至田現佃戶夏志隆

一成四字一百九十四號田壹畝玖分坐落相國圩烏家埠東至

卞士華西至溝南至士柯北至基址現佃戶卞敦佑

一成四字九百九十七號田捌分陸釐陸毫柒絲伍忽坐落大花灘西蔣埠東至天后宮西至卞南至溝北至溝現佃戶谷裕全

一成四字一千號田貳畝陸分坐落大花灘西蔣埠東至己田西至夏達庚南至溝北至己田現佃戶栴長際

一成四字一千一號田叁分坐落大花灘西蔣埠東至溝西至溝南至夏志達北至夏一班公現佃戶梅長際

一成四字一千二號田肆畝肆分實田貳畝捌分坐落大花灘西蔣埠東至己田西至己田南至溝北至己田現佃戶陳岱南

一成四字一千四號田貳畝伍分伍厘坐落大花灘西蔣埠東至

溝西至己田南至夏一班公北至己田現佃戶夏萬好

一成四字一千二十號田壹畝陸分坐落大花灘卞埠東至夏志銑西至已田南至溝北至溝現佃戶夏志隆

一成四字一千二十一號田捌分坐落大花灘卞埠東至已田西至已田南至已田北至溝現佃戶夏志禮

一成四字一千二十二號田壹畝陸分坐落大花灘卞埠東至已田西至官埂南至夏志粱北至已田現佃戶谷裕全

一成四字一千二十三號田捌分坐落大花灘卞埠東至已田西至官埂南至庄基北至溝現佃戶夏志禮

一成四字一千二十四號田捌分坐落大花灘卞埠東至已田西

至溝南至自田北至溝現佃戶夏志隆

一成四字一千二十五號田柒分坐落大花灘卞埠東至己田西至溝南至溝北至已田現佃戶夏萬好

一成四字一千二十六號田柒分坐落大花灘卞埠東至已田西至已田南至溝北至已田現佃戶夏萬好

一成四字一千二十七號田柒分坐落大花灘卞埠東至已田西至己田南至溝北至已田現佃戶夏萬好

一成四字一千二十八號田壹畝貳分坐落大花灘卞埠東至已田西至已田南至溝北至已田現佃戶梅長際

一成四字一千二十九號田貳畝肆分坐落大花灘卞埠東至夏

志梁西至已田南至溝北至巳田現佃戶夏萬好

一成四字一千三十號田壹畝陸分坐落大花灘卞埠東至已田西至已田南至已田北至溝現佃戶陳岱南

一成四字一千三十一號田貳畝肆分坐落大花灘卞埠東至巳田西至已田南至已田北至溝現佃戶梅長際

一成四字一千三十二號田貳畝肆分坐落大花灘卞埠東至已田西至已田南至巳田北至溝現佃戶夏志禮

一成四字一千三十三號田壹畝陸分坐落大花灘卞埠東至巳田西至己田南至溝北至己田現佃戶夏名珍

一成四字一千三十四號田貳畝肆分坐落大花灘卞埠東至己

田西至官埂南至溝北至地現佃戶夏志隆

一成四字一千三十五號田捌分坐落大花灘卞埠東至巳田西至官埂南至溝北至己田現佃戶夏志禮

一成四字一千二百六十九號田叁畝捌分坐落相國圩青苗埠東至溝西至劉本敬南至溝北至劉子孫現佃戶徐承財

一成四字一千二百八十八號田叁畝肆分坐落相國圩大黄埠東至陳三房西至己田南至陳前後北至溝現佃戶徐承財

一成四字一千二百八十九號田叁畝捌釐坐落相國圩大黄埠東至陳前後西至陳加旺南至溝北至溝現佃戶徐承財

一成四字二千三百九十八號田伍畝貳分坐落相國圩小花嘴

東至溝西至溝南至卞天達北至卞自玉現佃戶孫文滿

一成四字三千六百五十七號田貳畝陸釐陸毫貳絲坐落相國圩鄭家埠東至啟富西至木根南至育麟北至溝現佃戶徐瑞能

一成四字三千九百六號田壹畝陸分坐落大花灘卞埠東至己業西至圩埂南至己田北至夏達庚現佃戶夏志財

一成四字三千七十五號田捌分坐落大花灘卞埠東至浮溝西至圩埂南至卞姓地北至己業現佃戶夏志禮

一成四字四千八百四十五號田叁畝叁分柒厘坐落相國圩大埠子東至溝西至卞金芳南至張恆久北至卞信五現佃戶卞

自佑

一成四字田貳畝坐落相國圩東庄埠現佃戶卞天智

一成五字一百十二號田貳畝柒分坐落相國圩上壩埠東至葛田西至沈田南至高埂北至溝現佃戶葛昌廉

一成五字九百四十號田壹畝肆分伍厘坐落相國圩王家埠東至鴻業田西至修義南至修義北至修義現佃戶葛英坤

一成五字一千二百六十五號田壹畝柒分柒厘叁毫坐落相國圩花墩埠東至孫姓田西至大路南至圩尖田北至毓金現佃戶葛英芳

一成五字一千三百三十三號田叁畝柒分叁厘陸毫肆絲坐落

相國圩董公埠東至已田西至明元南至溝北至中埂現佃戶葛明機

一成五字一千三百三十四號田叁畝柒分壹釐叁毫坐落相國圩董公埠東至昌太西至已田南至溝北至中埂現佃戶葛昌恆

一成五字一千三百七十五號田壹畝玖分貳釐捌毫五絲坐落相國圩八十畝埠東至葛田西至明召南至溝北至中埂現佃戶葛英鶴

一成五字一千四百七號田壹畝肆分玖毫六絲坐落相國圩高壩埠東至葛姓田西至溝南至九華田北至溝現佃戶葛昌復

一成五字一千四百二十六號田肆畝坐落相國圩高壩埠東至溝西至中埂南至趙姓田北至葛姓田現佃戶葛昌桐

一成五字一千四百二十九號田貳畝坐落相國圩高壩埠東至萬壽田西至中埂南至高埂北至于時田現佃戶葛昌彬

一成五字一千四百六十七號田叁畝貳分坐落相國圩楊巷埠東至趙姓田西至王姓田南至溝北至中埂現佃戶葛明確

一成五字一千四百六十九號田壹畝陸分坐落相國圩楊巷埠東至王姓田西至已田南至溝北至中埂現佃戶葛昌彬

一成五字一千四百七十號田壹畝陸分坐落相國圩楊巷埠東至己田西至張田南至溝北至中埂現佃戶葛明元

一成五字一千四百八十三號田壹畝叁分坐落相國圩唐婆埠
東至美田西至救生局田南至溝北至己田現佃戶葛昌霈
一成五字一千四百八十五號田貳畝肆分坐落相國圩唐婆埠
東至美田西至溝南至己田北至己田現佃戶葛昌霈
一成五字一千四百八十六號田貳畝肆分坐落相國圩唐婆埠
東至美田西至溝南至己田北至中埂現佃戶葛明根
一成五字一千四百八十七號田壹畝貳分坐落相國圩唐婆埠
東至己田西至溝南至中埂北至己田現佃戶朱萬棟
一成五字一千四百八十八號田壹畝貳分坐落相國圩唐婆埠
東至已田西至溝南至已田北至溝現佃戶朱萬棟

一成五字一千四百八十九號田貳畝肆分坐落相國圩唐婆埠東至已田西至已田南至中埂北至溝現佃戶朱萬棟

一成五字一千四百九十號田貳畝肆分坐落相國圩唐婆埠東至姚姓田西至已田南至中埂北至溝現佃戶朱萬棟

一成五字一千九百八十九號田貳畝叁分坐落相國圩大尖埠東至溝西至化田南至水滬北至化田現佃戶沈上先

一成五字一千九百九十二號田貳畝壹分貳釐伍毫坐落相國圩大尖埠東至溝西至化田南至水路北至朱田現佃戶同前

一成五字一千九百九十六號田肆畝貳分陸釐捌毫坐落相國圩羅家埠東至張姓田西至溝南至溝北至溝現佃戶葛明賢

一成五字二千號田貳畝伍分柒厘柒毫坐落相國圩羅家埠東至巳田西至溝南至史姓田北至葛姓田現佃戶葛明賢

一成五字二千八十五號田伍畝坐落相國圩朱家埠東至學昔田西至昌儀田南至中埂北至溝現佃戶葛明順

一成五字二千一百八十八號田叁畝陸分坐落相國圩蘆塌埠東至新壩西至劉田南至孫田北至塘現佃戶劉方財

一成五字二千一百九十二號田肆畝坐落相國圩蘆塌埠東至新壩西至自田南至自田北至張田現佃戶同前

一成五字二千一百九十三號田貳畝貳分坐落相國圩蘆塌埠東至自田西至巳田南至己田北至自田現佃戶同前

一成五字二千二百號田貳畝伍分坐落相國圩蘆塌埠東至庇吉田西至自田南至自田北至新壩現佃戶劉方財

一遊一字一千七百十五號田伍畝坐落倉前圩溝入水東至圩角西至孟二田南至宗周北至圩角田現佃戶孔昭錦

一遊一字一千七百三十九號田貳畝坐落倉前圩溝入水東至信四田西至三仲入田南至慶昂北至信四現佃戶孔繁金

一遊五字二千二百七號地貳分坐落南榨橋走馬埂東至徐國寶西至老尚入南至孔昭鏡北至小河現佃戶孔憲進

一遊五字二千二百十一號田玖分坐落南榨橋走馬埂大雙塘吃水塘入水東至己田西至孔憲棹南至孔昭云北至徐振盛

現佃戶孔憲發

一遊五字二千二百十二號田壹畝柒分坐落南榨橋走馬埂大雙塘吃水塘入水東至塘西至自業南至孔昭鎔北至山現佃戶同前

一遊五字二千二百十五號田壹畝捌分坐落南榨橋走馬埂吃水塘新塘入水東至孔廣增西至塘南至自田北至山現佃戶孔憲庸

一遊五字二千二百十六號田壹分坐落走馬埂小塘新塘入水東至小塘西至山南至自田北至山現佃戶同前

一遊五字二千二百二十號田陸分坐落走馬埂新塘入水東至

界路西至自田南至界路北至大地現佃戶同前
一遊五字二千二百二十一號田壹畝伍分坐落走馬埂新塘入水東至界路西至自田南至自田北至自田現佃戶孔憲發
一遊五字二千二百二十二號田壹畝貳分坐落走馬埂新塘入水東至已田西至已田南至孔昭銀北至己田現佃戶孔憲發
一遊五字二千二百二十三號田貳畝坐落走馬埂新塘入水東至已田西至孔昭銀南至已田北至己田現佃戶孔憲發
一遊五字二千二百二十四號田叁畝坐落走馬埂新塘入水東至己田西至己田南至孔廣選北至界路現佃戶孔昭根
一遊五字二千二百二十五號田貳畝坐落走馬埂兩九畝塘入

水東至界路西至己田南至孔繁貞北至界路現佃戶徐生榮

一遊五字二千二百二十八號田貳畝坐落走馬埂新塘三角塘入水東至孔廣選西至孔昭銀南至塘北至自田現佃戶同前

一遊五字二千二百三十三號田叁畝坐落走馬埂大雙塘入水東至孔昭銀西至孔憲滿南至塘北至自田現佃戶孔慶彥

一遊五字二千二百三十四號田貳畝坐落走馬埂大雙塘入水東至己田西至孔憲滿南至已田北至孔昭鎔現佃戶孔慶彥

一遊五字二千二百三十七號田肆畝坐落走馬埂小雙塘入水東至孔昭銀西至孔昭錦南至塘北至塘現佃戶孔繁育

一遊五字二千二百四十號地伍分坐落走馬埂東至孔廣增西

至孔憲春南至大路北至孔公祠現佃戶孔憲進

一遊五字二千五百七十九號田伍畝坐落查家橋灣壩塘入水東至振鏞西至壩南至小河北至國煒現佃戶徐生榮

一遊五字二千五百九十二號田壹畝捌分陸釐坐落查家橋灣壩塘入水東至己田西至士譽南至開元北至湖溝現佃戶徐朝禮

一遊五字二千五百九十三號田壹畝玖分捌釐伍毫坐落查家橋灣壩塘入水東至巳田西至士譽南至開元北至壩現佃戶諸開照

一遊五字貳千五百九十五號田壹畝柒分坐落查家橋灣壩塘

入水東至開耀西至自田南至孔公祠北至開耀現佃戶徐朝禮

一遊五字貳千五百九十七號田叁畝坐落查家橋灣壩塘入水東至孔公祠西至自田南至自田北至水溝現佃戶諸開福

一遊五字二千五百九十八號田叁畝坐落查家橋灣壩塘入水東至自田西至自田南至自田北至水溝現佃戶諸開林

一遊五字二千六百一號田叁畝柒分壹厘坐落查家橋灣壩塘入水東至已田西至開元南至水溝北至本興現佃戶諸化華

一遊六字第貳號田壹畝陸分坐落安福村朱家圩東至自典西至荒田南至荒田北至已田現佃戶趙義興

一遊六字第叁號田肆畝伍分坐落安福村朱家圩東至繼承西至荒田南至已田北至祖華現佃戶趙禮福
一遊六字第肆號田肆畝坐落安福村朱家圩東至己田西至溝南至荒田北至己田現佃戶趙禮茂
一遊六字第伍號田貳畝陸分坐落安福村朱家圩東至荒田西至己田南至已田北至繼承現佃戶周祖華
一遊六字五千二百三十九號地壹畝肆分坐落南榨橋走馬埂新塘上己塘入水東至廣選西至郭順名南至荒地北至孔公祠現佃戶孔憲進
一遊六字五千二百四十六號地貳分坐落南榨橋走馬埂新塘

口新塘入水東至新塘埂西至孔廣海南至新塘北至廣選現佃戶同前

一遊六字五千二百四十八號田貳畝坐落南榷橋走馬埂新塘入水東至六義學西至水溝南至孔公祠北至三角塘現佃戶孔憲發

一遊六字九千八百四十一號田壹畝坐落安福村朱興埠溝入水東至公田西至宗富南至溝北至允珮現佃荒

一遊六字九千八百五十一號田壹畝叁分坐落安福村朱興埠溝入水東至全偉西至萬春南至溝北至允林現佃戶趙仲義

一遊六字九千八百五十六號田柒分坐落安福村朱興埠溝入

水東至元坤西至公田南至宗貴北至公田現佃戶趙義興

一安一字一千四百六十四號田貳畝伍分貳釐捌毫坐落五仙廟長壩下入水東至付仁田西至水溝南至付仁田北至陳姓現佃戶黃明華

一安一字一千四百六十六號田壹畝捌分肆釐肆毫坐落五仙廟長壩入水東至陳田西至長壩南至己田北至陳田現佃戶同前

一安一字一千四百六十七號田壹畝柒分柒厘陸毫坐落五仙廟長壩入水東至陳田西至長壩南至己田北至己田現佃戶同前

一安三字一千五百八十三號田柒分坐落陸家埂蘆湖塘入水東至一召田西至溝南至一召田北至一孝田現荒

一安三字一千六百十五號田貳畝柒分坐落陸家埂三分壩入水東至一富田西至本仁田南至一林田北至壩現荒

一安三字一千六百九十七號田貳畝柒分坐落陸家埂筲箕塘入水東至本喜田西至應狗田南至塘北至一謨田現佃戶諸仁愷

一安三字一千七百十六號田貳畝叁分坐落陸家埂受塘入水東至明貴田西至入順田南至明貴田北至一仁田現荒

以上崇教共田捌拾柒畝肆分陸釐伍毫玖絲塘伍分伍釐

立信共田玖畝叁分柒釐捌毫叁絲

永豐共田貳百柒拾陸畝壹分陸釐玖絲叁忽地壹分

捌釐陸毫伍絲

永成共田陸百陸畝玖分叁釐陸毫肆絲伍忽地捌分

捌釐叁毫

遊山共田柒拾畝柒分伍釐伍毫地貳畝叁分

安興共田拾肆畝伍分肆釐捌毫

通共田壹千陸拾伍畝貳分肆釐肆毫伍絲捌忽地叁畝叁

分陸釐玖毫伍絲塘伍分伍釐

育嬰堂田地號數

一崇二字九百號田叁畝貳分柒厘捌毫坐落南蕩圩黃公埠東至溝西至楊廣順南至孫洪慶北至楊廣隆現佃戶夏仁元

一崇二字九百二十八號田壹畝柒分玖厘伍毫伍絲坐落南蕩圩黃公埠東至楊守忠西至俞光福南至楊廣忠北至楊廣寅現佃戶楊廣餘

一崇二字九百三十三號田叁畝伍分陸厘陸毫貳絲坐落南蕩圩黃公埠東至楊廣寅西至俞光福南至自田北至溝佃同前

一崇二字九百三十四號田叁畝伍分陸厘陸毫貳絲坐落南蕩圩黃公埠東至己田西至己田南至光福北至溝現佃朱起福

一崇二字九百三十五號田叁畝伍分陸釐陸毫貳絲坐落南蕩圩黄公埠東至己田西至庄基南至俞光福北至荒塘佃同前

一崇二字九百三十六號田叁畝伍分陸釐陸毫貳絲坐落南蕩圩黄公埠東至己田西至莊基南至光福北至自田佃楊廣田

一崇五字七百二十四號田伍畝肆分貳釐貳毫坐落南蕩圩湯家埠東至步財西至自田南至沈公田北至自田佃戶楊廣和

一崇五字七百二十五號田貳畝捌分柒厘捌毫坐落南蕩圩湯家埠東至溝西至自田南至自田北至自田現佃戶楊廣雲

一崇五字七百二十六號田貳畝捌分柒釐捌毫坐落南蕩圩湯家埠東至溝西至自田南至自田北至自田現佃戶楊裕浩

一崇五字七百二十七號田肆畝伍分肆毫坐落南蕩圩湯家埠東至溝西至自田南至自田北至溝現佃戶楊廣興

一崇五字七百二十八號田伍畝叁分捌釐柒毫坐落南蕩圩湯家埠東至自田西至安泰田南至孫允長北至溝現佃戶楊裕福

一崇五字七百四十二號田叁畝捌分壹釐柒毫坐落南蕩圩湯家埠東至土地會西至自田南至孫允虎北至溝現佃戶孫象福

一崇五字七百四十三號田貳畝柒分貳釐坐落南蕩圩湯家埠東至自田西至溝南至孫允虎北至甘傳年現佃戶孫象福

一崇五字七百四十七號田貳畝叁分叁釐坐落南蕩圩湯家埠東至自田西至溝南至孫允虎北至甘傳年現佃戶孫象福

一崇五字七百六十二號田肆畝伍分坐落南蕩圩湯家埠東至孫允長西至孫廣六南至溝北至陳知賓現佃戶楊廣平

一崇七字一千六十一號田捌分伍釐坐落村東圩東至溝西至埂南至埂北至胡玉金現荒

以上育嬰堂田共伍拾肆畝貳分貳釐肆毫叁絲道光戊子奉前憲許諭併入書院

幼孩局田地號數

一豐五字七百六十二號田伍畝肆分柒厘坐落永豐圩上壩山埠東至丁全豆西至紹松南至溝北至紹楷現佃戶丁家玉

一豐五字一千一百六十一號田肆畝伍分伍厘肆毫坐落永豐圩上壩承埠東至丁鸞立西至丁許立南至溝北至陳廣金現佃戶吳立祥

一成四字二千十九號田肆畝壹分坐落相國圩埂下埠東至溝西至溝南至溝北至夏純棟田現佃戶孫永金

一成四字二千三百六十一號田叁畝捌分坐落相國圩尖二十畝埠東至溝西至卞天機田南至卞天助田北至卞自鳳田現

佃戶卞自東

以上幼孩局田共拾柒畝玖分貳釐肆毫同治癸亥奉前憲

包諭歸入書院

惜字局田地號數

一崇二字四百四十五號田叄畝陸分捌厘伍毫肆絲坐落太安圩上埠東至邢廷海西至溝南至炎帝會北至溝佃戶李方金

一崇一字八百二十八號田貳畝肆分坐落門陡圩老埠東至陳前陞西至溝南至書院北至大士會現佃戶陳會福

一崇一字八百三十一號田肆畝坐落門陡圩老埠東至梁元發西至溝南至吳名啟北至韋其恩現佃戶同前

一豐三字四百四十八號田貳畝肆分坐落永豐圩官路壩丁俊埠東至裕輝西至溝南至祭公北至大玉現佃戶陳文錦

一豐三字九百九十號田肆畝玖分貳毫叄絲坐落永豐圩吳家

壩均埠東至塘西至繼名南至前元北至溝現佃戶陳詩滿

一豐三字二千二百七十二號田叁畝叁分柒毫坐落永豐圩保城區香爐埠東至陳詩根西至魏田南至陳田北至溝現佃戶陳前松

一豐六字六十一號田貳畝捌分貳釐坐落陳家壩吹笙埠東至溝西至溝南至陳名南北至抬鑼會現佃戶陳紫育

一豐六字六十二號田貳畝捌分貳釐坐落陳家壩吹笙埠東至溝西至溝南至自田北至張公祠現佃戶同前

一豐六字三百貳十號田柒畝伍分肆釐柒毫坐落陳家壩面埠東至陳勝健西至溝南至陳士鎬北至溝現佃戶錢大壽

一成二字一百二十四號田肆畝伍分貳釐伍毫坐落相國圩漁潭埠東至瑞鳳西至紹福南至瑞壽北至溝現佃戶徐瑞桃

一成二字一百十八號田叁畝玖分叁釐陸絲坐落相國圩漁潭埠東至瑞根西至啟官南至後燈北至先根現佃戶徐啟海

以上惜字局田共肆拾貳畝叁分叁厘柒毫叁絲同治己巳奉前憲楊諭併入書院

四共通計田壹千壹百柒拾玖畝柒分叁釐壹絲捌忽

金陵全書
甲編·方志類·專志

# 金陵旗德會館志

（民國）任治沅 輯

南京出版社
南京出版傳媒集團

# 提要

《金陵旌德會館志》一册，任治沅輯。

任治沅，名夢湘，安徽旌德人，曾任南京文獻委員會副主任，其生平事迹不詳。

旌德地處皖南山區，黄山北麓，其民從商歷史悠久，足迹遍布荆、楚、吴、越，而薈萃於金陵一地尤爲集中。旌德在金陵建會館，始於清乾隆四年（一七三九）。汪期瑜先生在《金陵旌德會館志》一書的序言中説：『旌邑之有館，始於清乾隆四年。』該志的『原始』一節中提到：『金陵陪京，四方走集衣食於斯者，八皖之民倍於他省；而會館之建，旌邑乃獨有三：一在黨家巷，一在竹竿巷，一在油市大街，皆創於清初。』太平天國期間，南京的會館一度消寂。同治三年（一八六四）後，在寧的旌德旅居者恢復并擴建了會館的規模。光緒三十二年（一九〇六），三館聯合進行管理。民國十三年（一九二四），重訂南京旌德會館館章，倡議輯館志，公推任君夢湘主其事，《金陵旌德會館志》一書由此問世。

《金陵旌德會館志》分原始（碑記附）、沿革（館章附）、集會、産契、産圖共五大部分，書前有任治沅、江澤亮、汪期瑜所作的序。爲該書繪圖者李珍於民國十四年（一九二五）四月在『附攷』中説：『南京旌德會館，前由旅寧先達購置市産，建築會館，聯絡鄉情，虔祀神聖；并另購義園，以安亡者。法良意美，欽佩曷勝。』『民國六年春二月，李君囑珍偕同任君，清丈宗正庵義園，繪圖一幅。八年冬十一月，復偕李君仰超、戴朱二君，清丈大士庵、雨花臺一帶義園，竹竿巷會館房産，計制正幅詳圖二十幅。十三年改選館董，李君連任，加推汪君伯平任職。冬十月，又囑珍偕同朱、劉兩君，清丈城内油市大街、黨家巷會館各房産復議，連此兩前次，計列二十二圖，編爲八幅，均以工部尺爲標準，彙編成帙，以垂久遠。同鄉人士力贊其議，印圖既成，誌其始末如此。』李珍的這段文字，有助於了解本書的成書過程。

會館爲旅居异地的同鄉在寄籍地所設之『聚鄉人、聯情誼』的組織機構。該書以獨特的視角，翔實的資料，記載了旌德商民在南京的活動情况以及南京城市發展的某個側面，是南京社會變更、人口流動、風俗民情等方面不可多得的珍貴資料。該書中的二十二幅繪圖，在研究南京街巷的演變、建築規模及風格的傳承等諸多方面，彌補了實物不存的遺憾，爲南京近代城建不可多得的檔案資料。

《金陵旌德會館志》一書於民國十七年（一九二八）問世後，存世不多，流傳不廣。厦門大學出版社於二〇一三年十月出版的《中國會館志資料集成》一書中，收録了《金陵旌德會館志》。南京出版社將該書收入《金陵全書》，足見該書在南京地方文化中獨特的地位。原書版框尺寸爲横長一二八毫米，縱高一九〇毫米；現擴爲横長一三六毫米，縱高二〇六毫米。

王明發

# 金陵旌德會館志目次

## 序

金陵爲東南重鎮士夫爭趨商旅走集僑於斯士者咸有會館之構遠者省有其一近者縣有其一惟旌邑之館乃獨有其三旌之人衣食於此豈果衆於他省而倍於他邑哉在邑乘風俗之傳曰旌民好義急公知親其上旌之僑旅未較他省邑加多也而館之構一再之不足必至於三斯可見其義問矣吾聞之構館者皆賈人下至操末技隸走販莫不銖纍寸積以益之而舍屋務求其擴則以秋闈下榻之士較他邑爲多有清一代棘闈榜發皖以南多士之選旌固裒然首列也洎科舉既罷館務宜少衰而二十年來產日增業日擴旌之人無長幼皆知邑有館館之執事無待檢冊籍亦莫不知僑居者若干家家幾人是果何道哉是不能不歸功於經董之得人與夫聯合之有法也初三館各爲標幟勢若甚渙及光緒三十二年吾師李公希白與江君幹卿暨家兄蔚文併三館一事權補敝救偏賚治事理財爲二而互相策進春秋掃祭伏臘讌飲聚鄉人士於一堂通其欵悰故相見如家人昆季館固知鄉人之幾何鄉人亦無輕去其籍也歲甲子李師以現任領職二十餘年堅欲卸仔肩鄉人未之許改訂館章組職員會事店董分治仍舊貫而明訂其制復以事董浼李師辭不獲今又三年矣師以時變日亟產契尤重徙保管之恐不虞倡議輯

館志繪屋圖廣其傳資鄉人之共管而以編纂責諸沅既承命謬爲撮撥分原始沿革集會產契產圖爲五目編既竟重思之曰今天下何嘗有籍貫云哉東西南北之人所至皆爲其籍也有及其身曾不知所歷爲幾籍者矣更安問童子釣游之處祖宗邱墓之鄉耶而吾邑人士乃獨以館務爲斤斤吾師焉更以館產縈慮斯亦見吾邑之淳風不爲澆俗所易矣

民國十六年太歲丁卯八月邑人任治沅夢湘甫謹序

## 旌邑館志序

人生斯世貴有所建樹有個人爲個人而建樹者有個人爲多數人而建樹者有多數人而爲多數人建樹者會館之所以興蓋由於多數人爲多數人而建樹以羣策羣力爲同鄉造幸福也吾邑會館之建由來久矣當清同治間紅巾甫靖鄉先輩之在甯旅居者恢復而擴充之雖犧牲其金錢耗費其精力而不顧迄今同鄉受其蔭庇覩物思人飲水思源能不惕然有以圖保存而留紀念乎讀三會館公議合同知先祖鑑湖公當時亦相與爲力距今六十餘年亮以爲勇於公益不遠前輩爲之感慨唏噓者久之鄉者李希白先生對於本館繼續經營爲時既久爲力尤多倡纂館志俾資保守同人等莫不欣然贊成公推任君夢湘主其事書成同鄉各執一編使閱者知先輩創業之不易而思有以圖保存而留紀念也爰書此以志之

中華民國十七年歲次戊辰孟夏旌陽江澤亮誠卿甫序於金陵無可無不可齋

## 旌邑館志序

旌邑之有館始於清乾隆四年邑人諸前輩醵資建築所以及時集會通慶賀之儀聯桑梓之誼法至善也董其事者歷代經營默守遺規終始不渝其中雖經洪楊浩刼而首事得人卒蔚成今日之大觀其功業昭然在人耳目此固宜其傳矣然年深代遠世事無常設遇不幸時虞湮沒故不若輯爲館志俾昭信守而垂永久且夫志者志其成也事成而不志廢前人之功不錄其將何以教後人耶民國十三年甲子邑人呂君鍊百等羣謂有治人不可無治法況前人之經營匪易未可廢於一旦思有以保存之遂爾重訂館章劃分事權選舉李希白先生等組織職員會處理一切館務治理益臻完善先生倡議輯館志蓋欲集前功之大成謀傳于來葉庶使後之人士披志識圖館產館契瞭如指掌于是詢謀僉同公推任君夢湘主其事任君勞身焦思纂分五類逐項說明條理清晰志成將付剞劂瑜因得窺全豹不禁躍然喜曰善矣夫於此益見吾邑人急公好義不讓前輩處今之世有人焉不爲己利而斤斤於公務推斯志也豈不足挽頹風而厚漓俗乎吁吾旌之人何幸而得此榮譽哉不佞叨在鄉末欲頌前人之功德而未能今睹是志更足爲邑人賀矣是爲序

民國十七年戊辰夏日邑人汪期瑜慕蓀甫序於抱璞軒之南窗下

## 原始

旌邑地瘠山髡人稠田狹耕耨不足以自給則爲百工技藝家居仍無以自飽則爲商販行遊故一邑之人于役四方者綦衆而民俗淳朴急於公義居於鄉莫不聚族而處族必有宗祠有家譜有義塚所以序昭穆明本支恤子姓者彬然成風習爲固有蓋富於聯絡厚於團結由來遠矣金陵陪京四方走集衣食於斯者八皖之民倍於他省而會館之建旌邑乃獨有三一在黨家巷一在竹竿巷一在油市大街皆創於清初雖構屋之小大有差而廳廡壇龕莫不畢具相距數里之內同爲羈旅之人春秋祈報相聚爲歡得一館址斯足矣何事析之以三豈誇多鬥靡哉經始之謀雖不可考而鄉人士急公之情觀於三館廳壁碑記亦可想見萬一矣洪楊之亂三館未燬而契籍盡失亂平戴公艮慶汪公仲岳約同數十鄉人旣領還黨家巷竹竿巷兩館復公立議約捐資具稟力爭油市大街館址暨三館市房地基卒能悉慶珠還興築補葺以次完整茲將三會館嵌壁碑記並合同議約錄刊於次藉爲原始實錄以誌不忘

### 旌邑會館記 黨家巷廳壁

從來旌人之爲賈也久矣或託業於荊楚或貿遷乎吳越或散處於蜀山易水之間而薈萃於金

陵者尤爲夥焉惟是旌邑諸賈客羣相謀曰我等外猶家焉有慶也則賀之有憂也則唁之有公事也則衆議之要必有館焉以爲宴會聚集之所乃得接以義聯以情耳爰是於秦淮之旁遂卜館焉館之初於乾隆四年賈客諸前輩規模已初就矣然而猶未備焉復於嘉慶十年衆賈客各輸其貲以恢擴之於棟宇則益隆於器具則益增於文武關及財神之聖像則益顯盛哉是館也慶賀於其間弔唁於其間公是公非無不於其間諸賈客相親相愛無有二心將見業益盛而財益豐以貨利甲天下不難矣余聞其風而心竊羨之故樂得而爲之記淳邑楚葵氏孫芹拜撰於暮春之初

嘉慶十四年歲次己巳清和月

是牌輸捐之會凡八書名捐欵者一百八十三人

## 旌德會館重修樓廳碑記 薰家巷會館

事之興敗關乎數轉敗爲興則存乎人苟無不可磨之人必不能挽不可回之數揆諸天地之大古今之遠凡大而國家天下小而宮室臺榭事關乎數數存乎人何在不然也而人不之知故往往厄乎數之逆每痛斥其人之不才及得有才者而力爲之挽則又忽忽焉忘其數之所由順並

不知其功之所攸歸無惑乎庸庸者固束手以待而落落者亦將袖手以觀也至頹廢敗壞不可復振乃喟然歎曰數之不可回也如斯夫嗟乎是數也乎哉無人故也是有人而聽乎數之不可回焉故也余於旌邑諸君子修葺會館一事而竊有感乎其數日重思乎其人館自乾隆四年以來其間之才人義士經營創造緣建成正屋若干間美哉輪美哉奐堂堂乎稱鉅觀矣其旁有廢屋數十間有奇亦前同鄉諸君子所置業焉乾隆四年間租於鄰人居之曆數十年來屋不足以護日月牆不足以敝風雨戶不足以容車馬堂不足以坐賓客垣頹瓦解棟折榱崩苔青草綠塞戶盈門如是而欲令桑戶捲樞易而爲杏梁松棟甕牖圭竇易而爲峻宇雕甍是不啻易無鹽爲西子之美也是不啻易范丹而爲石崇之豪也是不啻易單寒下士而爲公侯卿相之榮也苟非大有人焉從而振興之夫豈易爲力哉而旌邑同鄉諸君子乃於嘉慶十一年還鄰人租而贖之於是一心志解囊橐鳩厥工庀厥材不數年而畫閣朱樓迴廊曲檻悉於是乎告厥成噫此固數之順也實人之力苟非其人烏能敗而復興若斯耶及問其數之所由順功之所攸歸此則曰是某某之力也而吾不與焉彼又曰是某某之力也而吾不與焉讓功於此而此不受讓功於彼而彼亦不任爰互作遜謝曰非一人之力也固同鄉諸君子之力也雖然事關乎數數存乎人安有

無其人而能成其事者哉成其事而不邀其功則其功愈大有其人而不名其人則其人益高矣不敏因記其實以勸後之有勞勿施有善不伐者是歲庚午夏四月淳邑孫芹客於綠天書屋作也

是碑輸捐之會及團體凡十三書名捐款者三百八十八

油市大街會館嵌壁碑甲

金陵爲南省通衢吾邑同人於嘉慶元年置水西門會館俾商賈士庶憩息於兹意良厚矣嗣因商士日□館地狹隘□□擴而更新之□□□□幸得鄰之西有鄧姓餘屋出售者即館地開擴之基也公同商議□□倒篋而出兼□各鎮鄉□□□捐輸共□□□□輸銀若干除備買受餘屋外所餘之資更新棟宇整理房間迄今告竣商賈有牽車之樂儒士得借枝之棲豈不益善惟好善樂□者不登□□示碑□何以□□□將來匪惟播此日芳聲抑亦俟後來之繼起者耳爰爲序於左

道光八年十二月吉日首人　鄭惟先　韓延松　戴朝三　鄒萬順　王聘侯　劉耀庭

韓庭芳　王子良

是碑捐輸之團體凡九書名捐款者一百十一人

油市大街會館嵌壁碑乙

□□□□□□□□□□□□□前人因無憩息之地吾邑同人於嘉慶元年創設水西門旌陽會館一所由來遠矣自今年深月久牆垣門面什物傢伙等件俱概朽毀□□□□□□□□□□□□□會內本少贏餘躊躇□斟酌權將會本倒篋而出勉湊修整更換門閭□揚旌邑奈會不敷本廊店友殊覺稀少難以持全因思會館問合□□□□□□□□□□□□□本廊輸納外凡在各鄉鎮交易惟祈席先人之舊業發慷慨之深情捐輸銀兩共成美舉捐資名目碑石登名永垂不朽是爲後來者勸爰爲□於左

道光二十一年孟夏月吉日首人　王佛賞　韓延松　汪豐元　呂發喜　王銀桃　汪慶喜　王登發　汪連保

是碑捐輸之會及團體凡六書名捐款者七十九人

右列二碑字多湮滅其可識別辭意亦多舛牾未足爲考徵之助錄之以存其真云爾

竹竿里會館嵌壁江甯縣示石碑

調署江甯縣正堂加十級紀錄十次趙爲

出示諭禁以杜擾累事據旌德縣職員程球江逢榜呂立誠貢生程本監生江圖柯江永盛鄭彩文呂沐民人江秋月江維殿稟稱竊生等籍隸旌德同鄉親友貿易金陵賃寓維艱偶抱微痾便無歸所抑或不測無從安頓以致棍徒藉端訛詐屢受其累生等同人公議捐資買住房一業者

於

憲治竹竿里地方設立旌邑會館以爲公寓以使同人居址得所日後如有不測之事猶恐仍前訛詐藉端滋累以及棍徒滋騙惡丐横行無賴之輩在於前後門首嗜酒逞凶均未可定再來寓之人亦必經親友薦舉來歷清白以免冒託爲此公籲給示勒碑以杜擾累等情到縣據此合行出示曉諭爲此示仰竹竿巷地方坊甲丐頭諸色人等知悉自示之後毋許在於旌邑會館內外藉端滋鬧嗜酒逞凶倘有不法之徒違示擾累許該會館司事職員程球等該地坊甲指名稟縣以憑拏究至來寓之人亦必親友舉薦來歷清白方准入住各宜懔遵毋違特示

道光十三年三月十八日示

三會館公議合同

主公議合同字人戴良慶汪仲岳等緣吾邑向在金陵貿易人衆各行生意興旺公事浩繁原建會館三所在於評事街竹竿巷水西門大街南門黨家巷三處凡遇公事集衆商議以昭劃一詎自咸豐三年逆匪竄擾城池被據十數載吾邑貿易者均各搬遷遠徙幸賴靈威統師克復金陵城池吾邑衆姓聞風陸續旋赴金陵各安恆業將見市廛興暢凡一切規條必須遵照舊章辦理爰邀同合邑衆姓齊集公議派舉董事仍復監修會館俾與公事庶有攸歸現竹竿巷與黨家巷兩處會館業經歸還吾邑執守惟是水西門會館以及三處會內市房地基現爲軍營佔住未讓竊吾邑堂堂人衆公業豈容他人佔據置之罔聞況鄉闈在邇士子應試藉可居寓即往來貿易之人亦可投宿大有裨益幸望合邑衆姓各宜從公踴躍輸將量力資助公同具稟請歸水西門會館公業儘先修整斯所以爲議事重處並請舉首事照管另立規條俾各遵辦俟後生意興旺衆姓齊集再行公議捐輸從新三處會館相繼前人之首創以垂永遠之不朽今立合同三紙各會館收執一紙存照大發

同治三年十月　日立公議合同字人　戴艮慶　王華庭　江仲岳　劉文琦　戴天祝

江鑑湖　呂勉軒　韓元福　鄭玉樓　王連慶

陳紱堂　戴芝生　王德泰　戴松祥　江薪之

王和元　江繼賢　汪玉林　汪復庵　管功贇

江魯珍　汪德昌　江萃蘋　江鈞衡　汪文大

戴明喜　汪漢章　劉四貴　江瑶文　汪應鍈

王高祥　王長壽　劉永章　劉長福　郭國兆

呂馨庵　劉謹忠　朱家善　任德壽　呂及林

戴託福

執筆江象五

查右列合同計有三紙原係三館分執嗣經歸併三紙彙存契據內保管此注

## 沿革

館址創建既如鼎足各有市產經董不一於是賢者勞瘁以集事不肖者因緣以爲奸瑕瑜之間不免互見同治三年三館之立合同議約志在合力爭產而事權各執不無畛域之分洎光緒三十二年鄉人士鑒於三館分立物情渙散提議合併釐訂館章公舉李君希白江君幹卿任君蔚

文爲館董整理館產經紀出納稽其散失葺其破敗十數年來收入倍增市產寖擴月有餘蓄之金歲有徵信之錄鄉人士翕然稱之在初三館之外別立之會頗多其著者曰聚義會公益會長興會文昌會崇貞會盂蘭會材會類皆以時集資間亦置有市產雖於會館神几匾額各有供獻而各私所有初無徵信至是均歸併會館不復另立標幟其未歸併者僅一而咸亨會而已迨民國甲子夏江李任三君以經管多年艱辛備歷力請辭職嗣經呂君錬百汪君期瑜江君誠卿江君孟如等重訂館章十條以事董店董分治事董責在處置館務店董責在保管銀錢互相監察凡百公開定制益臻完善奉行日見井然事董之選仍爲李君希白汪孟伯平副之三載以來遵章辦理無有或渝治人治法相得益彰準是利行百世其可矣兹將重訂館章錄後

民國甲子年重訂南京旗德會館館章

第一條　本館遵照舊制三館聯合所有館務由館員選舉事董二人店董八家檢查員六人處理之凡旅寗同鄉具有公民資格者皆得爲本館館員

第二條　前條所舉被當選者之資格規定列左

（一項）事董在寗同鄉辦理事業具有成績或負有學識品格之聲望者

（二項）店董在甯同鄉以現設立店鋪資本充裕者爲限但不拘何業

（三項）檢查員在甯同鄉以具有學識及經驗充足或負有品格之聲望者

第三條　本館以館務殷繁得由事董店董檢查員組織職員會添聘名譽館董一人以補助事董店董職務之進行並承受諮詢事件但以對於本館素有特別勤勞及爲實力之援助者爲限

第四條　事董之職權如左

一、指導館務進行方針

二、保管館產（管理館產之各項契據及所有存項）

三、提倡公益

四、審核館產館賬逐年公布

五、館内員司任用及辭退但須召集職員開會經過半數決定之

六、召集開會（關於本館舊習慣所有者同）

第五條　店董輔助事董籌劃進行但店董權限除準用前條一二三四項外並有輪年保管館

產現欵儲交銀行之權其輪年次序由店董籤定之

前條及本條所規定之事董店董管理銀錢職權一項遇有正當開支如滿百元以上欵項非經召集職員會過半數議決不生效力

第六條 檢查員之職權除準用第四條一、四兩項規定外並有隨時檢閱館賬稽核館產之權每逢開會討論議案得有議決權

第七條 事董店董檢查員任期三年期滿改選得被選連任但無故不得辭職職員中有敗壞館務者得由職員會或館員大會公決黜退之

第八條 事董店董檢查員均義務職但館內僱用員司得酌給薪資仍須召集職員會經過半數決定之

第九條 職員會期每年開常會兩次分夏冬兩季舉行由事董會同值年店東召集之但遇有店董及檢查員二人以上認爲有開臨時會之必要者得聲請事董隨時召集如事關重要仍另召館員大會議決之

第十條 本館館章經被選事董店董檢查員開會通過如有未盡事宜應修改者得由館員十

人以上提議交由職員會修改之

甲子年被選職員姓名録

事董

李希白君　汪伯平君

店董

任天泰　李光明　汪紫淵閣　劉永吉　吕福康　方德裕　程元興　田德源

檢查員

江孟如君　汪斯瑜君　江誠卿君　吕鍊百君　任惠卿君　戴漢三君

名譽館董

江幹卿君

集會

古者燒錢鳴鼓逢社日以報功祠堯磔雞舉蜡臘以歡讌枌榆共祭父老偕來此里閈之相娱實桑梓之必敬洎乎鄉閭稍遠市井都非莽梗相遭茱萸莫插値佳節而涉想每勝會之難尋而乃

相逢羈旅緬想家山竟情話之常通聆鄉音而無改春秋祭掃聯裙屐於郊原伏臘招邀具雞豚之酒饌東山臺榼寧無宰肉之風北海樽罍大有餼羊之禮斯古誼所猶存吾邑之獨具也綜其集會約有數期

文昌會　二月初三日文昌帝君誕館之執事具香楮設庭燎鄉人士儒冠章甫相率往拜雖清茗外他無供饍而雜坐論文互有師友此於科舉時最著盛況今則世風衰歇每歲躬與者一二耆舊而已

清明會　先期館遣司事携紙箔購魚肉分交大士庵宗正庵兩義塚墳僕届期第一日鄉人士同至大士庵以次至雨花山養虎巷祭掃禮畢午餐每席魚肉一大鍋家鄉風味也佐以蔬菜兩甌第二日至宗正庵亦如之每祭輒百數十人紙箔暨魚肉之費需在百金歲以爲常

關帝會　五月望既逾關聖誕兩日仍設之關帝會是日黨家巷會館懸燈綵具香楮張樂設飲晨至麵一盂午餐八簋殽則設酒筵鼓樂之作昔爲清音坐唱嗣用留聲機代之均喧闐竟日晨麵之制後至者向隅則改予制錢五十嗣增至百文惟以百人限邑人挈子女少長咸集陶然呼酒醉輒披襟坐談家鄉風土津津不倦執事者揖讓其間非邑人固不敢濫跡嘗試也每會約食

四十餘席共費百四五十元此甲子前事此歲兵警戒嚴格於功令不獲舉斯會鄉人惜之脫復舉者物價之昂恐倍於往昔矣

觀音會　創爲茲會者始於何年其詳不可考聞聯合約四五十人人各醵貲一二金存儲生息以子金爲歲費每屆六月十九日至大士庵延僧禮懺其事甚細館之執事者未加過問而亦曆久不輟於以見鄉人合羣之力雖在細故猶加動焉

盂蘭會　在昔邑人於會館之外別有斯會之設自併會館後每年七月望於是有茲會之舉初於黨家巷會館延僧爲瑜珈焰口近年改於大士庵行之聞亦僅具紙箔邑人具衣冠往拜者亦寥初不因無酒食而懈也

謝神會　嘉平月之望會曰謝神亦於黨家巷會館行之鋪張讌飲豐儉悉倣關帝會而年度且終歲功垂畢慰勞相將歡情倍洽烹羊炰羔之樂蓋不過此矣

關帝謝神兩會尼而未行及今三載蓋於甲子之冬職員會鑒於兵燹之後旅甯鄉人生業彫敝風雪載途無以卒歲者十而五六爰移兩會酒食之資作臨時冬卹大口錢二千小口半之鄉人稱便乙丙兩歲踵行未懈而求卹者歲增不已於是有浮冒焉甚矣作善之難而鄉人生活之艱

亦於茲可想嗚呼讌饗之禮豈饕餮是好聯桑梓歡耳舍歡樂而賙邺豈前人始料所及乃並賙邺而亦勢有不行焉則與其爲婦人之仁毋甯肆筵大嚼無負前人集會雅意之爲愈矣

右皆歲以爲常以時集合此外有所謂材會者初蓋醵金置櫬具遇鄉人無以爲殮則施之其欵措諸集腋故亦以會名嗣此舉歸公項籌辦無所謂會而館之施材仍以會名沿習相稱不忘前人徽美云

## 產契

契爲產劵官私以相守也三館屋契失於洪楊亂既平善後局頒發執照以代之故舊有之產悉憑執照略而不詳四至鮮載幸舊構未燬記其間數即無毫髮之差雖竹竿巷館址執照一再墨批間數盡謬而老屋具在奸民百出其技無以相混也舊照暨新置之契均經民國二年呈驗領有新契茲併錄之說明新繪圖次及租價與租客姓氏產權原屬三館者析黨家巷曰甲油市街曰乙竹竿巷曰丙三館歸併以後增置者曰丁蓋以存其眞云

### 黨家巷會館房屋執照

善字第一千五百四七號承領舊屋民人旌德會館汪應森等

江甯善後總局　爲給發執照事今據安徽省甯國府旌德縣人汪應森等呈明城内黨家巷朝南外有舊存房屋三披二十九間又地基陸間經保甲局委員履勘詢問明確原契實係被亂遺失取具該民人如敢冒認願甘治罪切結存卷合行給照爲此照給汪應森等收執准其暫行管業兩年以內不准轉典轉售如承領之後另有眞業主出來呈明確據卽將在前具結領之冒人枷號兩個月充軍四千里以示嚴懲决不寬貸須至執照者

右照給汪應森等收執

同治四年八月二十八日給

總局

一新驗契一紙　江蘇省新契紙國稅廳籌備處印發

甯字第十二萬三千三四號　民國三年十二月報稅

說明

新繪第二十一圖正宅兩廳一殿公用西首旁宅十間現租與饒寶森押租一百元月租十六元原屬之甲

小黨家巷市房契紙

賣契紙局字第一千一百六十號賣主趙潘氏業戶旌德會館

江南甯屬整頓田房契稅處　爲給發官契紙事案奉

督憲札准

度支部咨稅課司案呈本部具奏整頓田房稅契酌提加收之欵抵補洋土藥稅厘一摺單一分

宣統元年五月十六日奉

旨依議欽此相應刷印原奏清單恭錄

諭旨飛咨兩江總督欽遵辦理等因轉行到處業經通飭各州縣一體遵辦在案茲有立杜賣住

房文契趙潘氏仝子榮昇清榮階顯等今將夫遺原買房地自行翻蓋添造住房己產一業坐落江甯

縣城中小黨家巷　字舖地方計朝北迎街磚牆門面兩號大門內一進朝南倒座六架樑平房

並排兩間天井一方右首朝西廂房一厦二進七架樑平房並排兩間後大井一條右首小瓦披

一厦後至隣墻爲止隨房週圍墻垣俱以本房柱脚爲憑上房下地土木磚石瓦片相連在房裝

修另單存查俱各不動罄產交代近因正用通家商議明白央中說合自愿將此房憑中證人等

立契出杜賣與

旌德會館名下永遠執業居住當日三面言定本房得受曹平八五兌銀二百六十兩正其銀即日憑衆契下一手付足趙姓等親手收清分毫不少銀契兩交明白自杜賣後聽憑買主拆卸翻蓋任意更新永遠爲業奉　部例凡民間杜賣產業契明價足日後永不增找永不回贖永斷葛根房係趙姓原買已產與別房別姓無干嗣後倘有族親長幼上業異姓人等爭論家務分晰不清及指房質押重複典當一切轇葛不清之事均惟出筆八一力承當與買主毫無干涉此係兩相情愿允買服賣並非債準逼勒等情恐後無憑立杜賣房文契永遠存照　計附原買正印尾紅契一紙又上首聯照一紙共二件付執

宣統二年六月　日立契人趙潘氏十同子榮階十

昇十

清十

顯十

孫汝霖十

憑中劉發章　汪壽泉十

戴佐臣　任偉文押

戴璧如　戴艮階

戴素湖　范富有十

呂雲南　張裕生

李熙伯押　張子沅十

江淦青　官牙張選青押

一附原買周陸氏正印尾紅契一紙同治八年九月立

一附上首周陸氏聯照一紙善字第二千一百十一號江寧善後總局同治七年十一月給

一附新驗契一紙江蘇省新契紙國稅廳籌備處印發善字第十二萬三千三十一號民國三年十二月投驗

說明

新繪附第二十一圖與館屋西宅後進毘連宣統二年新置現租與江溶生押租四十元月租八元此爲三館合併後所增之產應屬之丁

義興巷市房三間執照

善字第二千九百七肆號承領舊屋民人旌邑會館

江寧善後總局　爲給發執照事今據　省　府　縣人旌邑會館呈明城內外義興巷河字舖朝南有舊存房基三間大門向西經保甲局委員履勘詢問明確原契實係被亂遺失取具該民人如敢冒認願甘治罪切結存卷合行給照爲此照給旌邑會館收執准其暫行管業兩年以內不准轉典轉售如承領之後另有眞業主出來呈明確據卽將在前具結冒領之人枷號兩個月充軍四千里以示嚴懲決不寬貸須至執照者

右照給旌邑會館收執

同治九年三月二十八日給

總局

一新驗契一紙　江蘇省新契紙國稅廳籌備處印發

寧字第十二萬三千三八號民國三年十二月投驗

說明

新繪第二十圖租客江寅谷住此已四十餘年押租二十元月租二元原爲盂蘭會之產併歸黨家巷會館者原屬之甲

銀作坊基地執照

善字第三千五百八十六號承領舊屋民人

江甯善後總局　爲給發執照事今據　省　府　縣人旌德會館呈明城内銀作坊朝西外有舊存房基十三間披一厦天井兩方食井一口經保甲局委員履勘詢問明確原契實係被亂遺失取具該民人如敢冒認願甘治罪切結存卷合行給照爲此照給旌德會館收執准其暫行管業兩年以内不准轉典轉售如承領之後另有真業主出來呈明確據卽將在前具結冒領之人枷號兩個月充軍四千里以示嚴懲決不寬貸須至執照者

右照給業主旌德會館收執

同治十年十二月十二日給

總局

一新驗契一紙　江蘇省新契紙國稅廳籌備處印發

甯字第十二萬三千四一號民國三年十二月投驗

說明

新繪第十七圖查該基地係盂蘭會之產歸併黨家巷會館中間有咸亨會典產致成零落現靠銀作坊之一進三間租與項姓押租三十元月租四元旁宅二間租與戴傳璧押租十八元月租一元四角屬之於甲

銀作坊收回浮房契紙

立推繳劈杜浮房文約旌邑會館衣業咸亨堂首事人等情因於光緒二十一年租本會館盂蘭會名下在江寧縣治銀作坊小巷內基地一方起造坐東朝西七架樑瓦平房三間又對照坐西朝東五架樑瓦平房三間又由天井披墻門內晒院坐東朝西瓦平房二間東厠一個坐西朝東瓦平房一間緣起造時公項不敷即已借債完工兼之連年敬神正用虧欠年復一年拳石步堆彙欠更多是以邀集公商將對照坐西朝東五架樑瓦平房三間又墻門內晒院坐西朝東瓦平房一間在屋門窗格扇一應裝修上連瓦片磚墻板壁盡行不留天井晒院東厠前後門公走公用門外食井公用今推繳劈杜賣與本會館樂善施材堂名下

執業當日得受杜價英洋三百五十元整一併收足以還各債清楚日後咸亨堂公項充盈議定原價回贖彼此皆屬一縣之公產兩無異說今欲有憑立此推繳劈杜浮房文約爲據

光緒二十六年五月　日立推繳劈杜賣浮房文約旌邑會衣業咸亨堂首事人等同見

憑衆戴漢章　朱則林
陳玉成　劉頌元
任子英　劉懋釗
任起善　劉永濤
任厚田　劉厚忠
戴福壽　汪漢文
戴漢三　任蔚文
戴金元　陳文漢
戴艮富
戴傳雲

戴傳城
戴蘭芳
戴于生

一新驗契一紙 江蘇省新契紙寧字第十二萬三千三二號 民國三年十二月投驗

說明

新繪第十八圖註明典產係孟蘭會之基地而咸亨會在上蓋浮房復以浮房典與黨家巷會館近年屢請回贖未果現經租者三間租客爲朱春山押租二十元月租二元五角暫屬之甲

百花巷瓦匠巷內市房二廈一間執照

善字第一千六百六三號承領舊屋民人旌德會館

江甯善後總局 爲給發執照事今據 省 府 縣人旌德會館呈明城內百花巷朝東外有舊存房屋二廈一間經保甲局委員履勘詢問明確原契實係被亂遺失取具該民人如敢冒認願甘治罪切結存卷合行給照爲此照給旌德會館收執准其暫行管業兩年以內不准轉典

轉售如承領之後另有眞業主出來呈明確據卽將在前具結冒領之人枷號兩個月充軍四千里以示嚴懲决不寬貸須至執照者

右照給旌德會館收執

同治四年八月三十日給

總局

一新驗契一紙　江蘇省新契紙國稅廳籌備處印發

寧字第十二萬三千四四號民國三年十二月投驗

說明

新繪第十五圖坨租與許新才押租十五元月租一元屬之於甲

玉帶巷口渡船口市房契

善字第九千七百八十五號承領舊屋民人旌邑會館

江甯善後總局　爲給發執照事今據安徽省　府旌德縣人旌邑會館戴天祝朱德加等呈明

城內外渡船口向西　有舊存房屋二間基地二間經保甲局委員履勘詢問明確原契實係被亂遺失

取具該民人如敢冒認願甘治罪切結存卷合行給照爲此照給戴天祝朱德加收執准其暫行

管業兩年以內不准轉典轉售如承領之後另有真業主出來呈明確據即將在前具結冒領之

人枷號兩個月充軍四千里以示嚴懲決不寬貸須至執照者

右照給旌邑會館收執

同治四年閏五月三十日給

總局

一新驗契一紙　江蘇省新契紙國稅廳籌備處印發

甯字第十二萬三千三七號　民國三年十二月投稅

說明

新繪第十四圖現租客劉聚興押租二十四元月租三元屬之於甲

一南門大街市房契紙

立杜絕賣房屋文約旌邑會館裙行樂業堂首事人等情因昔年江甯縣南門大街海字舖所存

舊屋樓上下四間基地兩間是兵燹以後十數年房屋損壞由光緒四年租本會館咸亨堂起造

翻蓋坐西朝東前有迎街出路一道寬裁尺三尺進深至西邊崔姓後簷墻爲界又南首公墻爲界北首何姓格間板爲界二進天井一方七架樑平房兩間三進小天井一方七架樑平房兩間南首披房一厦三進後小披一個又長天井一方前後門窗戶扇裝修格間一應俱全此屋十數年以來辭租東客結算租金清楚至光緒二十一年樂善堂取贖公項不敷另行借債將此產取回歸本堂執業收租因無賴房客連年租金未歸所借之項數年本利未還每年敬

神並先祖春秋二祭正用虧欠年復一年拳石步堆隷欠更多是以邀集公嘀將房屋前後在屋裝修門窗戶扇仰板地板磚墻板壁天井晒院出入路道上連瓦片下連基地毫無存留盡行杜賣與本會館樂善施材堂執業當日得受杜價龍洋四百元整其洋憑中一併收足以還借項清楚仍餘之洋樂善堂人等領去是賣之後以樂善堂毫無干涉永無增找永不回贖兩無異說今欲有憑立此杜絕賣房屋文約爲據永遠存照

所存房屋聯單一紙憑中驗交又照

光緒三十年清和月吉日立杜絕賣房屋文約旌邑會館裙行樂業堂首事人等同見

戴于江十　戴傳城十

汪玉慶十　王大和十　傳雲十

任起善十　劉永桃十　傳鈺十

憑朱德訪十　戴艮揩押　迪順十

劉孝義十　劉載生十　劉惟忠十

戴蘭芳十　陳玉成押　炳章十

衆呂雙桃十　陳迪元七　任福壽十

朱竹君押　樹之押　朱元義十

劉楊忠十　艮熙十

一附新驗契一紙江蘇省新驗紙國稅廳籌備處印發甯字第十二萬三千三十三號民國三年十二月投驗

一附執照一紙

善字第一千六百六二號承領舊屋民人旌德會館

江甯善後總局爲給發執照事今據　省　府縣人旌德會館呈明城內外南門大街於舊存房屋樓上下四間地二間經保甲局委員履勘詢問明確原契實係被亂遺失取具該民人如敢冒認願甘治罪切

結存卷合行給照爲此照給旌德會館收執准其暫行管業兩年以內不准轉典轉售如承領之後另有真業主出來呈明確據即將在前具結冒領之人枷號兩個月充軍四千里以示嚴懲決不寬貸須至執照者

右照給旌德會館收執

同治四年八月三十日給

總局

一附又以執照將全房投驗新契江蘇省新契紙一紙國稅廳籌備處印發寧字第十二萬三千四十號

一民國五年添置倪姓杜契一紙江蘇財政廳印發賣契官紙甯字第二千四百七十五號

立杜絕賣店房契人倪星齋今將祖遺原買市房受分已產一業坐落江甯縣城中南門大街字鋪地方計坐西朝東面迎街瓦雨水搭一座仰板跕柱全其兩水搭南頭搭在後隣走道大門外地方內第一進七架樑瓦平房一間該房南首無排山柱與後宅頭進走道巷內房樑毘連天井一條其天井北首小廚披一架天井之西南兩方曲直墻一道全西牆門外轉向朝南廂披一厦滴水簷前歸今受主頂第二進分間簷柱起添砌遮披滴水直牆一道頂東首隔天井牆止由

披房西首毘連第二進七架樑瓦平房一間後至一號塞簷牆該房四至丈尺及毘連交涉均依上契註明各種字樣爲證隨房左右週圍均依本房柱脚牆垣板壁爲憑上下房地土木椚連在房裝修另單查點俱各絲毫不動一應隨房釐產交代近因正用通家商議明白央中說合自願將此店房憑中立契杜絕賣與

旌德合邑會館名下永遠執業當日三面言明照時估値得受本產杜絕賣價龍洋四百八十元正其洋比卽契下一手兌足眼同賣主憑衆親手收清分毫不少洋契兩交明白自賣之後聽憑賣主析卸翻造以舊更新一切自便永遠爲業遵章　部例凡民間杜賣之產契明價足日後永無增找永不回贖永斷葛籐該房實係倪姓祖遺原買已產與別房別姓無干嗣後倘有族親長幼上業異姓人等爭論以及重複典押家務內外分晰不清一切糾葛不楚等事統歸賣主一力承當與買主毫無干涉此係兩相情願允買服賣並非債準逼勒成交今欲有憑立此杜絕賣店房文契永遠存照

計附本產原買正印契（司契全）一紙又掛驗新契一紙又上首印尾契一紙又上首包約一紙又根業聯照一紙又批銷廢典契二紙共七件付執又照

中華民國五年九月　日立杜絕賣文契人　倪星齋押

憑典主劉松廷十

杜叔藩押

中人劉文炳十

葛文通十

代筆郭星階押

官中董慶章押

一本產原買正印契司契全一紙倪買吳姓光緒十二年十月立

一掛驗新契一紙吳姓投驗在民國三年三月江蘇省新契紙甯字第一千二百七十號

一上首印尾契一紙旌邑崇員會首劉永金等出名光緒二十五年立

一上首包約一紙旌邑崇員會首劉永金等立

一根業聯照一紙江甯善後總局發給執照善字第一千六百六十一號

一倪星齋民國元年典與劉松庭塗銷典契一紙

一劉松庭民國四年轉典滙與余式馥塗銷典一契紙

一民國十年添置耿姓杜契一紙

江蘇財政廳印發不動產賣契官紙 甯字第五千陸百二號

立劈杜典市房文契人耿華氏今將前經用價受轉典朽房已產一業坐落江甯縣城中南門大街海字舖地方計迎街門面賣劈出朝東門面北首一號內一進九架樑平房一間後牆爲止該房仍與耿姓南首同樑共柱以隔板爲界所有本房寬深丈尺四至註明契後隨房週圍牆垣均依本房柱腳爲憑上房下地土木磚石瓦片相連在房裝修俱各不動隨房交代氏因房係朽壞無力修整兼乏正用是以通家商議明白央中說合自愿將此朽市房憑中證立契出劈杜典與旌德會館名下永遠執業當日三面言明本房得受杜典價大龍洋三百八十元正其洋卽日契下憑衆一手兌足華氏親手收楚毫不短少洋契兩交明白自劈杜典後聽憑受主折卸翻蓋任意更新永遠爲業遵奉 國章凡民間杜產契明價足日後永不回贖永不增找永斷葛籐永無異言倘日後如有根業上首出現回贖此產自應挨贖並將該房正價稅契及翻造銀兩一切使費照認取贖無辭房係華氏原轉典產與別房別姓無干嗣後倘有族親長幼上業異姓人等爭論

家務分晰不清及指房質押重複一切轇葛不楚等情均歸出筆人一力承當與今受主無涉此
係兩相情愿允受服杜並無債準逼勒等情今欲有憑立此劈杜典市房文契存照
計附本房原典契分裁續白上斜角一紙又上首曹姓典契分裁續白上斜角一紙又伍姓正
印契分裁續白下斜角一紙連尾又楊姓廢典契一紙又新驗契分裁續白上斜角一紙共五
件付執又照

中華民國十年四月　日立劈杜典市房文契人耿華氏十

憑親華玉書押
憑中史炳卿押
許新之十
張得桂押
高雲生十
華坤卿十
何松泉十

代筆張選青押

一附推收證一紙寗字第一萬九百三十號

一本房原典契分裁續白上斜角一紙車梅生光緒三十二年五月立

一上首曹姓典契分裁續白上斜角一紙劉實夫等光緒二十三年立

一任姓正印契分裁續白下斜角一紙連尾旌邑盂蘭會會首劉文倫等道光九年立

一楊姓廢典契一紙耿華氏民國四年五月立批銷

一新驗契分裁續白上斜角一紙耿姓投驗在民國三年四月江蘇省新契紙寗字第八萬四千一百六十一號

說明

查該處市房現已三產併歸一處故上列三項契據併列一類新繪第十九圖現租與生生陽押租二百元月租二十元舊基屬甲新置屬丁

新置糯米巷地基浮房契約

立杜絕賣基地契人任文華淵今將祖遺舊存空基地受分已產一業坐落江寗縣治水西門城內糯米巷　字舖地方計坐東朝西迎街門面第一進空基地並排三間該基向與今受主之第二

進三間及第三進三間幷逐進天井仝係毘連一氣由承平至今各執各業相安無異於兵燹後稟領總聯照在案所有隨基左右週圍均以本產舊址墻脚爲憑以及基內餘磚碎石暗迷溝井等件俱各絲毫不動一應隨基罄產交代近因正用通家商議明白央中説合自情願將此弟一進空基地歸併今受主合總執業是以憑中立契杜絕賣與

旌德會館　名下永遠執業當日三面言明照時估値得受本基地歸併杜絕賣價銀洋九十元正其洋比卽契下一手兌足眼同賣主兄弟憑衆親手收清分毫不少洋契兩交明白自杜賣歸併之後聽憑今買主合總起蓋房屋一切自便永遠爲業遵照向例凡杜賣之產契明價足日後永無增找永不回贖永斷葛籐該基實係祖遺已產與別房別姓無關嗣後倘有親族長幼異姓人等爭論以及重複典押侵佔冒認家務內外分晰不清一切糾葛不楚等事俱歸賣主之力承當與今受買主無干涉此係兩相情願允買服賣並非私債準折逼勒成交今欲有憑立此杜絕賣歸併空基地文契永遠存照

計附本產原領總聯照遺失補立加據一紙付執又照

中華民國十四年十月　日立杜絕賣契地契人任文華押 淵押

又加本宅二三進補立草契一紙　中人任夢湘押
新驗契一紙　劉瀛庭押
中華民國十七年八月補立　朱晉之押
郭星階十

一附加據一紙

立加據人任文華淵今憑中加到
旌德會館　名下願將祖遺坐落江邑城中糯米巷地方計坐東朝西迎街門面空基並三間現在憑中另立杜賣契據成交所有本產於克後稟領善後總局聯照在案茲於癸丑二次光復該聯照因兵亂遷移遺失無存並未補領新契是以加立此據交付受主收執爲證茲後倘有該產無論何項紙筆發現以及發生重複糾葛等情均歸我立據人完全負責決無推諉今欲有憑立此加據存照
中華民國十四年陰歷乙丑八月三十日立加據人任文華淵十
憑中任夢湘押

劉漢庭十
朱晉之押

一附收回基地價賣浮房約據

立約據人韓門侯氏今將族中韓寶林借地自蓋平房二間座落糯米巷內第四號門牌借旌德會館基地自蓋第二進平房二間時因母親病故請託同鄉向旌德會館情借大洋三十元止此將自蓋平房二間抵押旌德會館今因會館需地翻蓋房屋所有韓姓自盖平房二間當日憑中言明將舊屋一併歸旌德會館收面憑中估値舊屋二間作抵大洋八十元錢五千文（又一百文）此欵憑中交韓門侯氏收領嗣後倘有異言均歸韓門侯氏一併承當與旌德會館執業無涉恐後無憑立此存照

民國十四年夏歷七月初十日立約據人韓侯氏十
憑中人張韓氏十
朱俊芝押
任文華押

任文淵押

劉漢庭押

一附借約一紙民國五年十月立

一附領據一紙民國十四年七月具

說明

新繪第二十二圖新置屬之於丁

新置竹竿里浮房文契

立歸併杜絶賣浮瓦房文契人鄭彝章今將先父承租基地自蓋浮瓦房已產一業坐落江甯縣治城中竹竿巷字舖地方計坐北朝南迎街磚墻門面兩號大門內一進七架樑浮瓦平房並排兩間天井一方東首朝西浮瓦披房一厦二進六架樑浮瓦平房並排兩間後至河沿爲止隨房左右週圍均依本房柱脚爲憑上浮房木瓦磚石板片相連在房裝修載於契後存查俱右係不動一應隨同本浮房罄產交代近因正用通家商議明白央中說合自情願將此浮瓦房憑中立契出杜絶賣歸併與地主

旌德會館名下永遠執業當日三面言明照時估値得受本浮房杜絕賣價銀洋二百八十五元正其洋比卽契下一手兑足眼同賣主憑衆親手收淸分毫不少洋契兩交明白杜絕歸併之後聽憑買主折卸翻蓋易舊更新一切自便永遠爲業遵照向例凡杜賣之產契明價足日後永無增找永不回贖永斷葛籐該浮房實係自蓋己產與別房別姓無干嗣後倘有族親長幼異姓人等爭論以及重複典押冒認盜賣家務內外分晰不清一切糾葛不楚等事俱歸賣主一力承當與今受主毫無干涉此係兩相情願允買服賣並非債準逼勒成交今欲有憑立此杜絕賣歸併浮瓦房文契永遠存照

中華民國十六年十一月　日杜絕賣歸併浮房文契人鄭蘇章押

李仰超押

汪伯平押

憑中人朱晉之押

劉漢廷押

郭星階押

鄭彝伯十

又加補立草契一紙新驗契一紙

中華民國十七年八月補立

計開裝修

大門一對　上席板一道單門一扇　分間板一道前後房門全　西首分隔板至天井一長道

堂屋下沿長格五扇　房下沿短窗兩扇　廂板下半牆全　披下沿短窗兩扇　廂板裙板

全　單門一扇　二進一屋前沿長格四扇　廂板全　後沿上板下半牆全　單門一扇　房

前後沿短窗共四扇　廂板下半牆全　分間板一道前後房門全　兩進及披並天井下地墁

碎磚俱全

說明

新置無圖屬之於丁

油市街會館房屋執照

善字第七千七百五十六號承領舊屋民人旌德會館

江甯善後總局爲給發執照事今據安徽省甯國府旌德會館呈明城內油市大街有舊存房屋共四進樓房十八間四披經保甲局委員履勘問明確原契實係被亂遺失取具該民人如敢冒領願甘治罪切結存卷合行給照爲此照給旌德會館收執准其暫行管業兩年以內不准轉典轉售如承領之後另有真業主出來呈明確據卽將在前具結冒領之人枷號兩月充軍四千里以示嚴懲決不寬貸須至執照者

右照給戴接林　王德泰　汪文泰

戴艮庭　管功贊　汪漢文收執

王煥章　劉文賜　郭國兆

韓元福

同治四年五月　日給

一附新驗契一紙　甯字第十二萬三千〇四五號　民國三年十二月投驗

說明

新繪第十六圖正宅門面半租與宛仁昌衣莊押月租三七十元半租與錦泰昌押月租四七十元後

進隔出二進樓房十二間租與美大堆棧押租三十元月租六元五角屬之於乙

油市街市房執照　現租戶裕陞祥布店

善字第七千七百五十七號承領舊屋民人旌德會館

江寧善後總局　爲給發執照事今據安徽省寧國府旌德縣人旌德會館呈明城內油市大街外有舊存房屋樓房十二間兩披基地三號間經保甲局委員履勘詢問明確原契實係被亂遺失取具該民人如敢冒認願甘治罪切結存卷合行給照爲此照給旌德會館收執准其暫行管業兩年以內不准轉典轉售如承領之後另有眞業主出來呈明確據卽將在前具結冒領之人枷號兩個月充軍四千里以示嚴懲決不寬貸須至執照者

汪文漢

劉文賜

王德泰

王煥章

右照給旌德會館人戴接林收執

戴艮庭

韓元福

管功贇

汪文泰

郭國光

同治四年五月二十五日給

總局

一新驗契一紙江蘇省新契紙國稅廳籌備處印發

寗字第十二萬三千四六號民國三年十二月三十一日投稅

說明

附新繪第十六圖會館西鄰之屋租與裕陞祥押租五百元月租四十三元屬之於乙

油市街市房執照現租戶戴湧江衣店

善字第七千七百五五號承領舊屋民人旌德公所

江寗善後總局　爲給發執照事今據安徽省寗國府旌德縣人旌德會館呈明城內油市大街外有

舊存房屋基地一間樓上下四間經保甲局委員履勘詢問明確原契實係被亂遺失取具該民人如敢冒認願甘治罪切結存卷合行給照爲此照給旌德公所收執准其暫行管業兩年以內不准轉典轉售如承領之後另有真業主出來呈明確據即將在前具結冒領之人枷號兩個月充軍四千里以示嚴懲决不寬貸須至執照者

戴接林　王德泰

右照給王焕章　汪漢文等收執

韓元福　郭國兆

同治四年五月二十五日給

總局

一新驗契一紙　江蘇省新契紙國稅廳籌備處印發

甯字第十二萬三千四三號　民國三年十二月投税

説明

附新繪第十六圖會館東鄰間壁之屋前兩進租與戴湧江衣莊押租五十元月租六元五角後進隔斷三

進三間租與周仲民押租四十元月租三元屬之於乙

油市街鄧府苑市房租戶

善字第一千七九號承領舊屋民人旌德會館

江甯善後總局　爲給發執照事今據　省　府　縣人旌德會館呈明城內外油市大街朝南

有舊存房屋樓房上下陸間左首走巷一條經保甲局委員履勘詢問明確原契實係被亂遺失

取具該民人如敢冒認願甘治罪切結存卷合行給照爲此照給旌德會館收執准其暫行管業

兩年以內不准轉典轉售如承領之後另有真業主出來呈明確據卽將在前具結冒領之人枷

號兩個月充軍四千里以示嚴懲決不寬貸須至執照者

右照給旌德會館收執

同治四年八月初九日給

總局

一新驗契一紙　江蘇省新契紙國稅廳籌備處印發

寧字第十二萬三千三十九號　民國三年十二月日投稅

說明

新繪第十三圖係第一進原樓房六間今爲平房三間現租客周玉山押租四十元月租四元五角原屬之

乙

油市街鄧府苑市房執照

善字第一千八十號承領舊屋民人旌德會館

江寧善後總局　爲給發執照事今據　省　府　縣人旌德會館呈明城內外鄧府苑朝南有舊存房屋六間經保甲局委員履勘詢問明確原契實係被亂遺失取具該民人如敢冒認願甘治罪切結存卷合行給照爲此照給旌德會館收執准其暫行管業兩年以內不准轉典轉售如承領之後另有真業主出來呈明確據卽將在前具結冒領之人枷號兩個月充軍四千里以示嚴懲決不寬貸須至執照者

右照給旌德會館收執

同治四年八月初九日給

總局

一新驗契一紙　江蘇省新契紙國稅廳籌備處印發

寗字第十二萬三千四七號　民國三年十二月投稅

說明

附新繪第十三圖係正宅後進三間平排旁宅三間正宅現租客施榮章押租二十六元月租三元旁宅現租客吳燮森押租二十四元月租二元原均屬乙

平安巷空基地執照

善字第一千七八號承領舊屋民人旌德會館

江寗善後總局　爲給發執照事今據　省　府　縣人旌德會館呈明城內外平安巷朝東有舊存房屋一披一地一方間經保甲局委員履勘詢問明確原契實係被亂遺失取具該民人如敢冒認願甘治罪切結存卷合行給照爲此照給旌德會館收執准其暫行管業兩年以內不准轉典轉售如承領之後另有真業主出來呈明確據卽將在前具結冒領之人枷號兩個月充軍四千里以示嚴懲決不寬貸須至執照者

右照給旌德會館收執

同用四年八月初九日給

總局

一新驗契一紙江蘇省新契紙國稅廳籌備處印發

甯字第十二萬三千四二二號民國三年十二月三十一日投稅

說明

附新繪第十六圖現仍爲土堆廢置無用原屬之乙

善字第六百五十二號承領舊屋民人旌德會館

江寧善後總局　爲給發執照事今據安徽省甯國府旌德縣人旌德公所竹竿巷向南基地十

四間

右照給載　鄭復

江紹欽　江懋景

同治四年五月　日給

總局

附新驗契 一紙 善字第十二萬三千三十五號 國稅廳籌備處印發民國三年十二月投驗

此基十年四月內經張肇性稟報江懋景案內查出該會館所認基內有張肇性基地二間江慶三基地三間現經張肇性稟認該基前進基地劈還二間又江懋景認領基地八間照內有張肇性三間江慶三一間不卽追還張肇性另給聯照其江慶三故絕遺基一間一併劈歸該會館領認計該會館實存基地九間併江慶三故絕遺基四間共基地十三間 八月初十日註 此基實存十三間內現經江紹欽蕭朱氏稟認勘明屬實仍應劈還江紹欽基地四間又蕭朱氏基地六間另各給聯照該公所此照內實存基地三間同治十一年四月廿八日註

說明

新繪第十二圖內後進沿河三間現租客嚴炳森押租原經手未交至月租二元基內皆為館址執照右係黑批殊無足據新驗契誤批三間應從更正原屬之丙

又加補立草契二紙新驗契二紙

中華民國十七年八月補立

宗正庵田執照

字第五百三十三號

江寧府勸農總局爲給照事據江南省江寧府直隸州江寧縣人旌德公所呈領得江寧縣淮左上圖保鄉

村田十三地七坵八六畝二分六分坐落定正庵東至　西至　南至　北至　經分局委

勘明按照後開款目分別由該戶自行填寫合行給照准其管業爲此照給旌德公所收執俟

開徵時遵照舊則完納丁漕如另有業主出認呈有確據將該戶並扶同之鄰佑等一併按律從

重治罪須至執照者

一存有斷賣活典契者呈明買典自

一買產無契者呈有該戶不敢冒認強佔並鄰佑岩松茂圖保長余永全不敢扶同狗隱受賄

揑飾各切結存卷

一典產無契者呈明原業主　係　憑中　用錢銀　向典取有該戶不敢冒認

強佔並鄰佑　圖保長　不敢扶同狗隱受賄揑飾各切結存卷

同治六年七月　日給業戶旌德公所收執

一附新驗契一紙寧字第十二萬三千三十六號國稅廳籌備處印發民國三年十二月投驗

說明

新繪第一圖宗正庵故址原屬之乙

宗正庵旁鷄家巷山場契紙

立杜絶劈賣山場文契人蒲長貴今因正用將祖遺下坐落江甯縣治石城中鷄家巷地方荒山壹坵計稅壹畝今自情愿央中並隣佑說合出杜絶賣與旌邑會館名下爲業憑中三面言明得受曹平紋銀八兩整其銀當日憑衆歸身一併山楚此山是身祖遺已產並無重複典當此乃因買服賣其中並無勒逼債準等情自賣之後歸　旌邑會館永遠執業聽從開墾收租納稅日後倘有親族異姓人等以及轇轕不清皆是蒲姓一力承當與買主毫無干涉所有執照未便分裁此山場憑中已批註明杜絶賣與

旌邑會館爲業嗣後永不回贖永不增找恐後無憑立此杜絶賣契永遠存照

同治七年十月　日立杜絶賣契人蒲長貴十

計開山場四至列左　仝子咬　子十

東至旌邑會館田界　憑隣佑常松茂十

南至旌邑會館田界　張長年十

西至旌邑會館田界　僧續成十

北至官街　余永祥十

余永全十

憑中徐福興十

代字汪漢文筆

一新驗契一紙江蘇省新契紙國稅廳籌備處印發

甯字第十二萬三千二八號民國三年十二月三十一日投驗

說明

附新繪第一圖內原屬之乙

南門外安德門舊置義塚契紙

立杜賣山地文契人陳湧茂同男金安今因正用通家商議將祖遺分受己業坐落江甯縣南門外安德門一四圖地方土名毛竹園坐西朝東阿字鋪山地一塊長寬批後四至載明西至金姓

山爲界東至惠姓山爲界南至惠姓山界北至朱張二姓山界毫無侵佔並無糾葛出路無阻盡行不留今憑山鄰並邀中立契杜賣與旌邑公所名下爲業以作義塚地用當日言明得受時值價紋銀二十四兩整卽日銀契兩交不另立領自賣之後任聽買主挖高塡低扦葬取用栽培樹木護蔭風水所有柴薪仍歸出筆原人割取以抵錢粮費用嗣後倘有親族人等生端異說均歸出筆人一力承當其山內有古墳三塚兵燹時所埋未知來歷現蒙旌邑司事不忍扦移恐後有人來認及別生異言皆歸出筆人承當與承業主毫無干涉嗣後不准外縣人添埋恐後無憑立此杜賣山地文契永遠存照

計開四至長寬丈尺列後

西至東南邊計長裁尺二十二丈一尺　南至北上首計寬裁尺九丈三尺　西至東北邊計長裁尺二十五丈　南至北下首計寬裁尺六丈二尺

光緒七年五月初二日　立杜賣山地文契人陳湧茂十

同男　金安十

族姪陳仁壽十

中僧果成師十

鄭惠長清十　張啓雙十

金萬明十　朱啓發十

金萬全十　王長泰十

張啓文十　張志和十

張施氏十　鄧崇威十

孫松友十　柏順興代筆押

附新驗契一紙

江蘇省新契紙國稅廳籌備處印發事字第十二萬三千三十一號民國三年十二月投驗

說明

新繪第六圖原屬之甲

南門外安德門新置義塚契紙

主賣荒山契人劉榮壽今將祖遺民荒山一業坐落南門外安德一四圖吳家坟地方出賣與

旌德會館名下永遠執業得受杜價洋二百元餘情載明原契遵換官紙投稅

此係江蘇財政廳印發賣契官紙甯字第一萬五千八百三十號投稅時將原賣皮紙杜契附粘在上騎縫蓋有江甯縣印照錄於左

立賣杜絕荒山文契人劉榮壽今將祖遺荒山一坵坐落南門外安德門一四圖窩字舖土名吳家坟地方四址界限東至城隍廟地邊曲折直長三十三丈陸尺南至大路街邊寬十丈零九尺伍寸西至劉錫祿王義松地邊曲折直長三十七丈九尺二寸北至劉姓荒山山邊寬四丈四尺二寸中華營造尺折畝共畝五畝陸分七厘近因正用通家商議明白央中說合願將本產隨山磐產出杜賣與

旌德會館名下永遠執業當日憑中三面時値估價得杜價大龍洋二百元正憑衆契下一平兌足我劉姓親手收楚毫厘不少本山實係我祖遺己產與別房別姓無干倘有族親長幼異姓人等出爲爭執以及一切轇葛發生不清不楚情事均歸我出筆人一力承當與受買主無涉自杜賣成交後永無轇葛永斷葛籐永不增找永不回贖此係兩相情愿並非債準逼勒等情允買服賣兩無異說今欲有憑立此杜賣文契永遠存照

計附掛驗新契一紙又典主掛驗新契一紙批銷典契兩紙共四件附執

立杜賣荒山文契人劉榮壽十

憑族中叔嘉榮押

兄榮清押

中華民國八年陰歷九月二十七日

山鄰僧深　明十

王義松十

永遠存照

族　姪劉錫祿十

柏松堂十

韓福才十

憑中人僧錙中十

葛通文十

戴瘦生押

一掛驗新契　江蘇省新契紙　國稅廳籌備處印發　寧字第九萬九千一百十三號一紙　民國三年四月投驗

一典主掛驗新契一紙江蘇省新契紙 國稅廳籌備處印發 甯字第二萬九千九百五十九號民國三年五月投驗

一劉榮壽光緒三十一年典與尉遲姓塗銷典契一紙

一劉榮壽宣統二年典與劉榮根塗銷典契一紙

一又包管約一紙開列如左

立包管人劉榮壽今憑中包管到

旗德會館受買荒山一坵坐落南門外安德門一四圖甯字鋪地方土名吳家坟本山柴草打坑作堆均歸包管人權利錢粮亦歸包管人完納當日憑中言明長堆一元元堆一元五角放大二元正此外不得需索分文彼此意見不合准其雙方辭退兩無異說今欲有憑立此包管文據存照民國八年陰歷九月二十七日立包管人劉榮壽十

憑中人柏松堂十

韓福才十

說明

新繪第三圖應屬之丁

南門外新置新林市大士庵旁義塚契紙

江蘇財政廳印發賣契官紙專字第一萬五千七百九十八號

立杜賣契人能仁寺主持納子鑑中今將寺中遺產熟地壹坵坐落南門外新林市土名寺後下西字鋪地方一塊是日憑衆丈量四址界限東至丁姓熟地爲界西至大士庵基地爲界南至鄧姓田邊爲界北至郞姓山邊爲界以部頒營造尺折成六畝近因寺有正用特央中說合情愿將此熟地產業杜賣與

旌德會館名下永遠執業當日憑中證估值杜絕價計大洋一百二十元正比卽銀契兩交不欠毫厘自賣後聽憑受業主在界內扦坟下肂栽種樹木該賣主不得干預以及棺柩到山打坑作堆只取工食費外不許索取異外之分文另在別本山取土不許在界內亂挖由賣主永遠承認每年山中柴草披枝殘葉以抵完納錢糧嗣後如有外人以及長幼山鄰各姓人等爭論界址內容分晰不清或重複典售侵佔一切糾葛等事均歸出筆人一力承當與受業主毫無干涉此後永無增找永無異說均屬兩相情愿永不准囘贖并無債準逼迫情事恐口無憑立此杜賣熟地文契爲據永遠存照

中華民國九年四月二十六日　立契人能仁寺僧鑑中十

村長　丁榮發押

山鄰　鄧賢賓十

張有興十

中人　戴鶴儔押

一附推收證一紙事字第三千九百九號

說明

新繪第二圖應屬之丁

梁家山義塚契

立杜絕賣荒山穴井文契梁恆發今將祖遺原買荒山一業坐落江甯縣聚寶門外望江磯西首梁家山地方該山四至並丈尺註明契內交代東至城隍廟和尚山爲界西至梁姓爲界南至大路邊爲界北至萬里濠溝爲界今憑山隣等眼同丈量尺寸東邊上首自和尚山界起造萬里濠直下至西邊梁姓山界止計長四十四丈東邊下首自和尚山地起沿大路邊直下至西邊梁姓

山脚界止計長三十八丈上横首北至南計長二十四丈下横首北至南計長十六丈整近因正
用通家商議明白央中説合愿將此荒山寸草寸土不留罄產交代令憑隣中邀牙立契出杜絶
賣與
旌德會館　名下永遠執業以作義塚地之用當日三面言明杜絶賣價曹平八五兑紋銀三十
兩正其銀卽日憑衆一手兑足梁姓親手收楚毫厘不少銀契兩交明白自杜絶賣後聽憑買主
安葬阡井興工做墳挑挖取土草皮做場栽培樹木護影風水永無阻滯百世無更恐有栽樹木
成林自許枯枝落葉以抵錢粮之費不準倒樹尋根以及栽樹做墳均歸受主僱工出主無得異
説遵章
部例凡民間杜絶賣產契明價足日後永無增找永不回贖永斷葛籐永無異説嗣後倘有族親
長幼異姓人等爭論家務分晰不清及一切轇轕不楚等情均爲出筆人一力承當與買主無涉
此係兩相情愿允買服賣並無準債勒逼等情恐後無憑立此杜絶賣荒山穴井文契永遠存照
光緒三年六月日立杜絶賣荒山穴井文契梁恒發十
憑隣孫永興十

僧瑞齡十
傅成厚十
傅成基十
傅嘉盛十
鄧崇安十
鄧崇高十
鄧崇林十
鄧崇景十
鄧賢來十
王德貴十
憑中鄧崇順十
陳溉田
汪有成

江芝軒

江輔臣

代筆陶虹橋

僧玉田十

官牙徐瀛洲

## 附梁家山收典價字據

立收柴草典價字據人王成全原因梁恆發於未亂前將祖遺已分下土名梁家山又名劉家崖山上柴草原先當與鄧姓後贖出憑中原價轉當與身當後交付典價錢二十四千文每年山上柴草歸身家砍割作作利歷年無異今年梁恆發因正用憑中鄰將此山杜賣與旌德會館名下登界執業永遠作為義塚今梁姓將原價向身取贖身因兵燹以來離失所悞將梁姓先前典契失落無存是以身祇得憑中鄰書立收價字並申明失落原由倘此柴草典契據日後查出或落他人之手以及身家自行檢出均作廢紙無用如有異言係身出筆一力承擔與梁姓並旌德會館兩造毫無干涉恐口無憑立此收典價字為據

光緒三年七月初四日立收柴草典價字據人王成全十　鄧從盛代押

族弟　王成銀十

親　夏盛湧十

憑　隣八　鄧從山十 盛十

中人　傅嘉順十

代筆　馬廣源

收執存照

附梁家山看義塚字據

立白手代看義山文約人梁恆發今代看到旌德會館名下義塚山場一業坐江甯縣南門外望江居西首土名梁家山又名劉家崖是身承當代爲看守照應凡有栽培樹木等物以作義塚蔭庇概歸身家看養培植成林不得斫伐如有此情聽從山主議罰不敢異說恐後無憑立此白手看山存照

光緒三年六月二十日立白手看山文約人梁恆發十

憑中　鄧崇順十

孫永興十

## 附梁家山看義塚字據

立白手承看義山字人鄧賢煒今承看到旌德會館名下義塚山場一業坐落江甯縣南門外望江磯西首土名梁家山又名劉家崖身承當代爲看守照應培土栽樹以作義塚蔭庇凡樹木看養培植成林不得私自斫伐身祇得割取荒草如私自斫伐樹木聽從山主議罰另換人看不敢異說今欲有憑立此白手承看字爲據

光緒十四年冬月二十五日立白手承看義山字鄧賢煒十

憑叔鄧崇明山十

### 說明

右列梁家山義塚契據新繪第八圖原屬之丙

### 產圖

產圖之議倡於李君希白而製者爲丹徒李珍以工部尺測繪弓丈位置井然不爽惟製圖先義

塚而舊有義山不盡有契產契之載乃不能循圖之次第然執契考圖百世下固無迷失之懼矣

# 第貳圖

北　南　東　西

能仁寺地　丁姓草地　蓮花橋　安德門　藍家山　水塘　高堆坟地　荒地　鄧姓地　天　月　界　外

說明

地點坐落安德門內就彎橋地方計義山熟地三大坵公建
大菴一座現丈面積貳拾伍畝叁分柒釐菴前種樹
本熟地張徐二姓承種菴守熟地坟山僧建中看守
一菴基一坵計一畝一分四釐　一菴前熟地計二畝五分二釐
一菴後熟地 計十一畝九分　一義園坟地計八畝四分一釐
一水塘一面計一畝六分
民國八年十一月　清丈

符號

水溝　圍埂　楊柳　草房　瓦屋　磚墻

# 第叁圖

北　南　東　西

劉姓地　王姓桑地　城隍廟山脚　城隍廟　安德門　古坟　界　外

說明

地點坐落安德門官路傍該地土名吳家坟於
民國八年購買計義園一坵現丈面積伍畝[illegible]房
[illegible]屋看守坟丁劉榮壽
民國八年十一月　清丈
查該義園係
江五三堂捐資購置用特登明

尺之一分千一

100 80 60 40 20 0 100 200 300 400

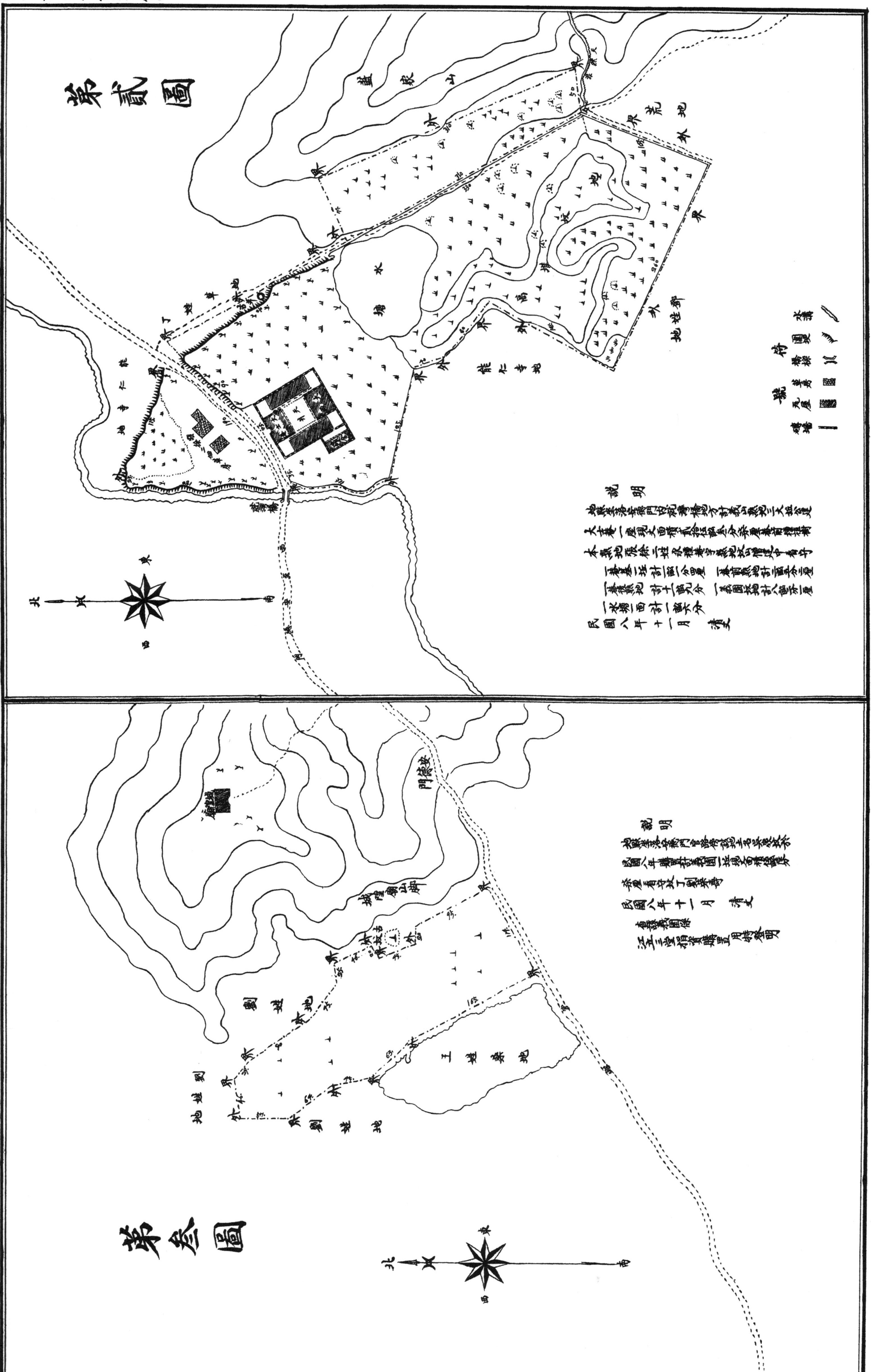

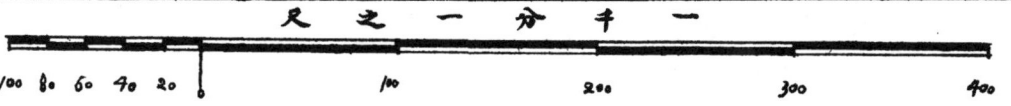

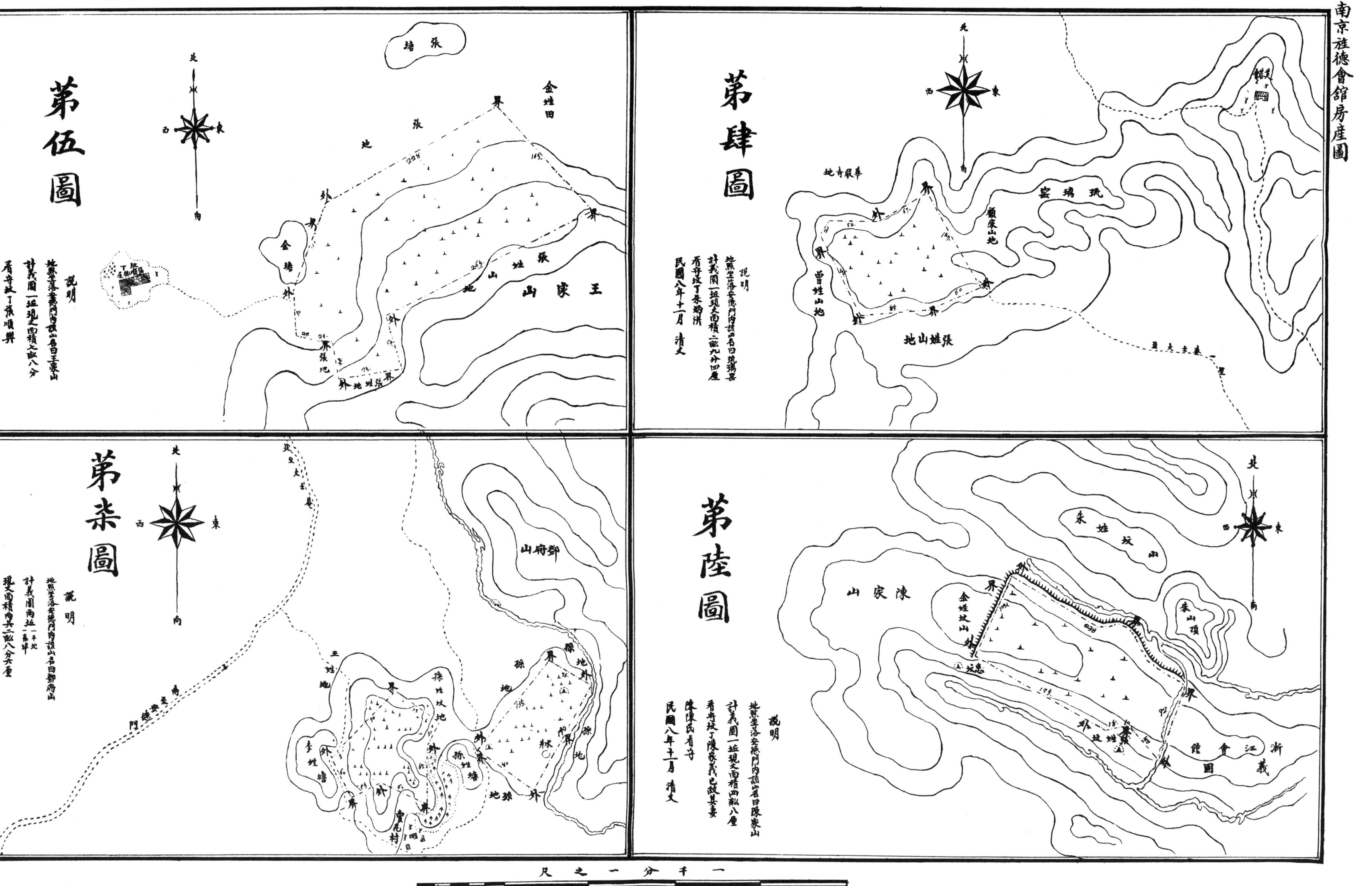
南京旌德會館房產圖
第肆圖
說明
地系坐落安德門內該山名曰琉璃蓋
計義園一塊現丈面積二畝九分四厘
看守坟丁朱炳洪
民國八年十一月 清丈
華嚴寺地
琉璃蓋
顧家山地
曾姓山地
張姓山地
第伍圖
說明
地系坐落安德門內該山名曰王家山
計義園一塊現丈面積七畝八分
看守坟丁張順興
金姓田
張塘
金塘
王家山
張姓山地
第陸圖
說明
地系坐落安德門內該山名曰陳家山
計義園一塊現丈面積四畝八厘
看守坟丁陳家義已故其妻
陳陳氏看守
民國八年十一月 清丈
陳家山
金姓坟山
朱姓坟山
朱山頂
浙江會館義園
第柒圖
說明
地系坐落安德門內該山名曰鄧府山
計義園兩塊
現丈面積共二畝八分六厘
鄧府山
一千分之一尺

# 第貳拾壹圖

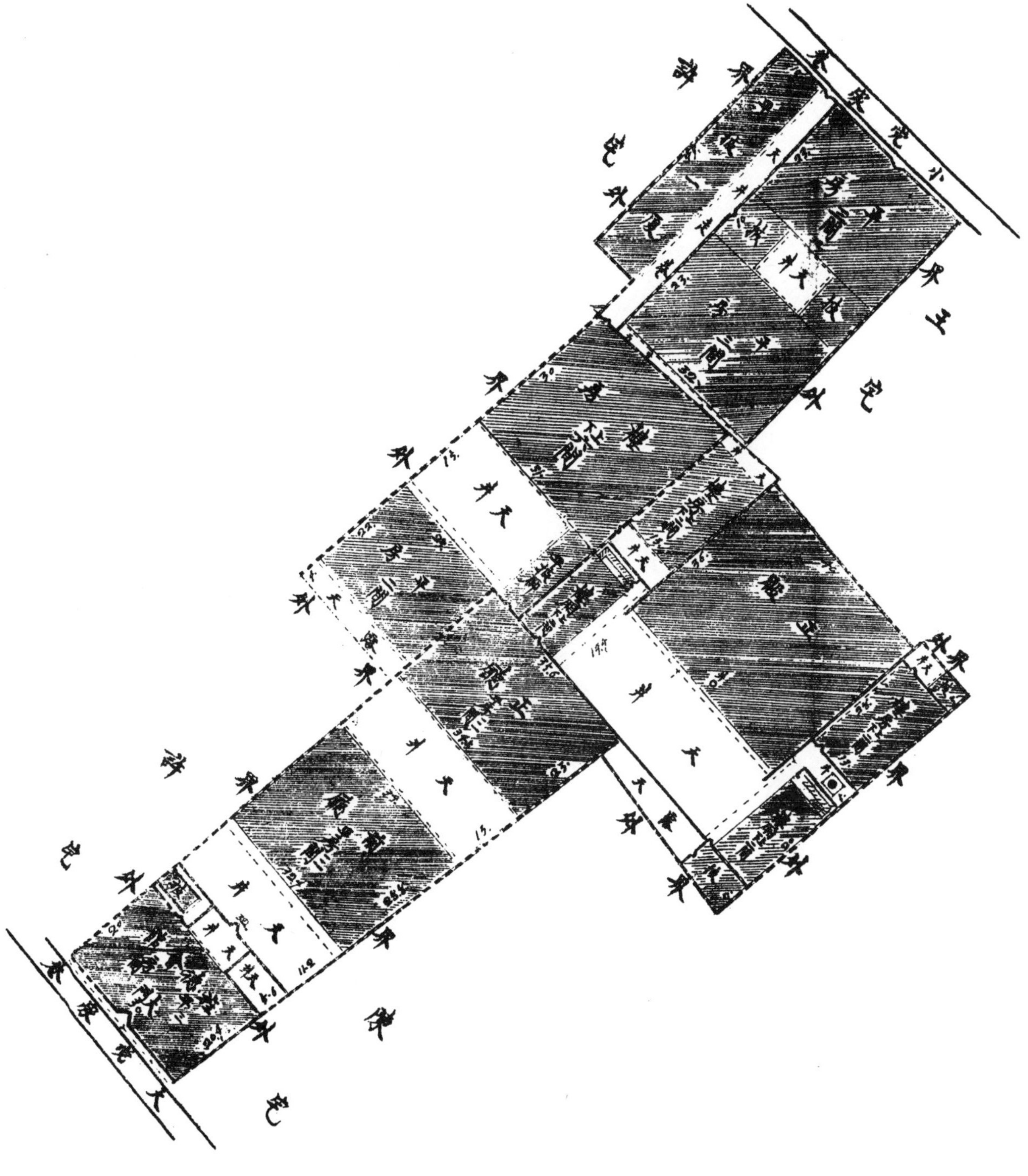

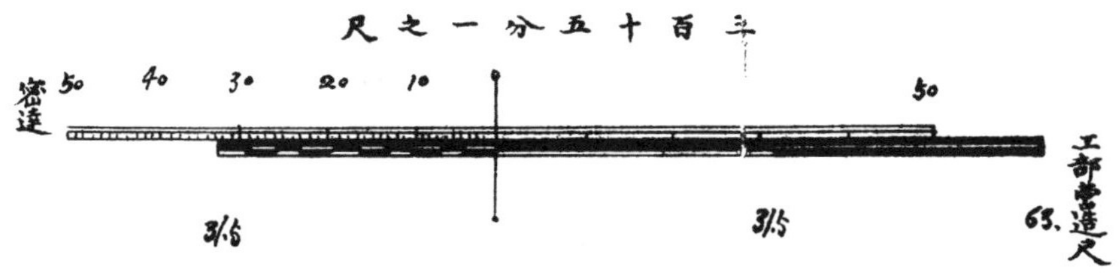

說明

地點坐落金陵城內党家巷地方

計會館大門前廳正廳平房叁進共九間 小披壹厦

前廳迎面中有照牆

會館正殿壹進 內有水井一口 樓廂二厦 上下四間

又平披一厦 正殿左右樓房上下四間 水井一口 內有照牆

西首樓房壹進上下六間 平房壹進二間 又披

廂一厦

北首平房貳進 六間 披廂二厦 又長披一厦

民國拾叁年拾壹月 清丈

尺之一分五十百三

# 第貳拾貳圖

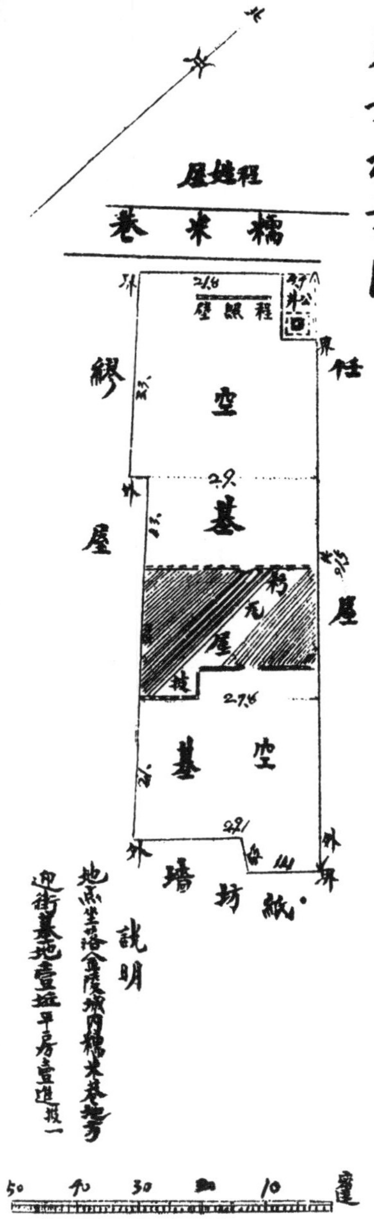

說明

地點坐落金陵城內糖米巷地方

迎街基地壹塊 平房壹進 披一

# 附跋

南京旌德會館前由旅寧先達購置市產建築會館聯絡鄉情虔祀神聖並另購義園以安亡者法良意美欽佩曷勝清光緒季年由江幹卿李希伯任蔚文三君主持館務迄今已屆二十年極端整理煥然改觀民國六年春二月李君嘱珍偕同任君清丈宗正巷義園繪圖一幅八年冬十一月復偕同李君仰超戴朱二君清丈大士巷雨花台一帶義園竹竿巷會館房產計製正幅詳圖二十幅十三年改選館董李君連任加推江君伯平任職冬十月又嘱珍偕同朱劉兩君清丈城內油市大街党家巷會館各房產復議連此兩前次計列二十二圖編為八幅均以工部尺為標準彙編成帙以垂久遠同鄉人士力贊其議印圖既成誌其始末如此

民國十四年四月

丹徒李珍謹製并識

# 南京旌德會館房產圖

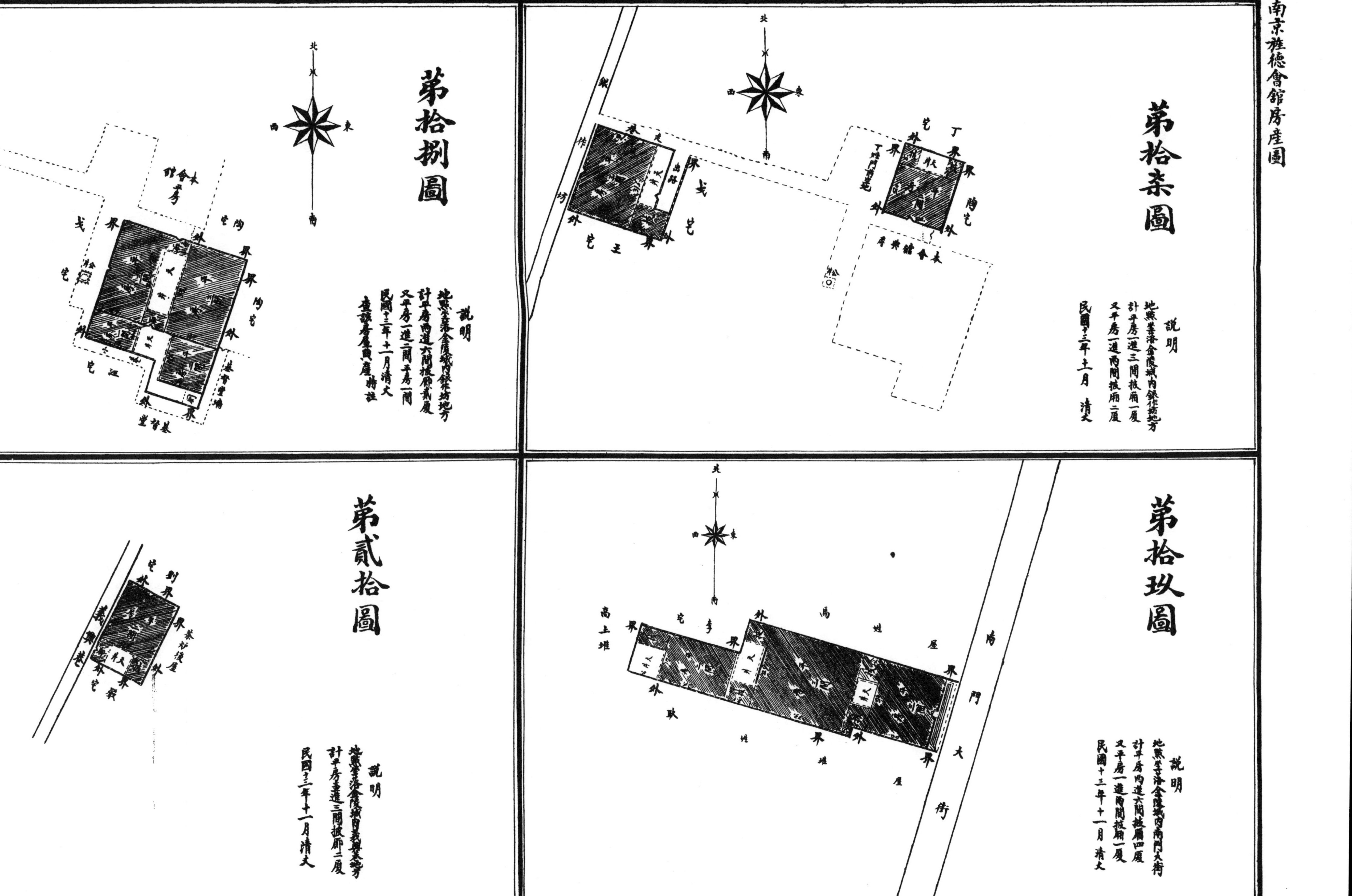
第拾柒圖
說明
地點業落金陵城內鈔作坊地方
計平房一進三間披厢一厦
又平房一進兩間披厢二厦
民國十三年十二月 清丈
第拾玖圖
說明
地點業落金陵城內南門大街
計平房兩進六間披厢四厦
又平房一進兩間披厢一厦
民國十三年十一月 清丈
第拾捌圖
說明
地點業落金陵城內鈔作坊地方
計平房兩進六間披廊貳厦
又平房一進二間平房一間
民國十三年十一月清丈
查該房屋貢廛特註
第貳拾圖
說明
地點業落金陵城內義興巷旁
計平房壹進三間披廊二厦
民國十三年十一月清丈
南門大街
三百五十分之一尺

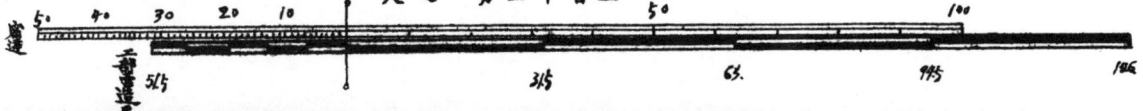

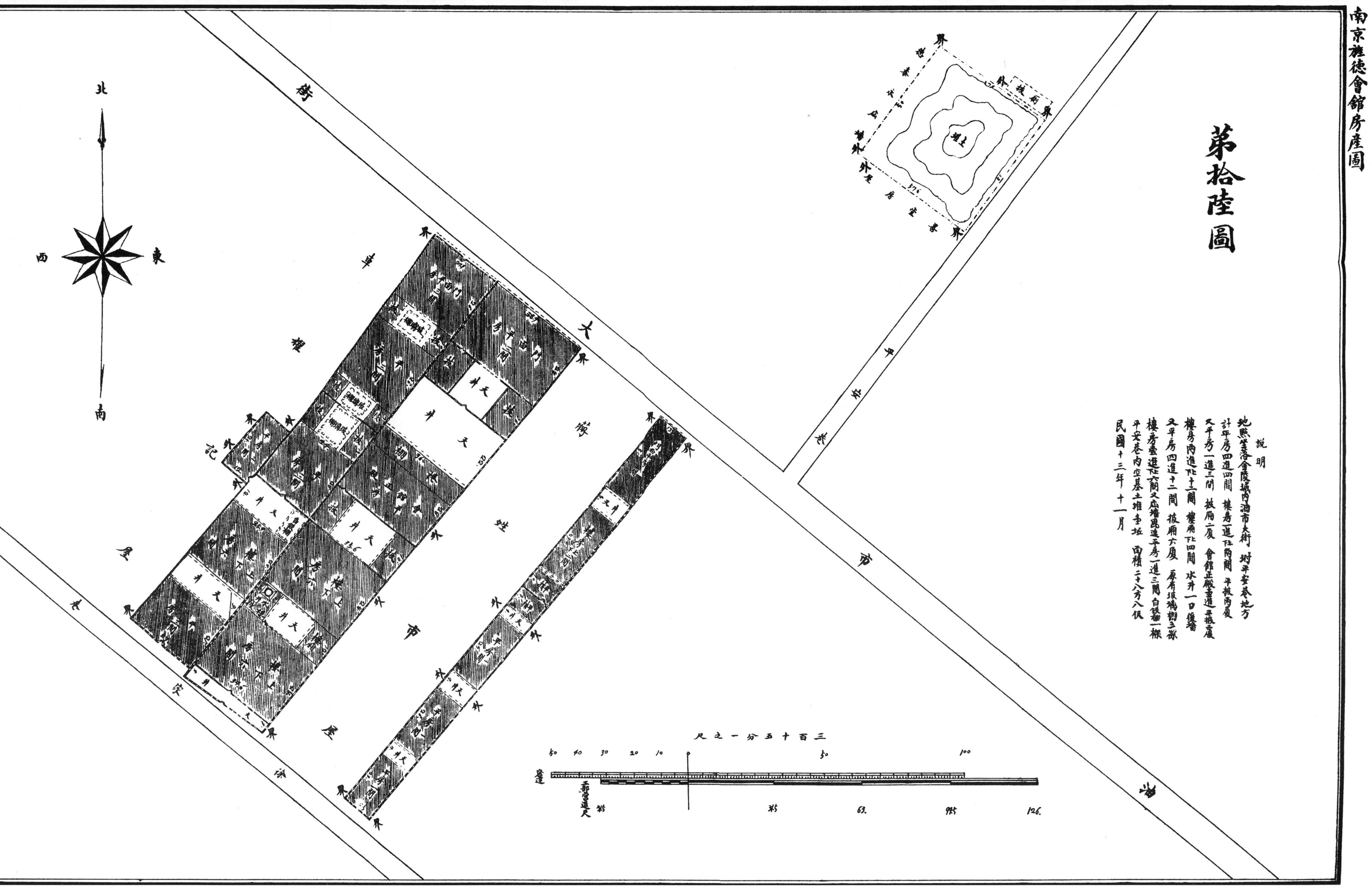

第拾陸圖
說明
地點坐落金陵城內油市大街 對平安巷地方
計平房四進四間 樓房一進上下兩間 平披兩廈
又平房一進三間 披厢二廈 會館正殿壹進 平披二廈
樓房內進上下十二間 樓厢上下四間 水井一口 後墻
又平房四進十二間 披厢六廈 原有玻璃棚三架
樓房壹進上下六間 又应墻毗連平房一進三間 白鐵棚一椽
平安巷內空基土堆壹坵 面積二十八方八仄
民國十三年十一月
油市大街
平安巷
三百五十分之一尺
營造尺
北
南
東
西

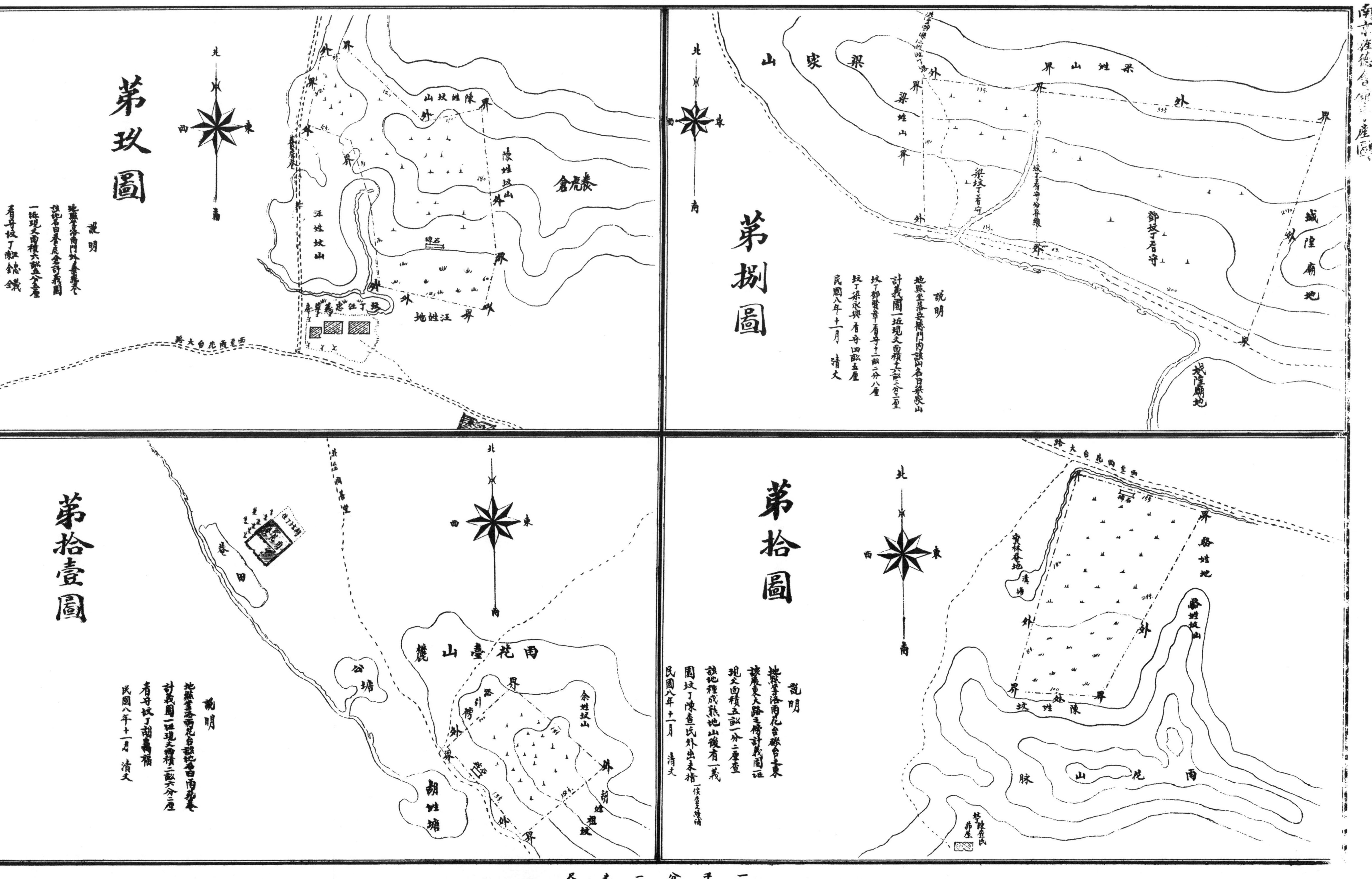
第捌圖
說明
地點坐落安德門內該山名曰梁家山
計義園一坵現丈面積十六畝三分二厘
坟丁鄧贊章看守十二畝二分八厘
坟丁梁永興看守四畝五厘
民國八年十一月　清丈
梁姓山界
梁家山
鄧坟丁看守
梁坟丁看守
城隍廟地
第玖圖
說明
地點坐落南門外春牛巷
該地名曰養虎倉計義園
一坵現丈面積六畝五分五厘
看守坟丁江忠錢
養虎倉
陵姓坟山
汪姓坟山
汪姓地
第拾圖
說明
地點坐落雨花台磯台之東
該處東大路之旁計義園一坵
現丈面積五畝一分二厘查
該地種成熟地山後有一義
園坟丁陳查氏外出未請一俟查丈續補
民國八年十一月　清丈
雨花山脉
陳姓坟
第拾壹圖
說明
地點坐落雨花台該地名曰雨花巷
計義園一坵現丈面積二畝六分二厘
看守坟丁胡萬福
民國八年十一月　清丈
雨花臺山麓
胡姓塘
公塘
余姓坟山
尺之一分千一

南京旌德會館房產圖

# 第拾貳圖

說明

地點坐落金陵城內竹竿巷地方
計樓房壹進計六間
樓廂二層計四間 平披壹層
會館正廳壹進又平房壹進三間
沿河廠岸空地壹長坵
又東首平房壹進三間
披廂壹層 迎街基地壹坵
毘連基地壹坵
又東首平房壹間 水井壹口
基地壹大坵
民國八年十一月 清丈

# 第拾叁圖

說明

地點坐落金陵城內油市大街地方
計平房兩進六間 披屋四層
披廂兩層 夾巷一条
又西首平房壹進三間
民國十三年十一月 清丈

# 第拾肆圖

說明

地點坐落金陵城內旱門橋下渡船口地方
計平房一進二間 披一層 後基地一坵
民國十三年十一月 清丈

# 第拾伍圖

地點坐落金陵城內元匠巷地方
計平房壹間
披廂壹層
民國十三年十一月 清丈

金陵全書

甲編・方志類・縣志

# 南京氣候志

（民國）

盧鋈
歐陽海 编

南京出版傳媒集團
南京出版社

# 提要

《南京氣候志》，盧鋈、歐陽海編。

盧鋈（一九一一—一九九四），又名前鋈、温甫，安徽省無爲縣無城鎮人。一九三四年畢業於中央大學地理系，入國立中央研究院氣象研究所，初任氣象觀測員，從事天氣預報研究工作。一九四三年十二月，調任浙江大學任氣象學講師，不久升任副教授。抗日戰争勝利後，曾任國立中央氣象局氣象技正和氣象總臺臺長，并任中央大學教授。新中國成立後，先後擔任北京師範大學氣象教授、中央軍委氣象局副局長、國家氣象局副局長、中央氣象科學研究所所長。盧鋈是我國早期對氣候進行分類的學者之一，也是對中國氣候最早進行全面闡述的學者之一。所著有《中國氣候概論》《中國氣候總論》《天氣預告學》《中國氣候區域新論》《太湖流域的雨量》《南京雨量日變化之分析》等篇。一九三七年所著《南京之高空》，獲史鏡清君紀念獎獎金徵文首獎。

歐陽海（一九二一—　），湖南隆回人。一九四四年畢業於浙江大學史地系，爲盧鋈先生的學生。曾任浙江大學助教、中央氣象局資料室技術組組長。一九六一年從北京調至南京氣象學院，籌建農業氣象系，曾任南京氣象學院農業氣象教研室主任。歐陽海教授是我國第一部農業情報電碼的制定人，也是我國第一部《農業氣象服務手册》的編著者，先後發表學術論文四十餘篇，與人合作出版了《二十四節氣》《中國農業氣候資源與區劃》等著作多部。其主持的科研項目『全國農業氣候資源和農業氣候區劃研究』於一九八八年獲國家科學技術進步一等獎。二〇〇四年，中國氣象學會授予歐陽海教授『氣象科技貢獻獎』。

《南京氣候志》是南京，也是我國第一部以『氣候志』冠名的著作。全書分地理環境，氣壓與風，温度，濕度、雲量及日照，降水，天氣，月令七章，書後附有『南京之氣壓』等十六表。該書以專業的眼光、流暢的文筆、翔實的資料，較早而又全面地反映了南京一地的氣候狀況，開我國城市氣候志著述的先河，在南京的科技著述中有一定的地位。書中引用了中國近代地理學和氣象學的奠基者竺可楨等專家對南京氣候研究的成果，使得該書具有全面性和權威性。

《南京氣候志》刊載於民國三十六年（一九四七）十二月南京市通志館所印行的《南京文獻》第十二號，未單獨印行。一九九一年，上海書店、南京古籍書店對《南京文獻》進行了再版，《南京氣候志》收録其中。此次南京出版社將《南京氣候志》收入《金陵全書》，豐富了叢書的門類，擴大了《南京氣候志》的流傳，佐證了南京這座城市在全國文化科技領域的領先地位。原書版框尺寸爲横長九十六毫米，縱高一五二毫米；現擴爲横長一一八毫米，縱高一八〇毫米。

王明發

南京氣候志

目錄

# 南京氣候志

盧鋈 歐陽海編

## 第一章 地理環境

一地氣候幾全受制於地理環境。舉凡緯度之高低。山川之起伏。距海之遠近等地文因子。莫不足以影響其他氣壓風向溫度降水等要素。是論南京氣候。須先明悉南京之地理環境。

南京位江蘇省西部偏南。居長江下游。當北緯32度3分。東經118度47分。北接華北大平原。南鄰東南沿海邱陵地。西帶長江。東距海岸三百餘公里。四周無崇山峻嶺。即城東鍾山之最高峯。亦不過442公尺。是以冬夏季風均可暢通無阻。而南京冬夏更替亦因是而益顯著。就氣候分類言。南京氣候應屬副熱帶季風氣候。冬季寒冷少雨雪。夏季溽暑多陣雨。全年溫度與雨量之變化均視海陸季風之更迭爲轉移。

## 第二章 氣壓與風

### 第一節 氣壓

（一）平均氣壓及年變化（附表一）

南京氣壓表。設置高度爲67.9公尺。平均氣壓爲756.49MM。如除去高度之影響。（卽施以高度訂正。）則爲762.61MM。頗與海平面標準氣壓相近。冬季半年（十月至三月）之六個月。平均氣壓均較年平均爲高。而夏季半年（四月至九月）之六個月。則較之爲低。全年中以一月765.56MM爲最高。七月747.11MM爲最低。相差18.45MM。一月以後遂漸降低。而以五。六月降低最速。平均約七月以後遂漸升高。而以八九月升高最劇。達5.8MM。此顯由風向轉變所致。蓋八月猶屬東南季風時期。及進九月北方高氣壓漸漸露跡。風向已由夏季轉爲冬季風。氣壓因之猛增。五六月間情形反是。其最高與最低月之出理與東亞之一般情形以一月爲最高。七月爲最低。完全相同。以每候平均氣壓言。一月廿日至卄五日之一候爲最高。七月五日至九日之一候爲最低。前者値大寒第一候。與溫度最低同時。後者値小暑第一候。與最熱期相近。

（二）氣壓之日變化（附表二）

南京氣壓之日變化。據1928—1935年八年之平均。最高點。次高點發生於上下午十時。計757.56MM及756.99MM。最低點與次低點發生於上下午四時。計755.77MM及756.43MM。此與一般氣壓日變化之情形頗相符合。日間較差1.79MM。較大於夜間較差0.56MM。此乃日間受熱力之影響較大之故。若據1935年冬夏之情形觀之。日間最低點七月較一月落後兩小時。夜間之次高點七月較一月提前一小時。蓋亦熱力之影響也。七月日出較一月爲早。日落較一月爲遲。熱力平衡之時間因之發生提前與落後之現象　氣壓因是亦有提前或落後之現象。

（三）氣壓之極端値

平均最高氣壓出現於一月。計765.56MM。平均最低氣壓出現於七月。計747.11MM此無疑係受温度之影響。極端最高氣壓見於1933年1月13日。計779.55MM。參考是年紀錄全國大都奇寒。西伯利亞氣團特盛。此一最高。乃受北方寒潮南侵之賜。極端最低氣壓見於1932年5月24日計736.2MM。爲春季颱風過境所致。

## 第二節　風

### (一)風向(附表三)

風之運行。乃受制於氣壓梯度及地球自轉偏向力。南京地形簡單而風向儀又置於北極閣氣象台之巔(拔海87.5M)。四周空曠。故地面之干擾不大。試觀全國一月。四月。七月。九月等之壓線圖(註一)。一月份南京位蒙古高壓之東南。應多北風或東北風。四月份位一小高氣壓之西。應多東風或東南風。七月位於北太平洋高壓之西。應多東風或東南風。九月份位大陸高氣壓之東南。故應多北風或東北風。總括言之。南京冬季半年均在大陸高壓之東南。夏季半年均位一小高氣壓或海洋高壓之西。故冬季半年應多偏北向之風。夏季半年應多偏南向之風。查表三。頗與理論相符。(附表四)

如以12。1。2三個月爲冬。3。4。5三月爲春。6。7。8三月爲夏。9。10。11三月爲秋計之。吾人可知。(一)四季之更迭顯著。冬季偏北風向多於夏季。夏季偏南風向多於冬季遠甚。(二)正西向風極少。此氣壓分佈所致也。(三)無風與不定風向之頻率極少。因所處位置四周平坦空曠所致。

### (二)風速(附表五)

南京因地勢平坦。四周又無高山阻隔。故風力頗強。最大之三月風速。達每秒5.8公尺(合蒲福氏風級4級左右)。最小如九。十兩月亦達每秒4.4公尺(合蒲福氏風級3級左右)。綜觀全年風速。春季最大。夏季次之。冬季又次之。秋季最小。春季三月風力最大之因。不外（一）此時為由冬入春之過渡期。亦卽冬夏季風競爭劇烈之際。氣旋過境特頻。（二）太陽逐漸北移。地面溫度漸增。而高空仍保持寒冷狀態。垂直之溫度坡度增大。空氣不穩定。亦有助於空氣之水平流速。秋季九十月風速最小之原因。蓋以此時西伯利亞高氣壓與印度低氣壓之間，有一局部高氣壓發生於長江下游，其氣壓坡度甚小，同時秋季地面冷却。溫度之直減率小。空氣穩定。故風力至微。夏季大於冬季者。乃對流作用之影響。其理略同前述。

據歷年來之記錄極端最大風速。不見於春季。而見於夏季。最大見於1934年7月1日達39.9MIS次大見於同年8月16日達35.7MIS前者因雷雨之過境而起。後者為華南局部低壓之攝引日本海高壓南下。以致狂風大作。而造成歷年來第二絕對記錄。

（註一）竺可楨　中國氣流之運行　氣象研究所集刊第四號

盧　鋈　中國氣候圖集　中央氣象局

## 第三章　溫度

（一）年平均溫度　年較差　極端值（附表六）

南京年平均溫度為15.3°C。七月最高27.7°C。一月最低2.2°C。年較差25.5°C。月平均溫度在攝氏廿度以上者有五個月（五月至九月）。在十度至廿度。之間者有三個月（四。十。十一月）。其副熱帶之色彩甚濃．若與緯度相近之各地相比較。則顯見冬太冷夏太熱。京滬相距僅三百餘公里。然因上海近海。受其調劑。冬較溫暖而夏較涼爽。薩凡那位美國東部喬治亞（Georgia）省之東端。瀕大西洋。亦屬副熱帶氣候型。然以歐亞大陸遠非北美可比。故美國東南部季風氣候之程度上。亦不如中國之極端。薩凡那夏季溫度與南京相去無幾。而冬季溫度則較南京高出五．六度或七。八度。薩凡那冬季之特暖。除近海洋與冬季風較弱二因外。更因是時有墨西哥灣暖流掠經之故也。日本九州島西岸之熊本、夏季溫度較南京稍低。冬季溫度較之稍高。最高溫度延至八月。此亦受海洋調劑之賜也。

南京溫度之年較差，固較上述各地爲大。即較僻居長江上流之重慶亦高出甚多。重慶溫度以八月最高29.2°C。一月最低8.8°C年較差20.4°C。年較差較大亦即大陸度較大。此似與理相悖。然吾人可覓出數因加以解釋。（一）地形之影響。秦嶺山脈蛇蜒川陝邊境。高達三千公尺。漸東則逐漸降低。據南京北平高空觀測之結果。知冬季風及三千公尺之機緣甚罕 而南京北接華北大平原。是以長江中下流常受西伯利亞冷氣團之影響。而僻處內陸之川濵各地反得免於波及、即或入侵亦因發生凝結後再行下沉而增暖。故重慶冬季溫度特高，（二）雲量的關係。「蜀犬吠日」。人所共知。一地雲量之多寡對溫度之影響頗大。雲量固可阻日射之達地。然亦可阻地面熱量之發散。四川冬季溫度之高此亦重要原因。南京冬季天氣晴朗之日居多。夜間溫度往往降至極低。故冬季奇寒。夏季風之高度較大。影響範圍自亦較廣。而四川爲盆地地形。夏季風入川有焚風之作用。南京則因地近海洋。空氣潤溼。故二地均甚溽暑。二地年較差因是竟相差5.1°C矣。茲將二地溫度比較於下。

| | 1 | 2 | 3 | 4 | 5 | 6 | 7 | 8 | 9 | 10 | 11 | 12 | 平均 | 年差 |
|---|---|---|---|---|---|---|---|---|---|---|---|---|---|---|
| 南京 | 2.2 | 3.7 | 8.6 | 14.5 | 20.3 | 24.4 | 27.7 | 27.5 | 22.8 | 17.2 | 10.6 | 4.6 | 15.3 | 25.5 |
| 重慶 | 8.8 | 9.9 | 14.3 | 21.7 | 23.0 | 25.6 | 28.2 | 29.2 | 23.3 | 18.3 | 14.7 | 10.2 | 18.9 | 20.4 |

再由氣候學上。決定海洋性與大陸性氣候之大陸度與溫差商數（一）觀之。知南京雖屬海洋性氣候。然其程度並不深。其大陸度已達48。秋溫高出春溫亦不多。溫度之最高與最低月份又無落後之現象。此完全因爲歐亞大陸面積遼闊。受大陸之影響甚巨之故。

歷年南京平均溫度爲15.3°C。其間以1935年爲最高。計16.1°C。以1910年爲最低。計14.7°

C。最高年與最低年平均相差不過1.4°c。於此可見南京之溫度逐年變化甚微。平均最高溫度爲20.5°c。七。八兩月均在30°C以上。平均最高溫度爲11.2°C。一。二兩月均在0°C以下。或以每日溫度言。其嚴寒日（日平均溫度在0°C以下者）有17.5日。凍日（最低溫度在0°C以下者）竟年約58.1日。炎日（平均溫度在30°C以上者）有15.5日。酷熱日（最高溫度在35°C以上者）亦有18.5日。極端最高溫度見於1934年7月13日。高達43°c。極端最低見於1933年1月27日。僅－13.8°c。南京氣候之極端。於此可見一斑矣。或以每候平均溫度言。歷年來雖有低至－5°C以下者（1922年1月16—20日之候爲－5.8°C。1920年1月6—10日爲－5.5°c。1933年1月26—30日爲－5.2°c）亦有高至30°c以上者（1926年8月9—13日爲32.1°c。1932年7月20—24日爲32.4c、1934年7月30日至8月3日爲32.2°c）。但就1926—1935年之平均每候溫度觀之。則南京之每候平均溫度既無低於0°c亦無高於30°c者。副熱帶氣候之表徵於此益顯矣。又南京各候之平均溫度。以一月廿一日至廿五日爲最低。適值大寒一候。以七月十日至十四日及七月卅日至八月三日之二候爲最高。恰當小暑一候及大暑二候。極冷極熱之時期與節氣名稱。甚相符合。（附表七）

## （二）四季之長短

氣象學上爲求統計之簡便起見。往往以三。四。五三個月爲春。六。七。八月爲夏。九。十。十一月爲秋。十二。一。二月爲冬。當事實上與之不謀之處屢出屢見。是以張寶堃先生有創以每候之平均溫度爲分季之標準者。卽以五日爲候。每候平均溫度在十度至廿二度者爲春季秋季。廿二度以上者爲夏季。十度以下者爲冬季。據此觀表七。則南京之春季始於三月十七日。夏季始於五月廿一日。秋季始於九月廿二日。冬季始於十一月廿七日。如與北平上海之四季相比較。則南京春之開始早上海十天。早北平半月。其終南京早上海廿天。早北平五天。若與位居長江上流之重慶比較。則南京之春秋較重慶遲。而冬夏則較重慶早。玆將三地與南京緯度相近之熊本之四季長短列表如后：

| | 春 | 夏 | 秋 | 冬 |
|---|---|---|---|---|
| 南京 | 65 | 125 | 65 | 110 |
| 北平 | 55 | 105 | 45 | 165 |
| 上海 | 75 | 105 | 60 | 125 |
| 重慶 | 84 | 139 | 83 | 59 |
| 熊本 | 85 | 100 | 60 | 120 |

觀表可知春以重慶。熊本爲最長。上海。南京居間。北平最短。冬則反是。重慶因北有秦嶺大巴諸山以爲北來寒潮之屏障。故春之來早。冬之去也速。上海。熊本因地處海洋。故春來春去略遲。南京北無高山之阻。又距海較遠。故較重慶相差甚遠。而較上海亦稍遜。北平因緯度較北。大陸性程度較高。故春季最短而冬季最長。

（三）生季之久暫

稻作物之生長。須其地有五個月之平均溫度在20°c左右。考南京之溫度甚適於種稻。故成稻米之主要產地。農業上之所謂生季。乃指終霜以後初霜以前之時期。簡言之卽無霜期。南京終霜日平均在三月廿日。初霜日在十一月七日。無霜期約當初春至秋末之一段時期。凡233天。較上海少18天。較南通少20天。較北平則多51天。上海。南通年平均溫度較南京低而無霜期反較長。此亦顯示上海。南通所受海洋調劑之功效較大也。

（1）大陸度（Continentality）$=\frac{\text{年較差}}{S'\phi}$　（$\phi$＝緯度）

溫差商數（Thermal Qwotient）$=\dfrac{\text{秋溫}-\text{春溫}}{\text{大陸度}}$

## 第四章　溼度　雲量及日照

### 第一節　溼度

（一）絕對溼度　絕對溼度之大小與溫度之高低成正比例。故通常以夏季爲最大。冬季爲最小。南京全年平均絕對溼度爲11.12 MM。以七月21.84MM爲最大。一月3.92MM爲最小。其極端最大見於1934年7月24日之29.74MM。極端最小見於1934年1月20日。僅0.61MM

（二）相對溼度　在同一絕對溼度之下。相對溼度之大小與溫度之高低成反比例。即溫度升高相對溼度減小。溫度降低相對溼度反而增大。故通常以冬季爲最大。夏季爲最小。南京相對溼度年平均爲74%。全年中以十二月之78%爲最大。十月之67%爲最小。其最低點不見於夏季而見於秋季者。蓋南京夏初東南季風勢弱。不敵東北寒流之南侵。低氣壓常常出現。因以釀成曠日持久之梅雨。陰溼異常。相對溼度特大。盛夏之時對流強盛。雷雨時作。夏杪則又多颱風雨。溫度之增高不及水氣增多之速。而秋季十月西伯利亞高氣壓已甚發達。自西北沙漠而來之空氣。秉性乾燥。且此時長江下流有一局部小高氣壓盤據其間。空氣多係下沉。溫度增加。相對溼度因之降低。是以南京秋季天高氣爽。而爲一年中最宜人之時期。（附表八）

### 第二節　雲量及日照

南京年平均雲量爲6.7。一年中雲量之變化大抵冬少而夏多。六月梅雨當令。雲量最大。計7.6十月天高氣爽。雲量最小。僅5.7。此與重慶之雲量以冬季最多。夏季最少之情形適反。南京日照全年平均共得2103小時。七月日照最多。得242.7小時。十二月最少。僅116.4

小時。約合七月二分之一。但在不同季節中。因太陽高度不同，白晝之長短各異。夏季大陽在北半球，其高度較大。白晝較長　日照因之增多。冬季太陽移至赤道以南。高度減小。白晝較短。日照時間自隨之減少。是以比較各月日照之長短。不能用其絕對日照數。氣候學上所謂日照百分率者，即一地之實際日照時數與該地所處緯度之可能日照時數之百分比。據此則南京以十月之日照百分比爲最大。計58%。十二月最小。僅37%梅雨季之六月亦爲顯著之地點。是亦與雲量之多寡大致成正比例。（附表九）

## 第五章　降水

### （一）年平均及月平均降水量（附表十）

南京全年降水總量平均977.6mm。全年中以七月爲最多。計182.6mm。十二月爲最少，僅36.3mm。約合七月雨量五分之一。四月爲一次高點。得雨96.9mm。七月最高之成因有二：（一）七月上旬猶未出霉。故多梅雨。（二）出霉以後温度驟增。對流旺盛。多熱雷雨。四月多雨著乃是月西怕利亞高氣壓遂漸衰微日本高氣壓漸開端倪同時印度支那低氣壓極形活動。因是氣旋頻至。雨量豐沛。所謂江南三月爲迎梅雨　五月爲送梅雨。陰曆三月。五月即相當於陽歷之四月。六月。南京四月之雨即係迎梅雨也。如與緯度相近之各地比較，則南京雨量殊見稀少。玆例表如下：

| 地＼時 | 1 | 2 | 3 | 4 | 5 | 6 | 7 | 8 | 9 | 10 | 11 | 12 | 年 |
|---|---|---|---|---|---|---|---|---|---|---|---|---|---|
| 南京 | 37.9 | 46.3 | 61.9 | 96.9 | 78.5 | 156.4 | 182.6 | 111.3 | 83.1 | 45.2 | 41.1 | 36.3 | 977.6 |
| 上海 | 49.3 | 58.8 | 84.2 | 92.9 | 93.9 | 177 5 | 146.6 | 143.2 | 129.8 | 71.9 | 50.2 | 35.6 | 1132.9 |
| 薩凡那 | 74.4 | 69.9 | 89.2 | 69.1 | 85.9 | 133.6 | 165.3 | 95.8 | 137.2 | 75.9 | 53.8 | 76.7 | 1226.8 |
| 熊本 | 64.9 | 70.2 | 131.2 | 161.3 | 166.4 | 368.4 | 313.4 | 162.6 | 172.8 | 111.6 | 69.8 | 58.4 | 1851.1 |

由上表可知南京雨量大半得之於夏季春季。夏季六。七。八三個月之雨量佔全年46.1%。春季（三。四。五月）佔24.3%。秋冬兩季合之猶不及百分之三十（秋季佔17.3%。冬季佔12.3%。）薩凡那夏雨佔40.3%。春雨佔19.9%。熊本夏雨佔45.6%。春雨佔24.7%。二地夏雨在全年中所佔百分率均較南京爲小。此殆由於南京夏季六。七。八月之氣壓特低及大陸性氣候較顯著之故也。若依盧温甫氏「中國氣候概論」一文中之雨量分類。則南京雨型應屬之於長江下游類。

比較各月之乾溼。須視各月之降水相對係數（Relative Plwsrometorischen Coefficient）（註二）之大小而定。此係數大於1者爲溼月。小於1者爲乾月。觀表十。南京4.6.7.8.9.五個月爲溼月。其餘七個月爲乾月。其中以七月爲最溼。十二月爲最乾。總括言之。夏季較冬季溼。春季較秋季溼。

（二）降水量之變率

雨量爲氣象因素中變遷最劇烈者。其與農林水利之影響亦至大。雨量失期或過多或過少。均可致旱潦之災。故研究一地之氣候對其降水變率應特加注意。南京三十二年來平均雨量爲977.6mm。最多年（1915年）1621.3mm。最少年（1913年）576.2mm。約爲三與一之比。（附表十一）

南京降水之年變率爲19.3%比任何月爲小。此乃當然之結果。蓋時間愈長正負相消之可能愈大故也。全年中以秋冬爲最大。夏季次之。春季最小。秋冬雨量不可靠者。乃受寒潮之影響。寒潮近退無定時。其勢亦不均一。故其降水量之多寡亦不一致。春夏季水雖均以氣旋爲主。然秋季雷雨與颱風雨之成分較多。故夏季降水變率雖較秋冬爲小。而較春季却約大一倍。涂長望氏曾將南京春。夏雨量加以分析。測得春季雨量中83.8%爲氣旋雨15.3%爲雷雨。

0.9%爲颱風雨。夏季雨量中氣旋雨佔81.6%。雷雨佔10.3%。颱風雨佔8.1%。春、夏降水變率之差。自此更可得一證明矣。

（三）降水之日變化（附表十二）

我國因位居溫帶。氣旋頻仍。故降水之日變化普通均不甚顯著。南京降水一日中有二高點及二低點。最高點在午後六時。次高點在晨八時。最低點見於子夜一時。次低點見於正午十二時。午後最高點乃對流與氣旋兩種作用而成。早晨之次高點則純爲氣旋所致。此與地形崎嶇之西南山地之以清晨最多午後最少之情形適反。今以北碚爲例（1941年紀錄）（MM）

| 2 | 4 | 6 | 8 | 10 | 12 | 14 | 16 | 18 | 20 | 22 | 24 |
|---|---|---|---|---|---|---|---|---|---|---|---|
| 11.9 | 14.9 | 24.1 | 7.6 | 8.5 | 8.6 | 5.1 | 4.6 | 2.6 | 3 | 8.7 | 13.8 |

其降水之日變化。卽與海洋性氣候相似。降水多集中於子夜至清晨。最高點出現於早晨八時。此蓋北碚位於四川盆地中。冷氣團經此。以地形關係。常充塡其間。不易外洩。而形成一斜坡。當暖氣團北進時。滑行其上。成一顯著之暖面。暖面雨之日變化。卽以清晨最高午後最低也。

（四）各種風向與降水量及降水可能性之關係（附表十三。十四）

自上二表可知：（一）南京風向。四季之更替。雖十分顯著。然降水與風向之更替。却無多大關係。全年中不論冬。夏。降水量與降水可能性。均與偏北風向關係密切。降於偏北風向之水。幾佔全年總量之50%以上。降水之可能性。亦以偏北風向爲最大。此蓋南京地形簡單。境內既無高山。四周又與平壤相接。冬季雨雪降於北風起時固屬理所當然。卽夏季南風（SE.S.SW）所挾水氣雖豐。然若無他力推動。仍不能致雨。必待有北方氣流下切之時。南方暖氣團被迫抬高。始能凝降成雨。地面爲空冷氣所佔。換言之。降水多屬冷面。冷面後之風多偏北也。由此可證地形雨在南京極不重要。氣旋雨不論冬夏均居首位。（二）在風向不定或風力平靜之時。降水量與降水可能性均極少。惟在夏秋雨季。無風時之降水可能性稍大耳。此蓋南京無風。或風向不定之機緣本不多。而南京又少地形雨。是以降於無風或不定風時之雨亦小。

（五）降水性質

各季降水性質可由降水頻率　降水強度。雷雨日數及氣旋次數推測之。降水強度與雷雨日數關係密切。降水頻率與氣旋次數息息相關。南京七月雷雨日數最多。故降水強度。亦以是時為最大。十二月雷雨幾乎絕跡　故降水強度亦為一年中最弱之時。南京降水頻率。以夏季為最大、春季次之。秋冬最小。此與氣旋頻率之季節變化完全吻合。由此可知南京降水春。夏以氣旋為主、雷雨為次。秋冬則以寒潮為致雨之主因。

氣旋雨通常多連續不斷。勢緩量微。然以南京地近海洋。地勢平坦。故除春季夏季風始盛。空中水氣稀少。氣旋頻發。較呈連綿狀態外。餘多量豐而逝易　觀量別降水日數表。知夏季六、七、八三月之雨日多在15mm以上　秋冬雨量。多為寒潮所賜。寒潮入侵。勢多突然。然以滯於本地之空氣。所含水氣不豐。故除九月偶為颱風侵襲。而致大量降水外。餘多不超過40mm以上　據歷年統計。南京全年雨量13%屬熱雷雨。4%屬颱風雨。83%屬氣旋雨。寒潮所致之降水。幾不佔地位。（附表十五）

（註二）降水相對係數＝月降水量÷（每日平均降水量×本月日數）

## 第六章　天氣

南京每年平均晴天約68日、曇天119.9日。陰天177.4日。雨天124.1日、晴曇合計187.9日。與陰天各約佔全年總日數之半。晴天以六月為最少、十一月為最多。陰天則六月為最多。十月最少。此與梅雨季節及秋高氣爽之時期相符 故久居南京者 均有梅雨惱人。秋氣宜人之感。

南京霜日頗多。平均每年共得39.1日。始於十月。終於三月 雪日全年僅得11.5日。較霜日遲見遲去各一月。此乃地面受熱與輻射均較 氣為速之故也。霧日年平均約2.7日。秋冬多於春夏。蓋大陸上秋 冬多輻射霧也。

雷雨日數。年平均約20日。全年中以七月為最多。計5.5日。十二月為最少。僅0.1日。蓋七月日射強。對流旺熱。雷雨較多之故也。

烈風日數全年共31.2日。以春季三個月為最多。秋季為最少。理由已見前。故不贅述。黃沙為大風攜至。故黃沙日數亦以春季三月為最多。其最低不在秋季而在夏季者。乃夏季雖有大風。然其風來自海洋。海洋空氣較為澄清之故也。（附表十六）

## 第七章 月令

一月 本月為南京最冷時期。月平均溫度為2.2°c，1933年1月27日 曾降至—13.8°c 是為南京三十年來之最低記錄 平均氣壓為765.56mm為各月中之最高者，絕對溼度最小。平均3.92mm相對溼度平均76%有霧。有霜及有雪日數均多最多 有霜日數竟達11.4日。佔全月總日數三分之一以上。由此可見本月大氣多為反氣旋所控制也。風向多北或東北，合之約佔全月風向百分之五十以上。風速列各月最小之第二位。僅 4.6MIS 是月下旬臘梅始花。下旬迎春始花。

二月 本月平均溫度為 3.7°c 較一月較高，較十一月略低 仍為南京之寒冷時期。風向仍以北，東北居多。惟頻率稍減。風速增強超出年平均值。而列各月最大之第四位，本月中旬 春梅盛開

三月　本月上半月猶有冬日氣象。至下半月則桃紅柳綠。草木萌動。已漸開春景之端矣。平均終霜日。在本月十九日。春則始於月之十七日　全月平均溫度爲8.6°c較上月高出4.9°c。較十一月則低2°c。相對溼度大減。平均69%　而位各月　小之第一位　此乃溫度增高之故也　風力增強。平均風速達5.8MIS爲各月之最小者　風向漸轉東南。其頻率增至19.8%已足與東北風(18.1%)相頡頏。足徵是月爲冬。夏季風競爭最烈之時期。因風力特強。故黃沙日數亦以是月爲最多　平均4.7日。

四月　本月平均溫度爲14.5°c較上月增高5.9°c　較十月略低2.7°c。由此可證南京之海洋性並不顯著　本月因冬。夏季風常激盪此間。故氣旋迭至。氣旋之多爲各月冠。風力仍強平均風速爲5.4MIS。與七月同列全年平均風速最大之第二位。風向多爲東及東南風。北及東北風已大形減少。雨量漸豐。共得96.9mm較上月多二分之一。霜雪均於本月上旬絕跡故稻作約可於是時開始。本月以天氣溫和。適於育蠶。故有蠶月之稱。鄉民於農作之餘。多兼事養蠶　本月上季桃花紫荊花盛開。燕始見　中旬柳始花。下旬黃鶯始見

五月　本月上中兩旬。猶存春季天氣　下旬則開始入夏。月平均溫度升至20.3°c。雨量較上月稍減。不足18.3mm，蓋本月西伯利亞高氣壓之形式微。日本高氣壓逐漸擴張。但前者尚有自北南下之勢力。後者尚無固定性。西南低氣壓　遂得時有長趨東北之機會之故也。本月南風堪稱極盛。東。東南風之頻率。合計約佔全月風向50%。是月石榴始花。櫻桃楊桃實熟。布穀鳥鳴。

六月　本月雨水豐沛。陰溼逾常。降水量爲156.4mm。較上月約增加一倍。而居雨量最多之第二位。此蓋由於本月中旬以後梅雨當令之故也。陰天日數與平均雲量。均爲全年中之最多者。晴天日數。以本月爲最少。風向以東。東南居多。佔13.7%。本月上旬梧桐始花。中

旬石榴花。開。下旬蟬始鳴。

七月　月平均溫度27.7°c。為全年最熱之月。平均最高亦最大。與八月同為32.6°c。歷年來極端最高溫度。亦發生於1934年7月13日達43°c。雨量豐沛。亦為全年各月冠。平均為182.6mm　雷雨較多　平均5日　風向多偏東南。風速平均5.4MIS居各月最大之第　位。絕對溼度最大（21.84mm）。平均氣壓最低。（747.11mm）。太陽輻射最強。眞可謂炎風暑雨盛夏當令也。

八月　本月炎威如故。溽暑蒸人。惟其極度不若上月之甚。平均溫度為27.5°c。與上月相較伯仲之間耳。雨量較六七兩月為少。而居雨月之第三位。太平洋中之颱風。以此月出現之次數為最多。颱風常挾霖雨涼風以俱來。故當此盛夏。頗受歡迎。風向仍以東。東南風為最多。風速則大減。平均僅4.6MIS。

九月　本月風和（風速為全年最小。僅4.4MIS）氣平而為一年中最寧靜之時期。月初二旬。炎威已殺。暑氣漸退。下旬金風薦爽。暑氣潛消。秋季於是時開始。平均秋季。始本月二十三日。全月平均溫度為22.8°c。列月平均溫度最高之第四位。雨量較前月大減　風向開始轉為東北。是為夏冬季風之更替時期。是月丹桂飄香。石榴報熟。梧桐子落。寒蟬始鳴。初秋天氣開始入序。梨柿佳果亦先後應市矣。

十月　本月平均溫度為17.2°c。較四月稍高雨量平均45.2mm。僅及四月之半數。風向以東北風頻率為最大。佔15.7%。風速與九月同為4.4MIS　為各月中之最小風速。日照百分比最大。約58%。相對溼度67%　陰天日數11.4日。雲量[illegible].7。均為各月中之最小者　故風和日暖。天高氣爽　堪稱一年中天氣最佳之月份。風向仍以東北風居多　最早初霜日始於是月上旬梁燕南歸　中旬鴻雁北來

十一月　本月平均溫度爲10.6°c　較上月驟低6.6c爲逐月溫度變差之最大者。就天氣言。與上月差相彷彿。如相對溼度69%。雲量5.8。風速4.7MIS等。均與上月相去不遠　晴天日數。且較上月爲多。共得8.7日。而爲一年中晴日最多之日。風向則更轉北。北東北風佔17.2%而居全月各風向之首位。平均初霜日在本月八日。是月霜降楓紅。中旬梧桐葉落。初冬景象歷歷皆是矣。

十二月　本月平均溫度爲4.6°c較上月低6°c以西伯利亞高氣壓勢更強盛。故本月風向北東北風更形增多。嚴霜迭見。寒雪時飛。雨量在一年中爲最小。僅36.3mm。雨日亦少。平均8.8日。惟較多於十．十一兩月。平均日照數共116.5小時。日照百分比37%均爲一年中之最小者。霜日極多共11.4日。與一月同爲全年中之最多月。

## 結論

綜上所論。南京氣候。屬於副熱帶之季風氣候而無疑。其他四季更替顯著。冬寒夏著　溫度之年較差甚大。雨量尚稱豐沛。雨多集中於夏季。六。七。八三月雨量。幾佔全年總量之半。霜雪頗多。風力亦強。若單就溫度及雨量兩項。根據涂長望氏之分類法。則南京應屬華中類之長江下游區。若依據柯本氏之氣候分類法。則南京應屬於‹Cjaw›類。若更依據最近盧溫甫氏發表之「中國氣候區域新論」一文上之分類法。則南京氣候應屬於華中類之長江下游區（合柯本氏之‹Cjaxw›類）。以其年雨量不足1250mm。冬季各月在50mm以下。一年中有二高點。一在七月。一在四月。一月平均溫度在0°c以上之故也。此類氣候夏季適種水稻。冬季祇能耕種小麥。冬季氣候雖低。然以空氣乾燥。天氣晴朗。日照頗多。故尚無酷寒之苦。夏季雖甚溽暑然常鬱蒸燠悶至極度時忽來劇烈急雹。大雨滂沱。人生頗覺舒暢爽適 農產物亦得耕以發育滋長。帶氣溫候四季更替。寒暑運轉。於人可予刺激。於物亦可因以種類繁多。世界文化發源於溫帶。可謂無因歟？

表一　南京之氣壓（700+mm）

| | 1 | 2 | 3 | 4 | 5 | 6 | 7 | 8 | 9 | 10 | 11 | 12 | 平均 | 年差 | 極端 |
|---|---|---|---|---|---|---|---|---|---|---|---|---|---|---|---|
| 平均 | 65.56 | 62.57 | 59.22 | 55.32 | 52.19 | 48.19 | 47.11 | 48.25 | 54.03 | 59.49 | 62.03 | 63.87 | 56.49 | 18.45 | |
| 極端最高 | 79.55 | 72.10 | 73.27 | 67.64 | 62.96 | 55.39 | 55.65 | 55.83 | 62.82 | 68.80 | 72.54 | 75.79 | | | 79.55 |
| 日期 | 13 | 17 | 2 | 13 | 1 | 8 | 30 | 29 | 23 | 17<br>24 | 3 | 12 | | | 1月<br>13日 |
| 年份 | 1933 | 1932 | 1929 | 1934 | 1935 | 1930 | 1934 | 1930 | 1930 | 1934 | 1930 | 1931 | | | 1633 |
| 極端最低 | 51.39 | 44.31 | 45.15 | 39.81 | 36.20 | 38.80 | 37.18 | 37.70 | 44.03 | 48.85 | 51.16 | 50.23 | | | 36.20 |
| 日期 | 13 | 25 | 23 | 24 | 24 | 16 | 15 | 9 | 2 | 25 | 8 | 13 | | | 5月<br>24日 |
| 年份 | 1929 | 1930 | 1929 | 1930 | 1932 | 1935 | 1930 | 1935 | 1933 | 1935 | 1930 | 1929 | | | 1932 |

表二　　南京氣壓之日變化

| | 1 | 2 | 3 | 4 | 5 | 6 | 7 | 8 | 9 | 10 | 11 | 12 |
|---|---|---|---|---|---|---|---|---|---|---|---|---|
| 平均 | 56.79 | 56.66 | 56.52 | 56.43 | 56.[illegible]0 | 56.71 | 57.03 | 57.31 | 57.52 | 57.56 | 57.44 | 56.92 |
| 一月 | 65.25 | 65.28 | 65.07 | 64.84 | 64.73 | 65.06 | 65.32 | 65.51 | 65.87 | 66.05 | 65.77 | 65.09 |
| 七月 | 47.22 | 47.08 | 47.00 | 46.96 | 47.07 | 47.17 | 47.49 | 47.63 | 47.75 | 47.81 | 47.73 | 47.49 |

| 13 | 14 | 15 | 16 | 17 | 18 | 19 | 20 | 21 | 22 | 23 | 24 | 年代 |
|---|---|---|---|---|---|---|---|---|---|---|---|---|
| 56.43 | 56.04 | 55.[illegible]2 | 55.77 | 55.82 | 56.00 | 56.27 | 56.56 | 56.89 | 56.99 | 56.97 | 56.90 | 1928-35 |
| 64.4[illegible] | 64.[illegible] | 6[illegible].[illegible]0 | 64.01 | 64.23 | 64.43 | 64.62 | 64.83 | 65.10 | 65.[illegible]2 | 65.14 | 65.17 | 1935 |
| 47.16 | 46.83 | 46.64 | 46.44 | 46.38 | 46.43 | 46.78 | 47.09 | 47.44 | 47.56 | 47.46 | 47.29 | 1935 |

表三　南京各月之風向

|  | N | NE | E | SE | S | SW | N | W | V | C | 總數 |
|---|---|---|---|---|---|---|---|---|---|---|---|
| 1 | 26.9 | 26.7 | 10.5 | 8.1 | 5.3 | 6.8 | 4.6 | 9.3 | 0.5 | 1.4 | 100.0 |
| 2 | 16.2 | 27.5 | 19.2 | 13.0 | 4.6 | 6.6 | 4.4 | 7.3 | 0.2 | 1.1 | 100.0 |
| 3 | 13.4 | 18.1 | 15.9 | 19.8 | 10.6 | 9.9 | 4.4 | 6.7 | 0.4 | 0.3 | 100.0 |
| 4 | 12.5 | 17.7 | 23.9 | 20.7 | 8.2 | 7.6 | 2.8 | 5.0 | 0.5 | 1.1 | 100.0 |
| 5 | 8.5 | 14.9 | 28.6 | 26.8 | 7.3 | 7.1 | 2.8 | 3.2 | 0.2 | 0.6 | 100.0 |
| 6 | 7.8 | 15.3 | 24.3 | 20.8 | 11.3 | 11.7 | 3.8 | 3.6 | 0.3 | 1.1 | 100.0 |
| 7 | 5.6 | 14.5 | 23.2 | 22.4 | 14.1 | 14.1 | 3.3 | 1.9 | 0.2 | 0.8 | 100.0 |
| 8 | 12.4 | 16.1 | 2[illegible].7 | 23.3 | 7.9 | 7.9 | 3.2 | 4.2 | 0.4 | 1.6 | 100.0 |
| 9 | 16.3 | 29.2 | 26.3 | 12.6 | 3.6 | 2.7 | 2.6 | 4.2 | 0.4 | 1.6 | [illegible]0.0 |
| 10 | 18.2 | 26.5 | 20.1 | 12.2 | 5.1 | 6.4 | 4.1 | 5.5 | 0.1 | 1.8 | 1[illegible]0.0 |
| 11 | 18.2 | 20.0 | 14.4 | 16.1 | 8.8 | 8.8 | 4.7 | 7.5 | 0.3 | 1.2 | 100.0 |
| 12 | 23.2 | 28.3 | 13.2 | 10.1 | 5.6 | 5.0 | 4.5 | 12.5 | 0.0 | 1.4 | 100.0 |
| 年 | 15.0 | 21.0 | 20.3 | 17.1 | 7.7 | 7.9 | 3.7 | 5.8 | 0.3 | 1.2 | 100.0 |

表四　　南京風向四季之分佈（%）

| | N | NE | E | SE | S | SW | W | NW | V | C |
|---|---|---|---|---|---|---|---|---|---|---|
| 春 | 11.5 | 16.9 | 22.8 | 22.4 | 8.7 | 8.2 | 3.8 | 5.0 | 0.4 | 0.2 |
| 夏 | 8.6 | 15.3 | 23.7 | 22.2 | 11.1 | 11.2 | 3.4 | 3.2 | 0.2 | 0.1 |
| 秋 | 17.6 | 25.2 | 20.3 | 13.6 | 5.9 | 6.0 | 3.8 | 5.7 | 0.8 | 1.5 |
| 冬 | 22.1 | 26.5 | 14.3 | 10.4 | 5.2 | 6.1 | 4.5 | 9.4 | 0.2 | 1.3 |
| 年 | 15.0 | 21.0 | 20.3 | 17.1 | 7.7 | 7.9 | 3.7 | 5.8 | 0.3 | 1.2 |
| 冬一夏 | +13.5 | +11.2 | −9.4 | −11.8 | −5.9 | −5.1 | +1.1 | +6.2 | 0.0 | +0.2 |

表五　　南京之平均風速及極端風速 m/s

| | 1 | 2 | 3 | 4 | 5 | 6 | 7 | 8 | 9 | 0 | 11 | 12 | 平均 | 極端 |
|---|---|---|---|---|---|---|---|---|---|---|---|---|---|---|
| 平均 | 4.6 | 5.1 | 5.8 | 5.4 | 5.1 | 5.0 | 5.4 | 4.6 | 4.4 | 4.4 | 4.7 | 5.0 | 5.0 | |
| 極端最大 | 21.2 | 22.2 | 30.6 | 26.4 | 35.0 | 26.0 | 39.9 | 3 .7 | 25.0 | 23.6 | 25.4 | 24.7 | | 39.9 |
| 方向 | NW | NE | N | N | NE | E | NW | ENE | N | NNE | N | NNE | | NW |
| 日期 | 9,1931 | 23,19 9 | 20,1934 | 20,1929 | 22,1929 | 18,1931 | 1,1934 | 16,1934 | 12,1935 | 1,1934 | 26,1934 | 11,1931 | | 7,1,1934 |

表六　　南京與同緯各地溫度比較表

| 地名 | 緯度 | 高度 | 1 | 2 | 3 | 4 | 5 | 6 | 7 | 8 | 9 | 10 | 11 | 12 | 平均 |
|---|---|---|---|---|---|---|---|---|---|---|---|---|---|---|---|
| 南京 | 32°03'N | 67.3N | 2.2 | 3.7 | 8.6 | 14.5 | 20.8 | 24.4 | 27.7 | 27.5 | 22.8 | 17.2 | 10.6 | 4.6 | 15.3 |
| 上海 | 31°12'N | 7.0N | 3.2 | 4.1 | 8.0 | 13.5 | 18.8 | 23.0 | 27.1 | 27.0 | 22.8 | 17.4 | 11.3 | 5.7 | 15.2 |
| 薩凡那 | 32°06'N | 19.8M | 11.0 | 12.1 | 15.4 | 19.1 | 23.2 | 26.2 | 27.5 | 27.1 | 24.7 | 19.6 | 14.6 | 11.3 | 19.3 |
| 熊本 | 32°49'N | 39.2M | 4.8 | 5.3 | 9.0 | 14.4 | 18.4 | 22.1 | 26.0 | 26.9 | 23.4 | 17.1 | 11.4 | 6.2 | 15.4 |

表七　　南京歷年來每五日溫度平均表

| 月 | | | | | | | |
|---|---|---|---|---|---|---|---|
| 一月 | 1—5 | 6—10 | 11—15 | 16—20 | 20—25 | 26—30 | |
| | 2.6 | 1.6 | 1.4 | 1.1 | 1.0 | 1.3 | |
| 二月 | 31—4 | 5—9 | 10—14 | 15—16 | 20—24 | 25—1 | |
| | 2.3 | 1.4 | 2.6 | 4.2 | 5.5 | 60 | |
| 三月 | 2—6 | 7—11 | 12—16 | 17—21 | 22—26 | 27—31 | |
| | 6.3 | 8.1 | 8.3 | 11.0 | 11.6 | 10.4 | |
| 四月 | 1—5 | 6—10 | 11—15 | 16—20 | 21—25 | 26—30 | |
| | 12.1 | 13.1 | 12.8 | 15.0 | 16.2 | 18.1 | |
| 五月 | 1—5 | 6—10 | 11—15 | 16—20 | 21—25 | 26—30 | |
| | 19.1 | 19.9 | 19.8 | 20.9 | 23.1 | 22.7 | |
| 六月 | 31—4 | 5—9 | 10—14 | 15—19 | 20—24 | 25—29 | |
| | 24.0 | 24.8 | 24.7 | 23.8 | 24.1 | 25.8 | |
| 七月 | 30—4 | 5—9 | 10—14 | 15—19 | 20—24 | 25—29 | |
| | 26.3 | 26.8 | 29.6 | 29.3 | 28.7 | 29.3 | |
| 八月 | 30—3 | 4—8 | 6—13 | 14—18 | 19—23 | 24—28 | |
| | 29.5 | 26.1 | 28.7 | 28.1 | 28.1 | 27.2 | |
| 九月 | 29—2 | 3—7 | 8—12 | 13—17 | 18—22 | 23—27 | |
| | 25.6 | 25.0 | 24.7 | 22.3 | 22.2 | 21.7 | |
| 十月 | 28—2 | 3—7 | 8—12 | 13—17 | 18—22 | 23—27 | |
| | 20.4 | 19.5 | 17.9 | 17.0 | 15.9 | 15.9 | |
| 十一月 | 28—1 | 2—6 | 7—11 | 12—16 | 17—21 | 22—26 | |
| | 14.6 | 13.4 | 12.3 | 10.7 | 9.9 | 10.3 | |
| 十二月 | 27—1 | 2—6 | 7—11 | 12—16 | 17—21 | 22—26 | 27—31 |
| | 8.1 | 6.0 | 5.7 | 5.1 | 3.8 | 3.2 | 2.5 |

表八　　南京之溼度

| | 1 | 2 | 3 | 4 | 5 | 6 | 7 | 8 | 9 | 10 | 11 | 12 | 平均 |
|---|---|---|---|---|---|---|---|---|---|---|---|---|---|
| mm 絕對溼度 | 3.92 | 4.6 | 5.92 | 9.11 | 12.77 | 17.63 | 21.84 | 21.32 | 15.32 | 9.81 | 6.75 | 5.07 | 11.12 |
| % 相對溼度 | 76 | 77 | 79 | 74 | 72 | 75 | 77 | 73 | 71 | 67 | 69 | 78 | 74 |

表九　　南京之雲量及日照

| 項目＼月 | | 1 | 2 | 3 | 4 | 5 | 6 | 7 | 8 | 6 | 10 | 11 | 12 | 年 |
|---|---|---|---|---|---|---|---|---|---|---|---|---|---|---|
| 雲量 | | 6.4 | 7.0 | 6.3 | 7.1 | 7.1 | 7.6 | 7.1 | 7.0 | 6.5 | 5.7 | 5.8 | 6.4 | 6.7 |
| 日照 | 時數 | 135.5 | 120.1 | 168.2 | 147.2 | 200.7 | 186.1 | 242.7 | 234.1 | 195.9 | 202.1 | 159 | 116.4 | 2108 |
| | 百分比 | 43 | 39 | 45 | 38 | 47 | 44 | 56 | 57 | 53 | 58 | 51 | 37 | 47 |

表十　　南京之降水情形

| 項目＼月 | 1 | 2 | 3 | 4 | 5 | 6 | 7 | 8 | 9 | 10 | 11 | 12 | 年 |
|---|---|---|---|---|---|---|---|---|---|---|---|---|---|
| 標準降水量 | 37.9 | 46.3 | 61.9 | 96.9 | 78.6 | 156.4 | 182.6 | 111.3 | 83.1 | 45.2 | 41.1 | 36.3 | MM 977.6 |
| 降水相對係數 | 0.45 | 0.61 | 0.74 | 1.2 | 0.94 | 1.93 | 21.8 | 1.33 | 1.02 | 0.54 | 0.54 | 0.43 | |
| 標準雨日 | 9.2 | 9.4 | 10.2 | 11.8 | 10 | 12.4 | 13 | 12.1 | 10.4 | 8.3 | 8.5 | 8.8 | 日 124.1 |
| 降水強度 | 1.22 | 1.65 | 2 | 3.2 | 2.54 | 5.21 | 5.89 | 3.59 | 2.77 | 1.46 | 1.37 | 11.7 | 2.68 |
| 降水頻率 | 30 | 33.6 | 32.9 | 39.3 | 32.3 | 41.3 | 41.9 | 39 | 34.7 | 26.8 | 28.3 | 28.4 | % 30.7 |
| 雷雨日數 | 0.2 | 0.4 | 1.3 | 2 | 1.7 | 3 | 5.5 | 4.3 | 1.1 | 0.2 | 0.2 | 0.1 | 日 20 |
| 氣旋頻率 | | 1 | | 5 | | | 8 | | | 3 | | | 次 17 |

表十一　南京降水量之距準數與變率

| | 1 | 4 | 7 | 10 | 年 |
|---|---|---|---|---|---|
| 平均距準數 mm | 26.7 | 21.8 | 86.4 | 38.1 | 193.1 |
| 變率 % | 67.1 | 22.5 | 44.1 | 86.0 | 19.3 |

表十二　南京降水之日變化（1928——1934年）（MM）

| 1 | 2 | 3 | 4 | 6 | 7 | 8 | 9 | 10 | 11 | 12 |
|---|---|---|---|---|---|---|---|---|---|---|
| 27.3 | 34.6 | 39.0 | 35.4 | 40.5 | 43.3 | 47.5 | 40.8 | 33.4 | 35.3 | 27.4 |
| 13 | 14 | 15 | 16 | 18 | 19 | 20 | 21 | 22 | 23 | 24 |
| 36.8 | 38.6 | 39,3 | 46.2 | 6.9 | 36.5 | 37.0 | 37.9 | 35.6 | 31.5 | 31.2 |

表十三　風向與降水量之關係（1928年——1933年）（%）

| | N | NE | E | SE | S | SW | W | NW | C | V | 總數 |
|---|---|---|---|---|---|---|---|---|---|---|---|
| 1 | 23.1 | 33.2 | 15.5 | 5.6 | 1.3 | 1.1 | 6.5 | 4.5 | 9.4 | 0.0 | 100 |
| 2 | 24.4 | 41.9 | 14.9 | 4.3 | 0.6 | 0.2 | 0.6 | 2.7 | 7.9 | 2.9 | 100 |
| 3 | 36.5 | 24.3 | 13.2 | 9.9 | 2.8 | 2.8 | 3.1 | 7.1 | 0.2 | 0.0 | 100 |
| 4 | 12.6 | 26 | 27.5 | 18.1 | 2.5 | 2.1 | 0.5 | 8.5 | 6.3 | 1 | 100 |
| 5 | 9 | 27.6 | 15.2 | 18.8 | 8.5 | 8.9 | 5.2 | 6.6 | 0.2 | 0.0 | 100 |
| 6 | 9.5 | 19.7 | 27 | 13.3 | 13.6 | 5.8 | 2.6 | 3 | 5.4 | 0.1 | 100 |
| 7 | 7.9 | 29.1 | 19.7 | 15.1 | 5.1 | 4.2 | 1.4 | 1.5 | 12.6 | 3.4 | 100 |
| 8 | 21.7 | 23.6 | 13.9 | 10.6 | 3.9 | 8.5 | 7.9 | 7.7 | 2.3 | 0.0 | 100 |
| 9 | 23.4 | 32.2 | 23.1 | 10.3 | 3.9 | 1.5 | 1.2 | 2.5 | 1.9 | 0.0 | 100 |
| 10 | 24.6 | 26.3 | 19.8 | 10.9 | 0.4 | 11.1 | 1.7 | 3.5 | 1.7 | 0.0 | 100 |
| 11 | 20.5 | 25.4 | 23.7 | 14.8 | 3.8 | 1.6 | 2.4 | 5.7 | 1.9 | 0.3 | 100 |
| 12 | 35.4 | 35.9 | 10.6 | 4.1 | 1.4 | 0.6 | 3.2 | 7.4 | 1.5 | 0.0 | 100 |
| 平均 | 20.7 | 28.8 | 18.7 | 11.3 | 4 | 4 | 3 | 4.4 | 4.3 | 0.6 | 100 |

表十四　風向與降水量可能性之關係

| | N | NE | E | SE | S | SW | W | NW | C | V | 每月 |
|---|---|---|---|---|---|---|---|---|---|---|---|
| 1 | 16.5 | 16.3 | 14.3 | 5.2 | 0.8 | 0.3 | 12.7 | 10.1 | 6.7 | 1 | 12.4 |
| 2 | 13.5 | 13.2 | 9.1 | 2.5 | 1.1 | 1.4 | 3.8 | 9 | 2.4 | 15.7 | 10.1 |
| 3 | 14.3 | 9.8 | 9.2 | 3.7 | 1.2 | 2.3 | 12.2 | 8.9 | 5 | 0.0 | 8 |
| 4 | 15.6 | 22.4 | 13.6 | 9.6 | 2.9 | 1.9 | 4.1 | 11.9 | 6.2 | 3.5 | 12.3 |
| 5 | 16.9 | 18.7 | 5.1 | 7.8 | 10.7 | 4 | 4.4 | 13.9 | 8.4 | 0.0 | 9.1 |
| 6 | 17.4 | 17.1 | 10.2 | 5.9 | 8 | 7.6 | 10.8 | 18.1 | 14.2 | 7.9 | 10.9 |
| 7 | 11 | 10.8 | 9.3 | 6.9 | 5.7 | 5.9 | 9.6 | 16.6 | 26.3 | 10.4 | 8.9 |
| 8 | 15.6 | 13 | 4.1 | 2.3 | 4.6 | 3.5 | 7.5 | 7.4 | 7 | 0.0 | 6.7 |
| 9 | 14.7 | 8.7 | 5.7 | 5.1 | 9.2 | 10.4 | 7.8 | 10.1 | 7.9 | 0.0 | 8.3 |
| 10 | 4.1 | 4.5 | 3.3 | 4.7 | 0.8 | 2.9 | 5.4 | 6.1 | 8.9 | 0.0 | 4.1 |
| 11 | 9.3 | 8.4 | 5.2 | 3.1 | 3.8 | 4.7 | 5.8 | 8.3 | 10.4 | 5.6 | 8.5 |
| 12 | 23.5 | 14.8 | 10.5 | 3.2 | 2.3 | 3 | 9.6 | 10.6 | 8.9 | 0.0 | 13.4 |
| 平均 | 14.4 | 13.1 | 8.3 | 4.9 | 4.3 | 4 | 7.8 | 10.9 | 9.4 | 3.7 | 9.4 |

表十五　　量別降水日數表

| 時<br>量mm | 1 | 2 | 3 | 4 | 5 | 6 | 7 | 8 | 9 | 10 | 11 | 12 |
|---|---|---|---|---|---|---|---|---|---|---|---|---|
| 0.1—1 | 3.5 | 2.6 | 2.2 | 2.[illegible] | 2.6 | 2.8 | 3.1 | 2.8 | 3.7 | 3.2 | 2.2 | 2.5 |
| 1—3 | 2 | 2.1 | 3.2 | 1.9 | 1.7 | 2.5 | 1.8 | 1.2 | 1.9 | 1.9 | 1.8 | 1.4 |
| 3—5 | 1.1 | 1.3 | 1.7 | 1.6 | 0.5 | 0.8 | 1.6 | 1 | 1.3 | 1.5 | 1.7 | 1.3 |
| 5—10 | 1.1 | 1.3 | 2.1 | 2.3 | 1.2 | 2.1 | 1.8 | 1.4 | 1.8 | 0.9 | 1.3 | 0.9 |
| 10—15 | 0.5 | 0.4 | 0.8 | 1.5 | 1.2 | 1.7 | 1.2 | 0.8 | 0.6 | 1 | 0.8 | 0.3 |
| 15—20 | 0.5 |  | 0.8 | 0.4 | 0.3 | 0.7 | 0.9 | 0.6 | 0.2 | 0.3 | 0.3 | 0.3 |
| 20—25 |  | 0.1 | 0.4 | 0.4 | 0.3 | 0.4 | 0.6 | 0.6 | 0.1 | 0.5 | 0.3 |  |
| 25—30 |  | 0.1 | 0.1 | 0.2 | 0.2 | 0.3 | 0.5 | 0.3 | 0.1 | 0.1 | 0.1 |  |
| 30—35 | 0.1 | 0.2 | 0.2 | 0.4 | 0.2 | 0.4 | 0.2 | 0.2 | 0.5 | 0.2 |  |  |
| 35—40 |  |  | 0.1 | 0.2 | 0.1 | 0.6 | 0.2 | 0.2 |  | 0.2 | 0.1 |  |
| 40—45 |  |  |  | 0.2 | 0.1 | 0.4 | 0.2 |  |  |  |  |  |
| 45—50 |  |  |  | 0.2 |  | 0.1 | 0.2 | 0.1 | 0.1 |  |  |  |
| 50—60 |  |  |  |  | 0.2 | 0.5 | 0.3 | 0.2 | 0.1 |  | 0.1 |  |
| 60—70 |  |  |  | 0.1 |  | 0.2 | 0.3 |  | 0.2 |  |  |  |
| 70—80 |  |  |  |  |  | 0.1 | 0.1 | 0.1 |  |  |  |  |
| 80—90 |  |  |  |  |  | 0.1 | 0.1 |  |  |  |  |  |
| 90—100 |  |  |  |  |  |  | 0.1 |  |  |  |  |  |
| 100—120 |  |  |  |  |  | 0.2 | 0.2 | 0.1 | 0.1 |  |  |  |
| 120—140 |  |  |  |  |  | 0.1 |  |  |  |  |  |  |
| 140—160 |  |  |  |  |  |  | 0.2 |  |  |  |  |  |

表十六　　南京各種天氣日數

| | 1 | 2 | 3 | 4 | 5 | 6 | 7 | 8 | 9 | 10 | 11 | 12 | 年 |
|---|---|---|---|---|---|---|---|---|---|---|---|---|---|
| 晴 | 7.8 | 5.2 | 7.1 | 4.1 | 4.2 | 2.7 | 3.4 | 3.6 | 5.3 | 8.3 | 8.7 | 7.6 | 68 |
| 曇 | 8.1 | 8.1 | 9.9 | 10.1 | 10.2 | 8.8 | 13 | 18.5 | 11.6 | 11.2 | 9.2 | 6.2 | 119.9 |
| 陰 | 15.1 | 15 | 14 | 15.8 | 16.6 | 18.6 | 14.5 | 14 | 13.1 | 11.4 | 12.1 | 17.2 | 177.4 |
| 雨 | 9.2 | 9.4 | 10.2 | 11.8 | 10 | 12.4 | 13 | 12.1 | 10.4 | 8.3 | 8.5 | 8.8 | 124.1 |
| 霜 | 11.4 | 8.2 | 2.9 | — | — | — | — | — | — | 0.8 | 4.4 | 11.4 | 39.1 |
| 雪 | 3.7 | 3.6 | 1.4 | 0.1 | — | — | — | — | — | — | 0.8 | 1.9 | 11.5 |
| 霧 | 3.7 | 1 | 2 | 2.2 | 1.7 | 2.2 | 0.5 | 0.8 | 1.5 | 3.3 | 2.8 | 3 | 24.7 |
| 雷雨 | 0.2 | 0.4 | 1.3 | 2 | 1.7 | 3 | 5.5 | 4.3 | 1.1 | 0.2 | 0.2 | 0.1 | 20 |
| 烈風 | 2.7 | 2.1 | 4.7 | 4.1 | 3.6 | 2.3 | 2.6 | 1.9 | 1.3 | 1.2 | 2.5 | 2.2 | 31.2 |
| 黃沙 | 1.6 | 1.1 | 4.7 | 1.6 | 0.8 | 0.3 | 0.6 | — | — | 1.5 | 1.2 | 0.4 | 13.8 |